*Jane D. Kenting* ist das Pseudonym einer deutschen Autorin. Sie studierte Philosophie, Komparatistik und Theaterwissenschaft, promovierte über das Innenleben von Dramenfiguren, wechselte in den therapeutischen Bereich und arbeitete zehn Jahre in eigener Praxis. *Verkennung* ist ihr erster Roman.

# Verkennung

JANE D. KENTING

c/o AutorenServices.de
Birkenallee 24, 36073 Fulda
Coverdesign: Catherine Strefford | catherine-strefford.de
Druck: epubli, ein Service der neopubli GmbH, Berlin
Printed in Germany

Es ist die Wirklichkeit um drei Uhr nachts.

# 1

Einen rotierenden Planeten darf man nicht anhalten. Das war mein Fehler, als Jander nicht mehr zu den Sitzungen kam. Ich hätte die Sache auf sich beruhen lassen sollen. Nein: Es war schon ein Irrtum, vor der ersten Begegnung weiter seine Nummer zu wählen, obwohl ich ihn nicht erreichte. Denn ohne den Fall Jander in meinen Akten wäre es niemals so weit gekommen. Wenn alles zu spät ist, liegen die Lösungen auf der Hand.

Schon seine erste Nachricht hatte jenen knappen, kühlen Ton, in dem er später dann auch mit mir sprach.

*Guten Tag, Herr Weyden,*
*brauche dringend einen Termin.*

Damit stach die Mail aus den anderen hervor. Was mich aber noch vor dem Öffnen irritierte, war der fehlende Absender im Posteingang. Dort, wo sonst der Name einer Person oder Firma stand, war – nichts.

Dass ich sie überhaupt öffnete, hatte einen einfachen Grund: meine Schwäche für Geheimnisvolles. Meine Leidenschaft für alles, was rätselhaft war. Das Unheimliche bezauberte mich. Diese Liebe hatte mich schon viele skeptische Blicke gekostet, auch ein, zwei Freundschaften mit Menschen, denen das Leben ohne Rätsel besser gefiel. Das ist umso schmerzhafter, als es mir jetzt, nach allem, was geschehen ist, genauso geht.

Zum ersten Mal drang etwas Dunkles in meine Praxis

ein, und ich wusste, das war gefährlich. Darum überwog die Erleichterung meine Enttäuschung, als ich den Text darunter las und feststellte, dass es sich um die automatisch generierte Nachricht eines Therapeutenverzeichnisses handelte. Im September hatte ich mich dort eingetragen, kurz vor dem Umzug nach Tiefenwald. Und auf eines wies mein Eintrag deutlich hin: Termine nur nach telefonischer Vereinbarung.

Bevor ich die Mail löschte, fiel mein Blick auf den Rest:

*Benutzerdaten des Absenders:*
*nobody@mymail.de*
*Name: Max Jander*
*Straße: Kaltenseestraße 3*
*Ort: Tiefenwald*
*Telefon: 0199 77299107*

Noch heute spüre ich die Beklemmung. Kaltenseestraße. Wie diese Adresse mich frösteln ließ. Wie ich versuchte, mit einem Lächeln das zu verscheuchen, was meinen Schreibtisch streifte.

Ich verschob die Nachricht in den Papierkorb.

In den ersten Tagen nach dem Umzug schenkte ich der westlichen Anhöhe gegenüber der Praxis noch wenig Beachtung. Zu beschäftigt war ich damit, Kisten auszupacken, Bücher in deckenhohe Regale zu räumen und provisorische Lichter anzubringen, um die von Tag zu Tag früher einsetzende Dämmerung auszugleichen. Für die Umgebung hatte ich keine Zeit. Nur manchmal stand ich am Fenster und hing für Minuten meinen Gedanken nach. Als die letzte Kiste zusammengefaltet war, sah ich schon öfter hinaus. Nicht lange, nicht aufmerksamer als vorher, aber oft genug, um ein genaueres Bild zu bekommen.

Weit oben am Westhang, über den Gärten und Häusern, thronte ein hohes Gebäude mit seitlichem Turm. Ich hielt es für eine Kirche oder Kapelle. Darum wunderte es mich nicht, dass das asymmetrische Bauwerk jeden Abend mit dem letzten Tageslicht verschwamm.

Den ersten Spaziergang zu der Anhöhe machte ich im Zwielicht des dritten Oktober. Ahornblätter klebten wie nasse Papiersterne auf den Straßen, und das feuchte Halbdunkel verdeckte die waldigen Hänge auf der anderen Seite des Tals. Ich ging vorbei an den schweigenden Villen, Schritt für Schritt bergauf. Die schimmernden Moose auf den Grundstücksmauern schienen mich abzuweisen, auch die undurchdringlichen Gärten, von denen manche aussahen, als hätte seit einem halben Jahrhundert niemand einen Fuß hineingesetzt. Noch fremder waren mir die Nachbarn, die mich, wenn sie sich überhaupt zeigten, nur zögernd grüßten (manche gar nicht) und dabei keine Miene verzogen. Hätte ich nicht das Haus meines Onkels geerbt, wäre ich nach der Trennung von Helen zwar auch aus der gemeinsamen Praxis weggegangen, aber wohl kaum an diesen Ort.

Nach zehn Minuten erreichte ich eine Kreuzung. Aus den Fenstern eines Fachwerkhauses fiel warmes Licht. Trotzdem strahlte das Haus Einsamkeit aus. Einsam waren die Häuser hier alle, aber dieses übertraf die anderen in einem Punkt: Es war nicht nur einsam, es war auch allein, obwohl der Abstand zu den Nachbarhäusern gering war. Ich suchte nach einer Erklärung und fand keine. Zuerst schob ich es auf den anderen Baustil. An den niedrigen Wänden und dem gedrungenen Dach war aber noch mehr, was ich nicht einordnen konnte.

Ich überquerte die Kreuzung und ging die letzten Meter bis zu dem grauen Gebäude mit dem Turm. Es war keine Kirche, auch keine Kapelle. Trotzig stand es im hinteren Teil des Grundstücks auf einem Hügel. Soweit ich es in der starken Dämmerung sehen konnte, waren vor allen Fenstern Rollläden heruntergelassen. Ich trat dicht an das Eingangstor heran. Das Messingschild am Pfeiler trug den Schriftzug *Villa Tann* und die Hausnummer *5*.

Die Sonne war jetzt ganz untergegangen. Eine Straßenlaterne am Platz warf gerade genug Licht, um die Umrisse eines Fahrzeugs in der Einfahrt erkennen zu lassen. Dahinter verlor sich der Garten in der beginnenden Nacht.

Ich näherte mein Gesicht der Klingeltaste unter dem Schild.

*D. H.*

Initialen kamen in diesem Winkel der Stadt häufiger vor. Tiefenwald war als Dorado für VIPs und Prominente bekannt. Dass aber ein so gewaltiges Haus wie dieses nur einen einzigen Bewohner haben sollte, wunderte mich.

Ich hielt nach weiteren Schildern und Briefkästen Ausschau.

Es gab keine.

Am fünften Oktober leuchtete die Nachmittagssonne in den Staub, den ich seit einer Woche zu ignorieren versuchte. Auf dem Küchenfußboden lagen Krümel, das Spülbecken hatte Kalkflecken angesetzt, und im Bad war es besser, nur eine schwache Lichtquelle zu benutzen.

Im Terminkalender war noch viel Platz, und mein Haus war das kleinste weit und breit, aber mit Putzen wollte ich keine Zeit verbringen. Ich war zuversichtlich, dass sich die Privatpraxis bald füllen würde. Mit einem Zeitungsinserat suchte ich nach einer Putzhilfe: einmal wöchentlich zwei Stunden am Vormittag.

Schon Ende Juli, als ich diese Räume zum ersten Mal betreten hatte, waren die Bilder in meinem Kopf stärker gewesen als ich. In Gedanken hatte ich gleich die Einbauregale gefüllt, eine Wand mit Fachbüchern, die andere mit Romanen, dazwischen Therapiegespräche. Mehr glaubte ich für die erste Zeit nach der Trennung nicht zu brauchen. Dass ich mich irrte, hätte ich ahnen können, als ich den schmalen Korridor sah, der die Praxis mit dem Schlafzimmer verband und in dem es keine Lampe gab, auch keinen Anschluss dafür. Das Thema Schlaf war nah, bedrohlich nah. Aber ich sah nur die Bücher in den Regalen und die Sessel auf dem Parkett. Der Nachlassverwalterin stellte ich eine einzige Frage: »Wann kann ich hier rein?«

Sie zögerte. Ihr Blick glitt über Böden und Wände,

suchend, abwägend, als versuchte sie selbst, sich vorzustellen, wie es wäre, hier Leben und Arbeit aufeinander loszulassen. Ihre Körperhaltung war geschlossen, mit abgewandtem Oberkörper und verschränkten Armen. Hätte sie Bedenken geäußert – ich wäre ich nicht verwundert gewesen: Überlegen Sie, worauf Sie sich einlassen. Meinen Sie nicht. Haben Sie daran gedacht.

Sie öffnete nur ihre Mappe, ließ mich ein Formular unterschreiben und sagte: »Wir rufen Sie an.«

Den zweiten Spaziergang zum Westhang machte ich samstags bei Nieselregen und Tageslicht. Es war neun Uhr morgens, und fast wäre ich an der glitschigen Stiege vorbeigelaufen, welche die Straßenbiegung für Fußgänger abkürzte. Beim ersten Mal hatte ich sie offenbar übersehen. Ich stellte mich unten an den Fuß der Treppe und fotografierte sie, um sie meiner Sammlung unheimlicher Bilder hinzuzufügen. Ich staunte über die ausgetretenen Stufen, den hohler werdenden Stein, denn die Anwohner dieser Straßen bewegten sich nur mit dem Auto fort. Lange musste es her sein, dass die Sohlen auf- und abwärts laufender Menschen die Treppe geformt hatten.

Achtundfünfzig Stufen zählte ich, während sich meine Füße über den feuchten Stein nach oben tasteten. Links und rechts wucherte Efeu um verwitterte Zäune.

Oben grenzte die Treppe seitlich an das Fachwerkhaus mit dem gedrungenen Dach. Schräg gegenüber, am anderen Ende der Kreuzung, lag Villa Tann auf ihrem Hügel, der hinten – anders, als ich es im Dunkeln gesehen hatte – in einen Park überging. Rasch lief ich auf das Anwesen zu. Im Vorgarten streckten hohe Bambussträucher ihre Säbelblätter durch den Zaun. Dahinter glitzerte eine schwarze Wasserfläche.

Ich machte noch ein Foto.

Als ich die Kamera sinken ließ, sah ich am Rand der Kreuzung das Schild. *Kaltenseestraße.*

Langsam wandte ich mich ab und ging wieder auf die Stiege zu. Als ich meinen Fuß auf die oberste Stufe setzte, bemerkte ich vor dem Fachwerkhaus eine Gestalt. Ein langer Rock oder Mantel umspielte die Beine, der Kopf war in eine Kapuze gehüllt. Die Gestalt saß auf der Türschwelle, sog an einer Zigarette und sah in meine Richtung. Ihre Augen mussten schon auf mir geruht haben, als ich zur Stiege kam, und sie lösten in mir eine Beunruhigung aus, die ich mir nicht erklären konnte – so wenig, dass ich sofort dagegen ansteuerte. Eine Frau an einem Oktobermorgen, rauchend vor ihrem Haus, bedachte mich mit einem Blick, der für eine Fremde vielleicht Sekundenbruchteile zu lang, doch keineswegs auffällig war.

»Sie haben recht«, rief ich. »Man sollte jeden Regentropfen nutzen.«

Still saß sie auf der Türschwelle und blies Rauchwolken in die Luft. Ich überlegte, ob sie es überhört haben konnte. Bevor ich zu einem Ergebnis kam, stand sie auf und ging auf mich zu. Den Zigarettenstummel warf sie ins Gras. Sicher war es nicht der erste, der dort seine letzte Ruhe fand. Dicht vor den schmiedeeisernen Schnörkeln des Zauns blieb sie stehen. Auch ich trat so nah wie möglich heran. Das Gesicht in der Kapuze war matt. Die Frau sah aus, als wäre sie gerade erst aufgestanden, hätte sich das Nötigste übergezogen und sofort zu Zigarette und Feuerzeug gegriffen.

Sie stand einfach da und betrachtete mich. Nicht neugierig, nicht verwundert, eher so, wie man ein ausgestelltes Kunstobjekt ansieht, mit einer Mischung aus Langeweile und Aufmerksamkeit. Durch ihr schwarzes Haar zogen sich ein paar weiße Fäden. Sie war vielleicht Mitte vierzig, nur wenig jünger als ich.

»Habe ich Sie gestört?« Ich versuchte das Grinsen zu verhindern, das sich auf meinem Gesicht ausbreitete, schaffte es aber nicht.

In der Körpersprache ist unsere Mimik angeblich das was wir am leichtesten kontrollieren können. Alle Lehrbücher stimmen darin überein. Seit jener Begegnung gebe ich nichts mehr darauf.

»Falsche Frage«, sagte sie, ohne ihren Gesichtsausdruck zu verändern. »Störungen gibt es hier nicht. Nur Ablenkungen.« Sie forschte weiter in meinem Blick.

»Wovon lenke ich Sie ab?«

Sie lächelte. Und sie schwieg.

»Vielleicht ist es genau anders herum, denn …«, begann ich und ärgerte mich, da ich selbst nicht wusste, was ich damit bezweckte.

Dann fiel es mir ein. »Sie lenken mich vom Ziel meines Spaziergangs ab.«

»Passiert Ihnen so etwas oft?«

»Nein. Ich frage mich nur, was es mit dem Geisterschloss dort drüben auf sich hat.« Ich deutete mit dem

Daumen hinter mich und beobachtete gespannt ihre Reaktion.

Nichts an der Frau veränderte sich. Kein Erstaunen war sichtbar, nicht einmal Desinteresse.

Ich war darin geübt, mich vom Schweigen meines Gegenübers nicht aus der Ruhe bringen zu lassen, ganz gleich, ob es um ein provokatives Schweigen, ein ratloses oder ein gleichgültiges ging. Das hier war aber anders. Hier war ich der Patient – derjenige, der mit einem Anliegen kam. Jemand mit einem Anliegen war meistens in der schwächeren Position.

»Die Villa ist doch bewohnt?«, fragte ich.

Die Frau zog ihre schmalen schwarzen Augenbrauen hoch, und ich dachte, sie würde weiter schweigen, als sie plötzlich flüsterte: »Haben Sie hier oben schon ein Haus leerstehen sehen?«

Es stimmte. Leeren Wohnraum gab es in solchen Vierteln nicht. Umzüge vollzogen sich in fliegendem Wechsel, diskret und von den Nachbarn hinter vorgehaltener Hand diskutiert.

»Nein. Aber normalerweise brennt in einem bewohnten Haus nach Sonnenuntergang Licht.«

Jetzt wandte sie den Blick ab, wenn auch nur für einen Moment. Als sie mich wieder ansah, erschrak ich über den Ausdruck in ihren Augen: eine Mischung aus Trauer und Angriffslust.

»Was ist normal?«, fragte sie. »Sagen Sie es mir. Was ist normal?«

Ausgerechnet mich fragte sie das.

»Normal ist es, sich ab und zu diese Frage zu stellen.«

»Ich stelle sie aber Ihnen.«

Ich war der Patient.

Bevor ich etwas erwidern konnte, drehte sie sich um und eilte zum Haus zurück, als hätte sie etwas vergessen. Auf der Schwelle rief sie mir über die Schulter zu: »Ein anderes Mal.«

Mit einer festen Bewegung schloss sie die Tür hinter sich.

Zu Hause ging ich in meinem Kalender die Termine der kommenden Woche durch. Ein neu angemeldetes Paar mit den bewährten Eheproblemen und ein Mann namens Lank, der mir schon zweimal seine dubiose Liebesgeschichte geschildert hatte und sich von der Aussicht auf eine dritte Sitzung ohne das von ihm erhoffte Ergebnis nicht abschrecken ließ. Das war alles. Privatpatienten fielen nicht vom Himmel, auch nicht für Spezialisten. Ich erwog verschiedene Möglichkeiten. Branchenverzeichnisse, Netzportale …

Portale.

In meiner Vorstellung tauchte das Schild *Kaltenseestraße* auf. Ein paar Augenblicke dachte ich nach, bevor ich mich an den Laptop setzte. Nach einigem Suchen fand ich die Nachricht im Papierkorb des Mailprogramms.

Ich wählte Janders Nummer und wartete acht Freizeichen ab. Kein Mensch und keine Maschine meldete sich. Ich notierte die Ziffern auf einem Zettel, den ich mit der Schreibtischlampe beschwerte. Dann zog ich die Jacke an und ging noch einmal nach draußen, um für das Wochenende einige Sachen in der Stadt zu besorgen.

Wann immer ich konnte, erledigte ich solche Dinge zu Fuß, und entsprechend häufig lief ich an den benachbarten Häusern vorbei.

In einer Nachbarschaft wie dieser war es schwer, mit den Menschen Bekanntschaft zu machen. Jeder wohnte in seinem Haus, jeder kümmerte sich um seine Belange und allenfalls noch um jene derer, mit denen er seit Jahrzehnten bekannt oder verwandt war. Auch in Großstädten blieben die meisten Leute einander fremd, aber das hier war anders. Es war eine Anonymität auf hohem Niveau, eine Fremdheit, die mehr von den Überlegenheitsgefühlen jedes Einzelnen herrührte als von der natürlichen Scheu eines Städters vor anderen, deren Leben vom eigenen vielleicht weniger abwich, als ihm lieb war.

Von der eisigen Aura der Nachbarn ließ ich mich nicht beirren. Jeden Tag ging ich an ihren Hecken und Zäunen vorbei, während meine Gedanken zu Villa Tann schweiften. Denn mehr als die Leute in meiner direkten Umgebung, die zwar reserviert, nicht aber rätselhaft waren, beschäftigte mich die Frage, wer so ein riesiges lichtloses Haus bewohnte – und vor allem, warum er es tat. Wie sollte ich das ohne die Nachbarn erfahren? Irgendjemand musste doch bereit sein, sein Wissen und seine Gedanken über die Menschen in diesen seltsamen Straßen mitzuteilen. Jemand, der solche Dinge mit einer ähnlichen Art von Interesse betrachtete. Auf meinen verstorbenen Onkel konnte ich mich nicht berufen, da er meistens auf Reisen gewesen war und keine Kontakte zur Umgebung gepflegt hatte.

Der Mann mit den roten Haaren war der erste, der mich ohne sichtbare Skepsis grüßte. Ich traf ihn in der unteren Hangstraße vor seinem Haus, wo er damit beschäftigt war, die Einfahrt vom feuchten Laub zu befreien. Er grüßte sogar zuerst, wobei er ein echtes, offenes Lächeln zeigte und in der Bewegung innehielt, um eine Strähne aus seiner Stirn zu streichen.

Er sah mich an, als wüsste er mehr über mich als ich selbst. Etwas blitzte hinter seinen Brillengläsern, und es sah aus, als wollte er etwas sagen. Aber er fixierte mich nur, mit einem Blick, dem auszuweichen ich keine Eile hatte. So vielen Fremden hatte ich schon gegenüber gesessen, hatte ihrem mal mehr, mal weniger bohrenden Augenausdruck standgehalten. Viele fürchteten, selbst durchbohrt zu werden, und sie verlangten von mir den Beweis, dass das, was ihnen bei mir bevorstand, nichts mit Durchschauen zu tun hatte.

»Sie sind neu hier?« Seine Stimme war freundlich, und die Frage klang wie eine Feststellung.

Entgegen meiner Gewohnheit antwortete ich spontan, ohne auf seine Körpersprache zu achten. Das Einzige, was ich zur Kenntnis nahm, waren die Schuhe, schwarze, glattpolierte Schnürschuhe, wie sie wohl wenige Leute zum Laubkehren trugen.

»Vorsicht, wachsamer Nachbar?« Ich bemühte mich um ein Augenzwinkern.

Das Lächeln verschwand aus seinem Gesicht. »Die meisten Menschen sind unaufmerksam.«

Einen Moment stand ich unschlüssig da, bis ich zur gespielten Unbefangenheit zurückfand. Ich streckte einen

Arm zur westlichen Anhöhe aus. »Aber dass in der Riesenvilla dort oben nie Licht brennt, müsste doch jedem auffallen?«

Er lehnte den Rechen gegen den Zaun und griff nach einer kleinen Schaufel. »In der Fabrikhalle mit dem Spitzturm?«

»Wenn Sie es so nennen wollen«, sagte ich rasch, um ihn nicht erneut zu verstimmen. Insgeheim spürte ich der leisen Kränkung nach, die seine Wortwahl in mir hinterließ. Villa Tann war ein Rätsel, und niemand hatte das Recht, ein Rätsel ins Lächerliche zu ziehen.

»Da wohnt doch gar keiner mehr«, murmelte er, während er das Laub auf die Schaufel schob und es in eine große Papiertüte füllte. Er sagte es auf eine Art, die mich verstörte und mich daran hinderte, nachzuhaken. Schon war ich einige Schritte weitergegangen, wobei ich immer noch den Kopf zu ihm wandte, in dem Gefühl, dass noch etwas kommen sollte.

Und es kam.

»Jedenfalls keiner von uns.«

Er machte eine wegwerfende Handbewegung, kehrte mir den Rücken zu und zog die Papiertüte hinter die Hausecke, von wo er nicht wieder zurückkam.

Während des restlichen Samstags, bei den Besorgungen in der Stadt und später bei meinen Aufräumversuchen zu Hause, merkte ich, wie Villa Tann in meinen Gedanken immer größeren Raum einnahm, wie sie immer mehr Flächen mit einem Grauschleier bedeckte. Als würde ein Farbfilm von einer Sepiaschicht verhüllt. Und das Schlimme war: Ich fand Gefallen daran.

Am Montag nach dem Frühstück setzte ich mich an den Schreibtisch und zog Janders Nummer unter der Schreibtischlampe hervor. Diesmal wartete ich länger. Nach zehn Freizeichen brach die Verbindung ab. Nur Stille war in der Leitung. Kein einziger Laut.

Ich öffnete den Laptop und tippte.

*Sehr geehrter Herr Jander,*
*danke für Ihre Anfrage. Leider erreiche ich Sie telefonisch nicht.*
*Ich biete Ihnen folgende Termine für ein erstes Gespräch an: Dienstag, 10.10. um 10 Uhr oder Donnerstag, 12.10. um 17 Uhr. Bitte benachrichtigen Sie mich umgehend, da ich die Termine maximal bis zum Abend freihalten kann.*
*Freundliche Grüße*
*A. Weyden*
*P. S.: Entschuldigen Sie die späte Reaktion.*

Viele Leute reagierten auf Mails erst Tage später. So ließen sich in einer laufenden Praxis keine Sitzungen organisieren. Da es aber aktuell kaum Anfragen gab, erlaubte ich mir diese Ausnahme.

Nachdem ich die Nachricht abgeschickt hatte, wagte ich einen Blick auf den Zustand meiner Zimmer. Die Lage war noch nicht so dramatisch wie befürchtet, aber sie war ernst. Bevor hier jemand saubermachte, musste ich das Gröbste aufräumen. Morgen früh würde die Putzfrau kommen. Da ich sie dringend brauchte und ihre Stimme mir auf Anhieb sympathisch gewesen war, hatte ich ihr schon am Telefon zugesagt. Helen hätte die Hände über dem Kopf zusammengeschlagen. Dass dies der eigentliche Grund meiner Spontaneität sein konnte, kam mir nicht in den Sinn. Trotzreaktionen unterstellte ich lieber meinen Patienten.

Nach einem langen Blick auf das Chaos verschob ich noch einmal den Aufräumversuch und kehrte an den Schreibtisch zurück, um den Laptop zuzuklappen. Im selben Moment blinkte auf dem Bildschirm ein Fenster auf.

*1 Nachricht von: nobody@mymail.de*

Der hat nur auf meine Antwort gewartet, dachte ich und versuchte, es witzig zu finden. Ich öffnete die Mail.

*Hallo Herr Weyden,*
*ich komme am Dienstag um 10.*
*Gruß*
*M. Jander*

Sogar in seinem eigenen Absender blieb der Name verborgen. Ich unterdrückte diesen Gedanken wie auch meinen Ärger (die meisten Leute waren höflicher, als sie schrieben), blätterte im Kalender und notierte für den zehnten Oktober: *10 Uhr Jander.*

Am Dienstagmorgen holte ich die Putzfrau von der Bushaltestelle ab. Der Weg von dort bis zu mir war nicht weit, aber etwas kompliziert, weshalb ich ihr bei der ersten Ankunft entgegenkam. Zuerst verstand ich nicht, dass sie es war, die aus der Menge der Fahrgäste ausscherte und sich suchend umsah. Ich erwartete eine unauffällige Frau mittleren Alters mit zweckmäßiger Kleidung und kräftiger Figur. Umso erstaunter war ich, als eine zierliche Dame im roten Trenchcoat, kaum dreißig, meinen Blick auffing, die Augenbrauen hob und direkt auf mich zuging. Offenbar entsprach ich ihren Erwartungen mehr als sie meinen.

Ohne sich über mich zu vergewissern, stellte sie sich mit den gleichen Sätzen vor, die sie schon im Telefonat verwendet hatte. Sie heiße Lajosné Szalai, sie sei froh, die Stelle zu bekommen, und sie sei in Deutschland aufgewachsen, wo sie ihr Studium aus verschiedenen Gründen habe abbrechen müssen. Mein Bedauern darüber spielte sie herunter.

»Um Viertel nach zwölf kommt Milo aus der Schule.« Sie sah mich streng von der Seite an. »Dann muss ich zu Hause sein.« *Muss* betonte sie so, dass ich nicht wagte, etwas zu entgegnen.

»Wie alt ist er?«, fragte ich nur.

»Neun.« Sie zog ein Gummiband aus der Manteltasche und band mit raschen Handgriffen ihr kastanienbraunes Haar im Nacken zusammen. Der hochrutschende Ärmel gab eine kleine runde Narbe und ein paar blaue Flecken frei.

Eigentlich kein Alter, in dem man ein Kind lückenlos beaufsichtigen muss, dachte ich.

Am Ende der engen Gasse, die den oberen Teil der Hangsiedlung mit der zentralen Straße verband, erschien der rothaarige Mann. Ich wunderte mich über seine starre Haltung. Mit der Strenge, die er ausstrahlte, erinnerte er an einen militärischen Befehlshaber. Seine Bewegungen bestanden aus strammen Schritten und knappem Armschwingen.

Seit der ersten Begegnung mit ihm war ich mehrmals an seinem Haus vorbeigekommen. Oft war er im Garten beschäftigt gewesen, den er winterfest machte. Jeden Gruß von mir hatte er ignoriert. Stets erwiderte er meinen Blick, schwieg jedoch eisern dabei. Die ersten Male wünschte ich ihm noch einen guten Tag oder einen guten Morgen, bevor ich zum wortlosen Nicken überging. Jetzt, nach fast einem Monat, gab ich mich genauso regungslos wie er.

Er blieb in etwa zehn Metern Entfernung stehen und betrachtete Lajosné und mich mit einer Geringschätzung, die an Größenwahn grenzte. Was vermutete er? Hatte er mittlerweile mein Praxisschild entdeckt? Manche Leute hielten Psychologen ja für verrückt.

Ich blickte an ihm vorbei und zeigte Lajosné mit der Hand die Richtung. Je weniger ich zu ihr sagen musste, desto besser. Ich war müde, denn ich war früh aufgestanden, um die Flächen im Haus freizuräumen. Kleiderhaufen, Bücherstapel und ungespültes Geschirr hatte ich beseitigt. Nicht alles auf die vorgesehene Weise, aber wenigstens so, dass ich mich nicht vor Lajosné schämte, als sie später mit traurigem Lächeln die gelben Handschuhe überzog. Ich bat sie, mit der Praxis anzufangen und anschließend Bad und Küche zu putzen, das Schlafzimmer zuletzt, damit sie während der Sitzung nicht durch den Raum gehen musste. Das schien mir die beste Lösung zu sein. Personen in meiner Wohnung ertrug ich nur, wenn ich arbeitete. Nur so hielt ich die Anwesenheit ihrer unberechenbaren Gedanken, Schritte und Handgriffe aus. Eine zweifelhafte Bilanz für einen Therapeuten.

Ich las in der Küche die Zeitung, bis Lajosné mit dem Putzeimer aus dem Praxisraum kam. Dort sog ich ein wenig schuldbewusst den Seifenduft ein und schlich auf Zehenspitzen über das feuchte Parkett zum Schreibtisch, um die Sitzung vorzubereiten.

Schon immer hatten mich überdurchschnittlich viele Patienten mit Ängsten aufgesucht. Zum Zeitpunkt des Umzugs galt ich seit Jahren als Experte. Warum sie aber von Anfang an ausgerechnet zu mir kamen, war mir nicht klar. Ich stellte lediglich eines Tages fest, dass ich – statistisch gesehen – mehr Menschen mit Ängsten betreute als meine Kollegen, auch mehr als meine Ex-Partnerin. Laut Helen strahlte ich eine besondere Sicherheit aus – womit sie wohl die gleiche Eigenschaft meinte, die sie mir am Ende als Abgeklärtheit vorwarf.

Um zehn Uhr stand Jander vor mir, mit großen Augen, tief in den Jackentaschen vergrabenen Händen und Nikotingeruch. Der breitkrempige Hut, der etwas schief saß, verlieh ihm eine gekünstelte Lässigkeit. Kein typischer Lehrer mittleren Alters.

Fünfzig Minuten lang war er ein Patient wie jeder andere. Einer von vielen, einer mit Panikattacken, die dem Leben den scheinbar sicheren Boden wegrissen. Herzrasen, Schweißausbrüche, Zittern, das ganze Programm. Dazu noch jemand, der zum Frühstück nur eine Zigarette rauchte und Kaffee trank. Ein klassischer Fall.

Bis ich ihn nach seinen Träumen fragte.

Die meisten beantworteten diese Frage wie eine von vielen. Bereitwillig dachten sie nach und berichteten alles, was ihnen einfiel. »Ich erinnere mich nie« kam genauso oft vor wie »Nur banales Zeug«. Fragte ich nach Details, zeigten sich komplexe Bilder und Zusammenhänge, worüber die Patienten selbst staunten.

Als ich Jander nach seinen Träumen fragte, runzelte er nur die Stirn und schlug die Beine übereinander. Da ich annahm, dass er in seinen Erinnerungen suchte, wartete ich.

»Alles in Ordnung?«, fragte ich nach einer Weile.

Er kniff die Augen zusammen und musterte mich.

»Es gibt einen. Aber was wollen Sie damit?«

»Träume sind aufschlussreich.«

Weil es lächerlich klang, fügte ich hinzu: »Nicht so, wie viele es sich vorstellen, mit Symbolen und festen Bedeutungen. So arbeite ich nicht.« Jetzt klang es noch alberner.

»Sondern?« Seine Stimme war lauter geworden.

»Ich betrachte Träume individuell, aus dem persönlichen Leben heraus. Dann können sie ein Schlüssel sein.«

Sein Misstrauen forderte mich heraus.

»Schildern Sie mir Ihren Traum. Dann bekommen Sie eine Kostprobe.«

Janders blasse Lippen gaben den Blick auf die Zähne frei. Genüsslich lehnte er sich im Sessel zurück und betrachtete seine Fingernägel.

»Er kommt öfter.«

Erwartungsvoll sah ich ihn an.

»Zuerst ist da ein nächtlicher Teich. Nicht groß, aber sehr tief. Das ist in dem Traum irgendwie klar.«

Ich nickte. In Träumen war meistens alles irgendwie klar.

Er machte eine Pause, während der er mich mit einem skeptischen Blick fixierte. Ich unterdrückte den Impuls, mit meinen Fingern auf die Sessellehne zu trommeln.

»Um den Teich herum wächst Gras. Abseits sind dunkle Büsche, hinter denen es unübersichtlich wird.« Er verzog das Gesicht. »Davor wachsen weiße Blumen, die trotz der Nacht weit geöffnet sind und einen schweren Duft verströmen. Außerdem steht dort eine weiße Bank. Ich gehe um den Teich herum und setze mich auf die Bank. Plötzlich spiegelt sich im Wasser ein erleuchtetes Fenster. Ich drehe mich um, um die Lichtquelle zu finden, und sehe hinter mir – irgendwo hinter den dichten Büschen – ein großes Haus.«

Ich lehnte mich vor.

»In diesem Moment geht das Licht im Haus aus.«

Jander wirkte seltsam unbeteiligt. Er sah aus dem Praxisfenster, wo ein Passant an einer Hundeleine zerrte.

»Als ich mich zurückdrehe, schwimmt in dem Teich ein toter Körper.«

Wir waren schon zehn Minuten über der Zeit.

»Ich renne zu dem Haus und hämmere an die Tür, die sich einen Spalt breit öffnet. Eine Hand reicht mir einen halben Brief und schließt die Tür wieder.« Er starrte mir fest in die Augen.

»Einen halben Brief?«

»In der Mitte durchgerissen. Die obere Hälfte.«

»Was steht darin?«

»Ich kann nur die Anrede entziffern: Lieber D. …«

Er seufzte. Sein Blick, der jetzt nachdenklich auf mir ruhte, fing an, mich nervös zu machen.

»Erzählen Sie weiter.«

»Ist fast zu Ende. Mit dem Brief laufe ich zum Teich. Der Körper ist nicht mehr zu sehen, und ich weiß, dass er jetzt am Grund liegt. Ich spüre einen starken Druck im Hals, dann wache ich auf.«

»Macht Ihnen der Albtraum nichts aus? Sie erzählen ihn wie etwas, das Sie nichts angeht.«

Jander zuckte die Achseln.

Es klopfte an der Tür, und Lajosnés schmales Gesicht erschien. »Kann ich ins Schlafzimmer? Sie haben gesagt, elf Uhr.«

Zwischen ihr und Jander stand der Gummibaum, den ich, obwohl er Helen gehörte, aus der gemeinsamen Praxis mitgenommen hatte. Während Lajosné sprach, spannte Jander seine Gesichtszüge an und richtete sich im Sessel auf. Sicher konnte man Lajosnés Frage missverstehen. Aber das setzte schon einige Phantasie voraus.

Mit einer Handbewegung bat ich sie, die Tür wieder zu schließen.

»Nur die Putzfrau. Erinnern Sie sich an weitere Details?«

»Nein.«

Jander betrachtete seine Finger. Seine Hände waren blass mit deutlich hervortretenden Venen.

Das leise Gefühl der Überforderung, das an mir nagte, hätte mich warnen können. Aber ich machte daraus eine Herausforderung an meine Fähigkeiten. War ich nun

Spezialist oder nicht? So schlug ich einen zuversichtlichen Ton an. »Weiter in einer Woche, die gleiche Zeit?«

Er räusperte sich, wobei seine heisere Stimme für einen Moment tiefer klang. »Bekomme ich dann die Kostprobe?«

Gerne hätte ich mit einem Scherz reagiert, aber sein Tonfall hielt mich davon ab.

»Wir machen dort weiter, wo wir heute aufgehört haben.«

Er verdrehte die Augen. »Was schulde ich Ihnen?«

Da ich es für einen ironischen Scherz hielt, lächelte ich ihm kurz zu und ging zum Schreibtisch, um den neuen Termin einzutragen.

Als ich vom Kalender aufblickte, stand Jander mit der Geldbörse vor mir.

»Ich zahle bar.«

»Eigentlich ist das … «

»Gegen quittierte Rechnung«.

Es war schon Viertel nach elf. Ich suchte nach einem Rechnungsformular. Selten bestand jemand darauf, sein Geld sofort loszuwerden. Und waren Lehrer nicht meistens privat versichert? Ich fand kein Formular.

»Das regeln wir später.« Den Blick in Janders Augen mied ich. Stattdessen reichte ich ihm eine Broschüre über Angst und bat ihn, sie bis zum nächsten Mal zu lesen, was er mit einem knappen Nicken zur Kenntnis nahm, genau wie meine Empfehlung, nicht auf nüchternen Magen zu rauchen, wenn er schon rauchen musste.

»Übrigens, Sie wohnen doch in der Nähe der Villa Tann?« Ich hatte es mir nicht vorgenommen. Es kam von allein, wie etwas, das schon auf seinen Auftritt wartete.

Er wandte mir den Rücken zu, während er etwas Zerknülltes aus seiner Hosentasche zog. Schulterzuckend schnäuzte er sich.

»Ein unheimliches Haus, nicht wahr?« Ich ärgerte mich über die Unsicherheit in meiner Stimme. Was löste dieser Mann in mir aus?

»Nicht unheimlicher als Ihres.«

Ich brachte ein betretenes Lachen hervor.

Als ich die Tür öffnete, um ihn zur Garderobe zu begleiten, hörte ich Lajosné in der Küche mit Geschirr hantieren. Es hätte mich wundern sollen, denn ich hatte sie gebeten, nur die Flächen zu reinigen. Aber in diesem Moment sagte Jander:

»Nehmen Sie sich vor ihr in Acht.«

Ich lächelte, obwohl mir nicht danach zumute war.

»Wie meinen Sie das?«

»Warten Sie nur ab.«

In den folgenden Tagen riefen zwei neue Patienten an, von denen einer gleich wieder absagte. Irgendwann kehrt auch hier das gewohnte Leben ein, dachte ich, mit ausgefüllten Tagen, unerfreulichen Aufgaben und solchen, für die sich das Aufstehen lohnt. Ich versuchte, es mir selbst zu glauben. Bis es soweit war, wollte ich die verbleibende Freiheit genießen. Mit Gummistiefeln und Regenmantel rüstete ich mich gegen das Tief Matilde, das seit Tagen den Ton angab, lief durch alle Arten von Pfützen in die Stadt und trat die Sohlen am Eingang der Buchhandlung ab. Nachdem ich eine Weile an den Regalen entlanggestreift war, fiel mir bei den Thrillern *Die Verwicklung* ins Auge. Der Name des Autors sagte mir nichts. Ich überflog den Klappentext.

*Ein Psychologiestudent verfällt seiner unerreichbaren Professorin. Mehr und mehr verliert er den Bezug zur Realität. Als er sich selbst in eine psychiatrische Klinik einweist, ahnt er nicht, in wessen Hände er sich begibt …*

Ich las die erste Seite, die zweite. Beinahe vergaß ich die Zeit. Erst der Hustenanfall einer rotgesichtigen Kundin holte mich in die Situation zurück. Ich bezahlte das Buch und ging nach Hause, wo ich die verderblichen Einkäufe in den Kühlschrank stopfte. Den Rest ließ ich in der Tasche, um sofort weiterlesen zu können.

Aus den Seiten starrte mich etwas Unfassbares an. Die ahnungslosen, obgleich eindrucksvollen Anfänge des Gefühls. Absurde Suchen im Netz. Trügerische Interpretationen von Details. Abgleiche mit der Realität. Entgleisung des Alltags. Und das alles, ohne dass der verstrickte Student dem Objekt seiner Hoffnung auch nur einen Schritt näher gekommen wäre. Das war das Erschreckende daran. Und das, was mich in den Bann zog.

Die Woche nahm ihren Lauf, indem ich das Buch zu Ende las (die unglaubwürdige Schilderung der Klinik im letzten Drittel des Thrillers ärgerte mich, aber mein weiterer Lesehunger war geweckt), Filme ansah und Spaziergänge zum Westhang oder in die Stadt unternahm. Villa Tann blieb rund um die Uhr dunkel, und unten im

Ort fand ich ein beschauliches Lebenstempo vor, in das ich ohne Widerstand eintauchte. Kaum noch vermisste ich die Großstadt. Verwandte und Bekannte waren weit genug entfernt, um nichts Spontanes von mir zu erwarten, und wenn zu viele Regenschirme durch die feuchten Gassen schwebten, zog ich mich in das nächste Café zurück. Fast hätte ich zufrieden sein können. Doch je mehr Grund ich dazu bekam, desto unruhiger wurde mein Schlaf.

Es fing damit an, dass ich zwar ohne Probleme einschlief, aber nach zehn oder fünfzehn Minuten noch einmal aufwachte, bevor ich in eine weitere Schlafphase glitt, die auch nur eine halbe bis dreiviertel Stunde dauerte. Dann wachte ich wieder auf und lag eine Weile da, bis die nächste Phase begann. Erst in der zweiten Hälfte der Nacht fand ich kontinuierlichen Schlaf.

Ich schenkte der Sache zunächst keine Aufmerksamkeit. Die Woche endete mit einer anonymen Nummer in der Liste verpasster Anrufe, zwei neuen Patiententerminen und einem zerbrochenen Glasrahmen, der die Fotografie eines Leuchtturms enthielt und von der Wand fiel, als ich beim Griff ins Aktenregal mit der Schulter dagegen stieß. Statt mich darüber zu ärgern, warf ich die Scherben weg und stopfte das Bild in den Schrank.

Als mir am Montagnachmittag Lank mit lauerndem Blick und gefalteten Händen gegenübersaß, hatte ich Mühe, meine Gedanken an Ort und Stelle zu lassen. Zum dritten Mal verging eine ganze Stunde, ohne dass er auch nur einen Schritt von seiner Fixierung abrückte. Sein Leben kreiste um die Frau seines ›besten‹ Freundes, mit der er eine Affäre hatte und ein übles Versteckspiel spielte. Sein Problem war aber ein anderes; nicht, dass ihn Gewissensbisse zu mir geführt hätten. Er litt an der Launenhaftigkeit, mit der ihm die Dame zur Verfügung stand. Er war ein Geliebter auf Abruf, immer ein Auge auf das Telefon gerichtet, jede Minute bereit, aufzuspringen, gefangen zwischen Wellen der Hoffnung, Wogen der Enttäuschung und wenigen Tropfen Glück, während er im Haus des Freundes ein und aus ging, dort mit den Kindern spielte, Feste organisierte oder die Buchsbaumhecke schnitt. In seinem Leben gab es ansonsten nur die Bankfiliale, in der er arbeitete. Und die Zeit, die verging.

Er lauerte auf jedes Wort von mir, stürzte sich auf alles, was ich zu seiner Lage äußerte. Nichts konnte seinen Hunger auf Hoffnung stillen. Das hatte er mit allen unheilvoll Verliebten gemeinsam. Doch eines unterschied ihn von den anderen: Er ließ an seiner Geliebten kein gutes Haar. Er nannte sie egoistisch, eitel und verwöhnt.

Viermal zwang ich mich, meine Arme voneinander zu trennen, die sich immer wieder vor meiner Brust verschränkten. Fünfmal erdete ich meine Füße, bevor das linke Bein erneut unter dem rechten verschwand.

Es gibt auch andere Patienten, sagte ich mir. Da, wo nun Lank saß, würde morgen Jander die Lippen zusammenpressen, und wer wusste, was noch alles kam. Aber das änderte weder die Unruhe, die ich empfand, noch den Umstand, dass mir bis auf weiteres eine Menge Zeit zur Verfügung blieb – zu viel, um sie allein mit Spaziergängen und dem Lesen von Psychothrillern zu füllen. Und während sich Lank über die mangelnde Empathie seiner Geliebten beklagte, beschloss ich, ab jetzt jeden halben Mittwoch für etwas anderes zu reservieren: die Wirklichkeit.

# 2

Zuvor wurde es aber Dienstag. Lajosné kam früher als vereinbart, fast zwanzig Minuten nach neun, was für mich nach einer unruhigen Nacht und dem hektischen Aufräumen (ich konnte mich nicht überwinden, es auf den Vorabend zu verlegen) ein weiteres Ärgernis war. Auch Verfrühung war Unpünktlichkeit. Ich überlegte, ob ich etwas sagen sollte, ließ es aber sein.

Als kurz darauf Jander läutete, hantierte sie schon im Bad. Hinter der Milchglasscheibe der Badezimmertür bewegte sie sich als amorphe Gestalt. Lajosné schloss jede Tür hinter sich. Sogar die Schiebetür zwischen Praxis und Schlafzimmerflur, die ich nie anrührte, drückte sie zu. Am liebsten würde sie wohl abschließen, dachte ich.

Jander begrüßte mich mit einem kühlen Handschlag und schlüpfte aus der Lederjacke. Bevor er den Hut auf die Ablage warf, hielt er in der Bewegung inne und betrachtete den roten Mantel, der an einem der Garderobenbügel hing. Es fiel mir nicht so sehr wegen der Dauer des Blicks auf, obwohl dieser sich schon in die Länge zog. Es war die Art, wie er seine Augen auf den roten Stoff richtete. Kein neugieriger Blick, auch kein abschätziger. Nein, er betrachtete den Mantel so, wie man etwas ansah, das man lange vermisst hatte.

Als Jander Platz nahm, war es zwei Minuten vor zehn. Ich knipste die Stehlampe zwischen den Sesseln an. Denn über dem Tal hingen schwere Wolken, und die oberen Hänge waren nicht zu erkennen. Villa Tann war im Nebel verschwunden. Selbst wenn dort Licht gebrannt hätte: Es wäre von hier aus unsichtbar gewesen. Der Tag war so dunkel, als ginge er soeben vorbei, und der Raum, in dem wir saßen, war schummrig wie ein vergessenes Hinterzimmer.

»Warum kommen Sie eigentlich morgens?«, fragte ich. »Sie sind doch Lehrer.«

»Es passt am besten zum Plan.«

Ich betrachtete sein nervöses Gesicht, in dem nun die Mundwinkel zuckten.

»Zum Stundenplan«, fügte er hinzu.

Zögernd sprach er weiter. »Meine Kollegen haben lieber nachmittags frei. Die sind froh, wenn jemand mehr spätere Stunden nimmt.«

Ich nickte dazu und wusste, dass es nicht die Wahrheit war. Seine Stimme verriet es, auch die Bewegung der Lippen, die er nach dem Sprechen kurz aufeinanderpresste. Und seit wann stimmten Lehrer den Stundenplan aufeinander ab?

Um mit der Arbeit beginnen zu können, lächelte ich ihm verständnisvoll zu. Mich selbst beschwichtigte ich mit der Aussicht auf einen ungewöhnlichen Fall.

Ich musste Jander bei Laune halten. Menschen wie er waren Perfektionisten. Fehler und Unvollkommenheiten des Lebens ertrugen sie schwer. Noch mehr aber fürchteten sie, selbst nicht makellos zu sein. Einen Therapeuten aufzusuchen bedeutete für sie eine seelische Bankrotterklärung. Oft dauerte es Wochen, bis sie verstanden, was ich ihnen von Anfang an erklärte: Fast jeder zehnte

Mensch litt an irgendeinem Punkt seines Lebens an Ängsten. Unter Druck standen alle von ihnen, aber wenige waren so fordernd wie Jander.

»Ich habe mich informiert.«

Sein triumphierender Tonfall ärgerte mich.

»Worüber?«

Er lachte kurz auf. »Sie weichen von der üblichen Vorgehensweise ab.«

»Sie haben im Netz gelesen. Das ist nicht empfehlenswert.«

»Was soll das mit den Träumen?«

Ich wühlte nach überzeugenden Worten. »Wenn …«

»Der Albtraum ist eine Panikattacke im Schlaf«, raunte er. »Mehr nicht.« Er stemmte die Hände auf die Oberschenkel. »Hören Sie, ich will keine Traumdeutung. Ich will die Attacken loswerden. Und zwar die im Wachzustand.«

Seine großen Augen verschwammen für einen Moment, um gleich darauf fast zu erstarren. Sekundenlang fixierte er mich. Dann löste sich auch das auf, und er schmunzelte, als wollte er den strengen Eindruck relativieren, den er auf mich gemacht zu haben hoffte. Doch alles, was er hinterließ, war das Bild eines mit den Fingern trommelnden Mannes, der eine Dienstleistung in Anspruch nahm und die sofortige Lösung erwartete.

»Wie ging es Ihnen mit der Broschüre?« Meine Methode baute durchaus auf klassischen Maßnahmen auf. Da ich aber Wert darauf legte, auch unter der Oberfläche zu operieren, fügte ich individuelle Komponenten wie Träume und Begebenheiten hinzu.

»Das meiste wusste ich schon.« Er mied meinen Blick.

»Und was noch nicht?«

»Warum ist das wichtig?«

»Genau. Lassen Sie uns keine Zeit verlieren.«

Er verschränkte die Arme vor der Brust. Ich rechnete mit einer neuen Provokation. Aber seine Gesichtszüge entspannten sich. Er sah aus dem Fenster und murmelte einen Satz, den ich nicht verstand.

Ich bat ihn um Wiederholung.

»Der Traum ist wie mein Nachbar.« Er zog eine Augenbraue hoch.

»Möchten Sie das erläutern?«

Er schlug die Beine übereinander und legte die Hände auf den Armlehnen ab. Sein Blick wurde stechend.

»Sie haben ja Schweigepflicht«, sagte er leise, beinahe drohend.

Ich nickte mechanisch. Alle Patienten waren von der Schweigepflicht fasziniert. Manchmal hatte ich den Eindruck, sie hielten sie für eine Art Magie.

Der Nebel draußen schien gegen die Scheiben zu drücken.

»Das war ein Witz. Über meinen Nachbarn gibt es nichts zu berichten.« Er sah nicht aus, als sei er zu Scherzen aufgelegt.

»Genau wie über Ihren Traum.«

»Exakt.«

Eine Pause entstand, in der nur das Knacken der Heizung zu hören war.

»Sie haben mir noch nicht erzählt, wann die Attacken im Wachzustand kommen.«

Er runzelte die Stirn. Seine Augen verkleinerten sich.

»Die Uhrzeit?«

»Die Situationen.«

Im Flur brummte der Staubsauger.

Mit schmalen Lippen sah Jander mich an und rückte den Sessel zurecht.

Ich wartete eine halbe Minute, bevor ich sprach. »Die konkreten Umstände. Oder kommt es aus heiterem Himmel?«

Andere Patienten überschlugen sich mit ihren Schilderungen. Jander war keiner von ihnen.

Er machte eine Geste in den Raum hinein. »Ich frage Sie auch nicht nach ihren Situationen.« *Situationen* betonte er auf ironische Art. »Man kann alles unter Verdacht stellen, jeden einzelnen Augenblick. Vielleicht ist jeder Tag ein Betrug und die Nacht das einzig Wahre.« Seine Stimme war immer lauter geworden.

»Ich denke, Sie wissen, worauf ich hinauswill.«

»Sagen Sie mir, was ich gegen die Panikattacken tun kann. Darum bin ich hier.« Er verschränkte die Arme.

»Wir sind schon dabei.«

»Dass es von Gerede besser wird, ist mir neu.«

»Sie haben recht. Nicht von Gerede. Aber vom Verstehen der Zusammenhänge. Von da aus können Sie etwas verändern.«

»Und was haben Träume damit zu tun?«

Die Kostprobe. Vor lauter Provokation hatte ich sie aus den Augen verloren. Doch es war ohnehin deutlich, dass er auf die Kostprobe pfiff.

»Träume sind Teil des Zusammenhangs.«

»Und vom Verstehen verschwinden die Panikanfälle.« Er schüttelte den Kopf und lachte bitter.

»Nein. Aber die Bedingungen für ihr Verschwinden verbessern sich.«

»Dann ist ja alles gut.«

Es waren diese Momente, die zwischen uns standen. Nicht meine Herangehensweise und nicht der Leidensdruck, unter dem Jander sich befand. Es war seine Ironie. Zusammen mit dem erzwungenen Lächeln, dem raschen Hervorschimmern seiner Zähne, ragte sie zwischen uns hervor wie eine Mauer aus Glas.

»Am Anfang steht ein Erklärungsmodell. Dafür brauchen wir die genauen Umstände Ihres Problems.«

»Und dann?«

»Gehen wir an die Lösung. Schritt für Schritt.«

Es überzeugte ihn nicht. Er war niemand, der anderen Glauben schenkte. Vermutlich nicht einmal sich selbst. Aber er schien bereit, die Spur aufzunehmen. Denn er räusperte sich und begann mit klarer Stimme:

»Sie kommen immer um drei Uhr nachts.«

Sein Bericht dauerte die ganze Sitzung. Ich lauschte und unterbrach ihn nur einmal, um ihn ein paar geflüsterte Sätze wiederholen zu lassen.

Als ich die Haustür hinter ihm schloss, kämpfte ich gegen die Unruhe, die in mir aufzusteigen begann.

Mittags – Lajosné war schon gegangen – fand ich Janders Telefonnummer unter ein paar Formularen auf meinem Schreibtisch. Ich stutzte, denn ich war mir sicher, den Zettel wieder unter die Lampe geklemmt zu haben, nachdem ich die Mail geschrieben hatte. Die

Lampe stand jetzt weiter links. Lajosné hat Staub gewischt, sagte ich mir. Dass sie sensible Daten zu Gesicht bekam, war unvermeidbar, auch wenn ich das meiste in einem verschlossenen Schrank aufbewahrte. Auf dem Zettel stand nur die Nummer, kein Name dazu. Manchmal konnte Nachlässigkeit auch von Vorteil sein.

Um gegen die Müdigkeit anzukämpfen, die mich immer mehr quälte, ging ich noch vor dem Essen nach draußen. Der Nebel dauerte an, und von den Hängen war nichts mehr zu sehen, so sehr hatte sich der Dunst im Tal verdichtet. Ich überlegte, ob ich nach unten in die Stadt gehen sollte oder nach oben, dorthin, wo man wohl kaum noch die eigene Hand vor Augen sah. Ich entschied mich für den Nebel und machte mich auf den Weg.

Zuerst lief ich die Hangstraße bis zum Ende hoch, wo der Wald begann. Dort machte ich ein paar Makroaufnahmen von tropfenden Tannenzweigen. Anschließend stieg ich die nasse Treppe zur Kaltenseestraße hinauf.

Der Zaun und die Bambussträucher waren das Einzige, was ich erkennen konnte, als ich die Kreuzung betrat. Nicht einmal Konturen der Villa waren zu sehen. Man ahnte nur eine dunkle Masse alter Steine, deren Form rätselhaft blieb. Die Fenster der umgebenden Häuser leuchteten matt durch die Nebelwände wie Schiffslichter auf hoher See.

Ich machte mehrere Fotos und wollte gerade umkehren, als ich erstarrte.

Hinter dem Zaun, irgendwo zwischen Bambus und Haus, bewegte sich in der grauen Nebelmasse ein glühender Punkt. Erst schien er sich immer weiter zu entfernen, änderte dann die Richtung, tanzte auf mich zu und verschwand so unvermittelt, wie er aufgetaucht war. Schritte waren dabei nicht zu hören gewesen, aber der Boden jenseits des Zauns war weich.

Ich starrte noch eine Weile in den dunstigen Garten, wo sich die Umrisse großer und kleiner Pflanzen zu formlosen Gebilden vereinigten. Alles blieb reglos; kein Blatt bewegte sich.

Zwanzig Minuten später saß ich am Schreibtisch und ertappte mich dabei, wie ich immer wieder den Blick aus dem Fenster richtete, auf die Stelle des Hangs, wo die Kaltenseestraße begann. Dort, wo sich sonst Villa Tann über die Umgebung erhob, war ein graues Meer aus winzigsten Wassertropfen. Atmosphärische Bedingungen, sagte ich mir. Ich musste es mehrmals sagen, bis der Drang, in jene Leere hinüberzusehen, nachließ.

Am nächsten Morgen betrat ich am anderen Ende der Stadt einen Parkplatz und zog die Mütze vom Kopf. Die Steigung war größer als die der Hangstraße gewesen. Mein Atem ging schnell, und ich schwitzte. Ich, der unpraktischste aller Menschen, wollte hier freiwillig helfen? Bei meinem Anruf hatte man mich nicht nach Referenzen gefragt. Die einzige Frage hatte gelautet: »Können Sie gleich anfangen?«

Das Ostbergstift lag am Stadtrand auf einer Anhöhe, umgeben von Villen, einem öffentlichen Park mit Teich und waldigen Hügeln. Es erinnerte an einen Landsitz, hinter dessen Sandsteinmauern ein privilegiertes Leben stattfand. Aber ich wusste: Was hier drinnen vorging, war davon weit entfernt.

Vor dem Gebäude war ich der einzige Mensch. Im beginnenden Regen näherte ich mich dem Portal und drückte den Klingelknopf. Legte die Hand auf den Türknauf. Wartete. Läutete noch einmal. Stellte mich dicht vor die Tür. Hörte den Wind über die Sträucher am Parkplatz streichen.

Ich zuckte zusammen, als die Tür aufging. Ein Briefträger kam heraus.

»Ist offen«, murmelte er und eilte weiter.

Ich brauchte die Tür nur aufzudrücken.

Im Korridor hing der Rest eines dumpfen Parfums. Die Rezeption war leer und ringsum niemand zu sehen. Dennoch schien jemand da zu sein, dessen Anwesenheit so diffus war, dass ich sie unbedenklich zur Kenntnis nahm. Eine Weile betrachtete ich die Papierlaternen, die an der Decke hingen, und wunderte mich über die Stille.

Die Frau im hellgrünen Kittel, die einen Küchenwagen um die Ecke schob, grüßte mit flüchtigem Nicken. Ich ging ein paar Schritte hinter ihr her.

»Wo finde ich Frau Blohm?«

Als sie stehenblieb und mich ansah, tat es mir leid, sie aufzuhalten. Sie hatte Schatten unter den Augen und ein müdes, farbloses Gesicht. Ihr Blick schwankte zwischen Güte und Ungeduld. Das Namensschild an ihrem Kittel verriet *Ariana Delic*.

»Oben. Pflegestation.« Sie deutete auf den Aufzug, wartete, bis ich in der Kabine stand, und drückte von außen die Taste *3*. Mit einem Schleifen schloss sich die

Tür. Ich starrte auf den zerkratzten Klappsitz an der Fahrstuhlwand.

In der dritten Etage schob ein schlurfender Mann seinen Rollator über den Gang. Eine Frau im Rollstuhl schimpfte, weil ihr der Mann nicht auswich. Aus einem Zimmer drangen Stimmen. *Schwesternzimmer* stand auf der angelehnten Tür. Im selben Moment, in dem ich anklopfen wollte, kam eine Frau mit blondierter Hochsteckfrisur heraus. Sie war fast einen Kopf größer als ich.

»Ich suche Frau Blohm.«

»Das bin ich.«

*Beatrice Blohm.* Jeder trug hier ein Namensschild. Das Blut stieg mir in die Wangen.

Sie bot mir das Du an und gab mir die Hand. Mit kräftigen Schritten ging sie voraus und führte mich an Wäschewagen und Zimmertüren vorbei ans Ende des Korridors. Es war der achtzehnte Oktober um neun Uhr, eine Stunde, bevor die Verwirrungen begannen, ohne die ein besseres Ende vielleicht noch möglich gewesen wäre.

Wir erreichten einen Raum mit Dachschrägen und einem schiefen Blumenbild an der Wand. Hier saßen zehn demente Senioren, neun Frauen und ein Mann, an einem langen Tisch. Vom Frühstück bis zum Mittagessen, vom Kaffeetrinken bis zum Abendessen. Jeden Tag.

Langsam ging ich um den Tisch herum und begrüßte alle nacheinander. Warme Handflächen, kalte, raue, zittrige, schweißige, schwache, zugreifende – alles spürte ich da. Müde, traurige, fragende, freundliche, resignierte Augen richteten sich auf mich. Die Namen würde ich rasch lernen. Bei den Rollstuhlfahrern waren sie unterhalb der Armlehne notiert, und die einzige Person ohne Rollstuhl war eine Frau, die von ihrer Tischnachbarin »die junge Alte« genannt wurde, wohl wegen ihrer kecken Lockenfrisur.

Die ersten Arbeitsabläufe, die Beatrice mir erklärte, ergaben sich aus der Situation. Ich desinfizierte meine Hände. Räumte leere Teller und Tassen ab. Füllte Wasserbecher nach. Lernte, dass nicht jeder einen Teller, auf dem nur noch ein Klacks Marmelade klebte, als leer ansah. Lehnte dankend ab, als man mir ein angebissenes Brötchen anbot. Suchte eine Antwort auf Frau von Bercks Frage: »Was ist denn die Telefonnummer meiner Mutter?« und fand sie nicht.

Ich kratzte Essensreste von Tellern. Ließ benutztes Besteck in einen Eimer mit Wasser fallen. Schenkte Frau Bronner, die zuletzt dazukam, den Kaffee ein. Putzte Herrn Carow Honig vom Kinn. Hob seinen Löffel vom Boden auf und holte einen neuen. Wischte die Plastiktischdecke ab.

»Bald zehn, gell?« Viele Male am Tag rief Frau Ehmann die Uhrzeit aus, und sie irrte sich nie. Bis heute höre ich ihre heisere Stimme. Vielleicht wird der Zeitpunkt *Mittwoch, zehn Uhr* für mich immer damit verbunden sein, mit Frau Ehmanns Ausrufen und meinen eigenen verstohlenen Blicken zum Zifferblatt über der Tür.

Die Uhrzeiger im Ostbergstift bewegten sich langsam. Sie schlichen von Zahl zu Zahl, als wäre es etwas Verbotenes oder etwas, das ein Geheimnis bleiben sollte. Dabei erwarteten viele Bewohner voller Sehnsucht das

Ende des Tages, manche auch das des Lebens. Es war ein tragischer Widerspruch, den es nur selten aufzulösen gelang.

Am Ende des Korridors gab es noch mehr. Ich mochte die Schranktüren an der linken Wand, weil sie bei jedem Öffnen und Schließen knarrten und quietschten. Beatrice zeigte mir alles Notwendige. Als sie die dritte Schranktür schloss, war es fast zehn Uhr.

Von der Mitte des Flurs kam ein Poltern. Ich drehte mich um.

Eine Frau mit Clownsnase stand am Treppenabsatz. Mittelgroß, Mittvierzigerin. Schwarzer Filzhut, dunkler Zopf. Kräftige Augenbrauen. Arztkittel, mit bunten Motiven bemalt. Rotweiß gestreiftes Shirt. Zu weite schwarze Hose mit Trägern. Ein grüner Schuh, ein blauer. Großer altmodischer Lederkoffer.

Ein surreales Gefühl erfasste mich, ein innerer Aufruhr wie nach zu starkem Kaffee. Meine Erinnerung an diese Sekunden gibt nur Fragmente preis: den knappen Wortwechsel zwischen ihr und Beatrice, die ernste Miene unter dem Hut und einen Blick, der meinem auswich – auch dann noch, als Beatrice in ihrem Büro den Laufzettel für die Clownin suchte und mich mit ihr allein ließ, die zu Boden blickte, obwohl wir einander gegenüberstanden.

Ich ging einen Schritt auf sie zu und gab ihr die Hand.

Da erkannte ich sie.

Die Frau aus dem Fachwerkhaus.

»Arnd Weyden. Ich glaube, wir kennen uns schon?«

Versteckte Resignation sprach aus ihrem Blick. Vor

allem aber: Ernst. Nichts Plauderndes, Nettes, Gefälliges. Ich wunderte mich über die Anspannung, die von ihr ausging und die sie mit gespielter Souveränität zu kaschieren versuchte.

»Ehrenamtlich hier?« Sie deutete auf meine Alltagskleidung. Ein Hauch Zigarettenrauch streifte mich.

»Nur aus Egoismus. Zum Ausgleich für meine Arbeit.«

Ihre Mimik blieb unverändert. »Was arbeiten Sie?«

»Ich berate Menschen in kritischen Lebenslagen. Oder in Situationen, die ihnen so vorkommen.«

»Sind Sie aus Tiefenwald?«

Ich bejahte, ohne ihren Gedankensprung zu verstehen. Offenbar hatte sie mich nicht erkannt. »Eigentlich bin ich aus Norddeutschland.«

»Aha, ein Muschelschubser.«

Ich lachte. »Woher kommen Sie?«

»Von zu Hause.«

Wie auch immer ich sie jetzt ansah – etwas veränderte sich.

»Entschuldigen Sie. Als Clownin muss ich so sein. Das dürfen Sie nicht so ernst nehmen.«

Sie richtete sich wieder auf, etwas gerader als vorher. »Ich komme aus dem Finanzbereich«, sagte sie leise mit rollendem R.

Zum Nachfragen war keine Gelegenheit, denn Beatrice kam zurück. Sie gab der Frau einen Laufzettel mit Zimmernummern und den Namen der Bewohner, denen sie Einzelbesuche abstatten sollte.

Ich ging zu den zehn Senioren zurück. Doch meine Aufmerksamkeit blieb im Flur, auch dann noch, als niemand mehr dort war. Sie folgte den Schritten der Clownin, begleitete sie über die Treppe zu den unteren Etagen und in die Bewohnerzimmer hinein. Erst nach einer Weile schaffte ich es, mich wieder auf die Runde am Tisch zu konzentrieren.

Um elf Uhr klang eine Frauenstimme durch den Flur. »Ja, hallooo …« Die Clownin erschien in der Tür. Sie kratzte sich am Kopf und betrat mit übertrieben tollpatschigen Schritten und gebeugter Haltung den Raum, wo sie den Koffer in eine Ecke stellte.

Bei Herrn Carow machte sie Halt, hockte sich neben ihn und wartete ab. Er war ein ruhiger, freundlicher Herr von fast hundert Jahren, der jeden für ihn getätigten Handgriff mit dem Ausruf »Danke« quittierte. Sein trüber, müder Blick glitt über die Clownin hinweg. »So schöne Augen. So eine schöne Frau«, murmelte er.

Mit gereckter Brust richtete sie sich wieder auf. »Heute Morgen war ich die schönste Frau in meinem Bad.«

Sie ging zum Koffer und öffnete ihn. Der Inhalt war mit einem dunklen Tuch bedeckt. Den geöffneten Koffer hob sie hoch, so, dass nichts herausfallen konnte. Das Tuch ließ sie, wo es war.

Sie ging von einem zum anderen. Viele schafften es nicht, die Augen, wie gefordert, geschlossen zu halten, als sie unter das Tuch griffen und einen Gegenstand herausnahmen. Einige konnten die Sache trotzdem nicht benennen. Ein riesiger Kamm mit breiten Zinken. Ein Kochlöffel aus Holz. Ein altmodischer Wecker.

Ein Ball.

»Welche Form?«, fragte sie Frau von Berck, deren

hoheitsvolles Gesicht einen unwirschen Ausdruck annahm. Ihr silberner Haarreif war auf die Stirn gerutscht, wo er wie ein extravagantes Schmuckstück anmutete.

»Blau«, bellte sie in einem Ton, der zu sagen schien: Siehst du doch.

Die Clownin legte die Stirn in Falten. »Die Form ist blau. Wunderbar.«

Jetzt kam sie auf mich zu und hielt mir den Koffer hin.

Ich genierte mich. »Ich muss auch …?«

Ihr Gesicht spielte Empörung. Sie ließ mir keine Wahl. Ich griff unter das Tuch, wo meine Finger etwas Weiches berührten, das ich mit geschlossenen Lidern hervorzog. Das kleine Stück Stoff fühlte sich glatt an und ein wenig kühl, und es war an einem schmalen Band befestigt. So lange ich aber auch tastete – kein Bild stellte sich ein.

Erst blinzelte ich, dann wagte ich einen Blick.

Eine Schlafmaske, eine recht abgenutzte. Wer die wohl getragen hatte? Ich schob den Gedanken fort.

»Und?« Die Brauen der Clownin wölbten sich. Sie zwang mich, obwohl ich mit geöffneten Lidern vor ihr saß und den Gegenstand in meinen Händen betrachtete, der mich irritierte, ohne dass ich hätte sagen können, warum.

»Eine Schlafmaske.« Ich wartete darauf, dass ich mir bescheuert vorkam. Doch vor das Gefühl schob sich ein anderes, eines, dessen obskure Präsenz ich nicht verstand.

Die Frau mit der roten Nase trug ihren Koffer weiter, von einer Person zur anderen, einmal herum. Am Ende ging sie ohne Abschied aus dem Zimmer, und ich wusste nicht, ob das, was ich fühlte, Erleichterung oder Bedauern war.

»Was ist das?« Beatrice nahm ein großes Tuch von einer Stuhllehne und sah mich fragend an.

»Oh, das hat die Clownin vergessen.«

»War das Tuch nicht blau?« Aus ihrer Stimme klang leises Entsetzen.

»Nein …«

Das Tuch war schwarz.

»Wie heißt die Frau?«, fragte ich eine Minute später.

Sie nannte nur den Nachnamen.

De Luca.

In der dritten Oktoberwoche war die Praxis noch lange nicht auf dem Level, wo ich sie haben wollte, aber es ging voran. Nach und nach hatten sich weitere Patienten eingefunden, die meisten von Ängsten geplagt. So auch ein junger hellblonder Mann namens Nick. Er litt an einer sozialen Phobie, die es ihm unmöglich machte, im Beisein anderer zu essen. Es war erschreckend, wie das ein Leben beeinträchtigte.

Am neunzehnten Oktober um achtzehn Uhr stand er keuchend auf der Türschwelle und stürzte in meinen Flur, kaum dass ich die Tür geöffnet hatte.

»Sowas Unheimliches!« Seine aufgerissenen Augen sahen mich an.

»Guten Abend, Nick.«

Er zog den Reißverschluss seiner Jacke auf.

»Im Dunkeln komme ich nicht mehr zu Fuß hierher.«

»Sie sind ziemlich aufgebracht.«

»Bis vor zehn Minuten ging es mir gut. Da unten, am Anfang der Hangstraße …« Er starrte in die entsprechende Richtung, obwohl die Haustür geschlossen war.

Ich nahm ihm die Jacke aus der Hand, hängte sie an die Garderobe und machte eine einladende Armbewegung zum Praxisraum.

Drinnen stellte er sich an das Fenster, das Gesicht von mir weggewandt.

»Wollen Sie sich nicht setzen?«

Nicks Atem ging immer noch rasch.

»Folgende Szene: In einer Garageneinfahrt liegt eine Frau, vor ihren Füßen eine Reisetasche. Ich will hinlaufen. Da sehe ich, dass dicht neben mir jemand am Rand des Fußwegs hockt, vor einem Gebüsch.«

Von meinem Sessel aus lauschte ich Nicks Schilderung. Sein Gesicht konnte ich nicht sehen, stellte mir aber die Angst in den wasserblauen Augen vor.

»Ich gehe weiter geradeaus. Da leuchten Scheinwerfer auf, und ein Auto kommt.« Er musterte mich, als wollte er wissen, ob ich noch zuhörte.

Ich hob die Augenbrauen.

»Das Auto fährt vorbei, die Frau steht auf. Ich gehe an dem kauernden Mann vorüber, ohne ihm ins Gesicht zu sehen. Dann fange ich an zu rennen.«

Nick drehte sich um und sah mich an.

»Hört sich tatsächlich ungewöhnlich an. Was hat Ihnen am meisten Angst gemacht?«

Er ließ sich in den Ledersessel fallen. Seine linke Hand umklammerte das Gelenk der rechten.

»Sie bringen das einfach so in die Sitzung ein? Wie hätten Sie denn reagiert?«

Die Frage war berechtigt.

»Es hätte mich auch verunsichert. Aber gerannt wäre ich wahrscheinlich nicht.«

»Nachher nehme ich ein Taxi.« Nick verschränkte die Arme vor der Brust. Sein Atem hatte sich beruhigt, und wir konnten beginnen.

Als eine knappe Stunde später die Rücklichter des Taxis in der Dunkelheit verschwanden, ging ich zum Telefon und wählte die Amtsnummer der Polizei. Der Vorfall beschäftigte mich, sogar sehr. Aber einen Angstpatienten durfte ich nicht beim Überbewerten unterstützen. Alles kam darauf an, den Ball flach zu halten.

Der Polizist ließ mich kaum ausreden. »Sind die Wegelagerer wieder da«, war alles, was er in seinem kennerhaften Tonfall sagte. »Können Sie sie genauer beschreiben?«

»Ich habe es nicht selbst gesehen.«

So könne man leider nichts machen, sagte er und bedankte sich für den Hinweis.

Immerhin gab es jetzt einen Namen dafür. Wegelagerer. Ein Trick, um wohlhabende Passanten in Villengegenden zu überfallen. Perfektes Erklärungsmodell. Und doch …

Es war neunzehn Uhr dreißig, und ich beschloss, einen Abendspaziergang zu machen. Nick hätte mich für verrückt erklärt. Vermutlich war das der Grund, weshalb ich genau seinen Weg nahm, die Hangstraße bergab. Auf der Höhe der Garageneinfahrt, wo nach seiner Schilderung die Frau gelegen hatte, blieb ich stehen und sah mich um.

Ich war der einzige Mensch weit und breit.

Ich lauschte.

Unten auf der Kreuzung rauschte der Abendverkehr.

Ich hielt meine Nase in den Wind. Jemand heizte mit feuchtem Buchenholz.

Aus den Zweigen über mir fiel ein Wassertropfen auf meinen Kopf und rann über das rechte Ohr in den Kragen.

Ich horchte in mich hinein. War ich enttäuscht, die Wegelagerer nicht anzutreffen? Hatte ich mich vergewissern wollen?

Einen Teil von mir, den Aufklärer, hätte es vielleicht beruhigt. Er wäre später nicht ganz so hungrig gewesen.

Am folgenden Dienstag klingelte es um neun Uhr zwanzig an der Tür. Ich war noch damit beschäftigt, das Bad freizuräumen, und überlegte, ob ich Lajosné draußen warten lassen sollte. Schließlich ging ich doch in den Flur, um die Haustür zu öffnen.

Draußen stand ein Junge, acht oder neun Jahre alt. Obwohl er eine dicke Jacke trug, schien er zu frieren, mit hochgezogenen Schultern und angespanntem Gesicht. Sein braunes Stoppelhaar sah feucht aus, und seine Augenlider waren verquollen, als wäre er gerade erst aufgewacht.

»Meine Mutter hat hier in der Nähe noch etwas zu erledigen. Sie kommt gleich nach.«

Ich versuchte, mich an letzte Woche zu erinnern.

Lajosné hatte nichts von Milo gesagt. Seit dem ersten Tag hatte sie ihn nicht mehr erwähnt.

»Keine Schule?«

Ich war von mir selbst genervt. Erwachsene fragten immer nach der Schule.

»Herbstferien.« Er zog die Nase hoch und trat von einem Fuß auf den anderen.

Eine Mischung aus Ärger und Betroffenheit stieg in mir auf. Ich hielt nach Lajosné Ausschau, sie kam aber nicht. So bat ich Milo herein. Befangen stand er im Flur und betrachtete seine Stiefel. Seine Kleidung strömte einen starken Geruch nach Waschmittel aus.

»Du kannst die Jacke ausziehen und dich hier in die Küche setzen. Sie wird ja gleich kommen.«

Milo nickte. Der Blick, mit dem er zu mir aufsah, schien zu sagen: Hauptsache, ich bin jetzt hier. Es war ein betrübter, hellgrau verschleierter Blick. Als er die Jacke abstreifte, kam ein eingegipster Arm zum Vorschein, übersät mit bunten Namen und Kinderzeichnungen. Der Junge setzte sich an den Küchentisch und sah still vor sich hin. Ich hatte noch zu viel aufzuräumen, um auf ihn einzugehen.

Lajosné erschien um neun Uhr fünfundzwanzig und betrat mit ihrem traurigen Lächeln und einer Selbstverständlichkeit das Haus, als ginge sie hier seit Jahren ein und aus. Wegen Milo verlor sie kein Wort. Als sie ihren Mantel an den Haken hängte, wollte ich etwas sagen. Aber dann sah ich den Jungen, wie er mit gesenkten Lidern am Küchentisch saß, und ich schwieg.

Jetzt war nicht nur eine fremde Person im Haus, sondern es waren zwei, doch seltsamerweise machte es mir weniger aus. Obwohl es bis zu Janders Termin noch eine halbe Stunde dauerte, sah ich mir selbst dabei zu, wie ich seelenruhig und mit einer Leichtigkeit, die mir sonst abging, Stück für Stück die noch übrigen Winkel für Lajosnés Arbeit vorbereitete. Ich legte sogar Wäschestücke zusammen, die ich normalerweise so, wie sie waren, in die Kommode gestopft hätte. Und während ich all diese sonst so leidigen Handgriffe tat, fragte ich mich, was Milo zwei Stunden lang in meiner Küche tun sollte. Denn wie es aussah, hatte er nichts mitgebracht.

Mit einem Packen Zeitungen ging ich zu ihm.

»Langweilig?«

»Es geht.« Seine Kieselaugen, unter denen sich Schatten zeigten, betrachteten den Papierstapel in meinem Arm.

»Malstifte habe ich nicht. Aber hast du Lust, Bilder auszuschneiden und sie hier aufzukleben? Oder bist du Linkshänder?« Ich deutete auf den Gips an seinem linken Arm.

Er schüttelte den Kopf.

Aus einer Schublade nahm ich eine Schere, Kleber und einen Bogen Packpapier.

Milo beobachtete meine Bewegungen. Skeptisch sah er mich an.

»Darf ich das zerschneiden?« Als er das sagte, zeigten sich zwei Zahnlücken in seinem Mund. Eine oben, die andere unten.

Mein Lachen verunsicherte ihn. Er zog die Schultern zusammen und wich mit dem ganzen Körper zurück.

»Die Zeitungen sind alt. Du kannst damit machen, was du willst.«

»Alte Sachen sind wertvoll«, wisperte er.

»Diese nicht.« Ich zog eine Wochenendbeilage über Gewässer hervor und legte sie obenauf. Dann ließ ich ihn allein und betrat die Praxis, wo Lajosné die Regale abstaubte.

»Das ist nicht nötig. Nicht heute.« Ich wollte den Raum für mich allein.

»Er konnte nicht zu Hause bleiben. Da ist niemand«, sagte sie rasch, ohne mich anzusehen.

Ich merkte, dass sie noch etwas sagen wollte.

»Sein Vater ist tot.« Schnell wandte sie mir den Rücken zu, nahm die Putzsachen und verließ den Raum.

»Tut mir leid«, murmelte ich.

Sie war schon am Ende des Flurs.

Es blieb keine Zeit, weiter mit ihr zu sprechen. Jander kam. Mit dickem Schal und gefüttertem Wintermantel stand er vor der Tür. Seine Nase lief, und er hustete unentwegt. Er sei kurz davor gewesen, den Termin abzusagen. Doch dann habe er sich entschlossen, die Sache durchzuziehen und »Klartext zu reden«, wie er es nannte.

»Um es gleich zu sagen: Nichts hat sich verändert«, war das Erste, was er sagte, als er die Stiefel auf der Fußmatte abtrat. »Und ich hoffe, das Thema Traum ist damit erledigt.« Er schenkte mir einen triumphierenden Blick, während er Hut und Mantel aufhängte. Den Schal behielt er an. Bevor er sich setzte, ließ er eine Packung Taschentücher auf den Beistelltisch fallen.

»Hoffentlich stecke ich Sie nicht an«, sagte er. Sein Ton ließ eher das Gegenteil vermuten.

Ich nahm Platz, überprüfte die Zeit und wollte Jander nach dem für heute wichtigsten Anliegen fragen, als plötzlich der Satz, den er eingangs gesagt hatte, in meinen Ohren hallte. *Das Thema Traum ist damit erledigt.*

Der Traum war der Schlüssel zu Janders Fall. Ohne ihn würden wir nicht weit kommen. Wir brauchten ein Erklärungsmodell. Nicht irgendeines, wie manche Kollegen es aus dem Handbuch kopierten. Wir brauchten alle Faktoren und Elemente seiner persönlichen Situation. Was nützte uns alles andere, solange wir nicht die verstörende Szene verstanden, die Jander jede Nacht um drei Uhr erlebte. Und vor allem: *Warum* geschah das?

»Sie sagen, es habe sich nichts verändert.«

»Genau.« So einen zufriedenen Gesichtsausdruck hatte ich an ihm zuvor noch nicht entdeckt. Es fehlte nur noch, dass er zum Beweis eine Panikattacke bekam.

»Und Sie sind sich sicher?«

»Ganz sicher.« Er lehnte sich zurück und betrachtete seine Fingernägel.

»Dann haben wir unser erstes Ziel erreicht.« Ich beugte mich zu ihm vor. »Sicherheit.«

»Unheimlich witzig.«

»Ungewissheit füttert die Angst.«

Janders Finger pochten auf die Armlehne. »Dann hätte jeder Panikanfälle.«

»Ich meine die Ungewissheiten, die Sie beeinflussen können. Alles, worin Sie freie Entscheidungen treffen können, wenn sie es nur mit ihrer ganzen Kraft wollen.

Vielleicht passt es nicht ganz zu dem, was Sie nachts erleben …«

Er schloss die Augen und atmete ein.

»Doch eines ist deutlich: Wir müssen herausfinden, was hinter dem Wiederholungstraum steckt. Und warum Sie jede Nacht um drei Uhr diese Dinge erleben.« Bei der Erinnerung an seinen Bericht überkam mich ein leichtes Frösteln.

Noch während ich sprach, spürte ich, wie absurd meine eigenen Aussagen klangen. Ich redete von Dingen, für die es kein therapeutisches Werkzeug gab. Das, worauf sonst Verlass war – die Erklärung –, geriet in Janders Fall zum zentralen Problem. Schon der erste Schritt, das Verstehen, fiel weg. Ohne Verstehen fehlte es an Vertrauen, und ohne Vertrauen gab es keine Therapie.

Aber ich machte weiter. Etwas nicht Greifbares trieb mich an. Ohne Verstand sah ich mir dabei zu, wie ich jede Chance verspielte.

Ich rückte meinen Sessel ein Stück vor.

»Wenn wir begreifen, was Sie in diese Lage gebracht hat, reduziert sich die Angst, und Sie erkennen: Sie sind freier, als Sie dachten.« Selten war ich mir so lachhaft vorgekommen.

Die Falten in Janders Augenwinkeln vertieften sich nicht, als er die Lippen zu zwei blassroten Bögen nach oben spannte, geschlossen, so dass die Zähne verborgen blieben. Es war ein verlogenes Lächeln, eine Grimasse der Unehrlichkeit.

Was war die Unbekannte in seiner Gleichung? Welches Puzzleteil versteckte er? Denn für das Unerklärliche seines Falles sah ich nur eine Erklärung: Er behielt etwas für sich.

Nachmittags kamen zwei neue Patienten, deren Schilderungen ich mit Mühe folgte. Die Sonne, an diesem Tag ohnehin ein Phantom, ging scheinbar Stunden früher unter. Als ich die letzte Akte zuklappte, meldete sich mein Magen, denn ich hatte das Mittagessen ausfallen lassen. Ich ging in die Küche, um Pasta zu kochen. Auf dem Tisch lag Milos Bild. Eine Collage, ein Nebeneinander bunter Motive und Buchstaben. Die Zeitungen waren durchwühlt, Papierschnipsel lagen herum. Dafür war keine Zeit mehr, sagte ich mir.

Ich setzte Wasser auf und beugte mich über Milos Werk.

In mir zog sich etwas zusammen. Um zu verstehen, warum, konzentrierte ich mich. Aber so lange ich die wirren Formen auch betrachtete, ich kam nicht darauf.

Die Mitte des Packpapierbogens, im Maßstab größer als die anderen Bestandteile, füllte die Zeichnung einer Schnecke aus, mit kegelförmigem Gehäuse und kurzen Fühlern, die Stacheln glichen. Ähnliche Tiere hatte ich in Aquarien gesehen, wo sie ihre glitschigen Körper über Glaswände oder algenbewachsene Steine schoben.

Um die Schnecke herum waren Strahlen geklebt, ein Dutzend schmaler gelber Streifen, wie Sonnenstrahlen. Dazwischen befanden sich schwarze Sterne, deren feine Zacken mich so erstaunten, dass ich einen Weile in ihrem Anblick versank.

Mein Blick wanderte zur unteren Hälfte der Collage. Hier sah man verschiedene Variationen von Wasser, grünes Seewasser, eine sich brechende Welle, eine Regenwand, Luftblasen in einem Wasserglas, einen plätschernden Bach, einen Tümpel mit Entengrütze und schimmerndem Schilf. Alle Wasserelemente waren zu einem Kreislauf zusammengesetzt, der mit dem Regen begann und mit dem Meer endete, um wieder in Regen überzugehen. Im Zentrum befand sich die schwarze Schnecke mit dem spitzen Haus und den Stachelfühlern.

Der obere Teil der Collage passte nicht zu dem Rest. Hier klebten Männerköpfe, alle schwarzweiß, alle mit ernsten, fast grimmigen Gesichtern, die dem Blick des Betrachters auswichen und an Fahndungsfotos erinnerten. Dazwischen waren Zeichnungen von Flaschen gekritzelt.

Mein Nudelwasser begann zu kochen. Als der Deckel klapperte und Spritzer auf der Platte zischten, ging ich zum Herd und ließ die Spaghetti in den Topf gleiten.

Ich rollte den Papierbogen zusammen und legte ihn in eine Schublade. Die ganze Zeit, während ich aß, gingen mir die Bilder nicht aus dem Kopf. Erst, als das Telefon klingelte und ich beschloss, an diesem Abend mit niemandem mehr zu sprechen, schwammen sie fort.

Nach dem Essen saß ich lange am Schreibtisch und durchblätterte meine Fachbücher auf der Suche nach einem Hinweis zu Janders Fall. Vergeblich. So ein Problem war nicht vorgesehen.

Hatte ich mich in eine Sackgasse manövriert? Sollte ich Janders beklemmenden Bericht ignorieren und standardisiert nach Handbuch arbeiten?

Hätte ich es doch getan.

# 3

Abends rief ich Hoffmann an, einen früheren Ausbilder und jetzigen Kollegen, der kurz vor dem Ruhestand noch einmal aufdrehte. Quer durch das Land ging er auf Tournee, gab Supervisionsstunden gegen Honorar und war auch für telefonischen Rat zu haben, wenn man gerade betriebsblind war. Ich hatte Glück, denn obwohl er so viel unterwegs war, erwischte ich ihn auf Anhieb.

»Sie suchen ein Erklärungsmodell für einen wiederholten Albtraum?« Seine Stimme klang amüsiert, aber das konnte täuschen.

»Nicht direkt für den Traum. Für das, was danach kommt.«

Er schwieg. Ich hörte ihn atmen.

»Um elf Uhr geht der Patient schlafen, hat gegen zwei Uhr den Traum und wacht davon auf. Dann geht er zum Schreibtisch, um weiter an seinem Buch zu tippen.«

»Schriftsteller?«

»Lehrer mit Schreibambitionen. Dabei packt ihn immer um drei Uhr eine Panikattacke. Für sich genommen nichts Ungewöhnliches.«

»Nur das exakte Timing gibt Rätsel auf.«

»Genau.«

Hoffmann nieste. »Entweder halluziniert er, oder er lügt.«

»Psychotisch ist er nicht. Und warum sollte er es erfinden?«

»Was glauben Sie, was manche Leute sich ausdenken,

um sich interessant zu machen.« Ich hörte ihn auf einer Tastatur herumtippen.

»Obwohl es die Therapie eigentlich unmöglich macht?«

»Die wichtigste Medizin ist Aufmerksamkeit, das wissen Sie doch«, sagte er in einem Ton, der verriet, dass seine eigene Aufmerksamkeit längst abgeschweift war.

»Ich glaube, ich halte Sie auf.«

»Aber nein.«

Ich dankte ihm und beendete das Gespräch.

Am Mittwochmorgen gegen zehn Uhr stand ich an der Wand mit dem schiefen Blumenbild und hielt mich bereit, den Senioren beim Frühstück zu assistieren. Vor der Tür trug der Hausmeister einen Stapel Stühle vorbei. Im Flur, den ich von meinem Standort aus nicht einsehen konnte, gluckste eine Frauenstimme: »Guck mal, der hat Stuhlgang.«

Vergeblich versuchte ich, das nicht peinlich zu finden. Im selben Moment sah die Clownin zur Tür herein. Mit mir hatte sie nicht gerechnet. Ich spürte ihre Verhaltenheit.

»Guten Morgen«, sagte ich.

Sie sah mich nur kurz an und zog sich wieder in den Flur zurück, um sich mit Beatrice zu besprechen. Als ich zu den Schranktüren kam, um das Übergabebuch zu holen, streifte sie mich mit düsterem Blick. Und sie griff sich unter den Hut, um ihr Haar zu ordnen, was, obwohl es ein hässlicher Filzhut war, wie eine charmante Geste anmutete.

Später, nach ihren Einzelbesuchen, kehrte sie mit zwei

männlichen Clowns zurück, beide entspannter als sie selbst und sichtlich voller Erwartung des Einsatzes.

»Heute mit Angestellten?«, fragte ich und deutete auf die Begleiter.

»Mit Lehrlingen«, sagte sie, als sei die andere Möglichkeit völlig absurd, während sie beide Männer vor sich her in den Gruppenraum schob.

Der eine Clown zog eine Querflöte hervor, der andere sang mit überzogener Mimik und einem Grinsen, das alles andere als ansteckend war. Ihr Lied ist mir nicht in Erinnerung geblieben. Aber die Bilder, die Bilder sind da. Die Gesichter mit den roten Nasen, die teils fragenden, teils gelassenen Mienen der Senioren, deren Geheimnis es blieb, was sie von diesen Possen hielten. Und sie, die sich im Hintergrund hielt und ihre Lehrlinge beobachtete, während sie langsam im Raum umherschlich. Bis sie in den Koffer griff, kurz darin suchte und einen bauklotzartigen Gegenstand hervorzog, einen hellen Holzquader, der sich, indem sie ihn schüttelte, als Rassel entpuppte. Die Clownin kam dicht an mich heran und drückte mir den Holzklotz in die Hand.

»Nehmen Sie.«

Ich wollte ablehnen, aber sie war unbeirrbar.

»Nehmen Sie. Ich selbst bin taktlos, völlig taktlos. Ich kann gerade mal eine CD einlegen.«

»Reicht doch …«

Sie schüttelte traurig den Kopf. »Spielen Sie ein Instrument?«

»Früher, Klavier …«

»Oooh …« Schon war sie wieder auf dem Weg zur

anderen Seite des Zimmers, wo sie sich gegen den Türrahmen lehnte.

Hinter meinem Rücken legte ich die Rassel auf der Kommode ab. Sie zum Takt des Liedes zu schütteln wäre mir peinlich gewesen. Gleichzeitig schämte ich mich für diese Empfindung. Ein paar Wochen später hätte ich es vielleicht gemacht. Fast alles hätte ich gemacht. Aber sie holte den kleinen Holzklotz nicht wieder hervor.

Nach einer Weile, während die Clowns um die Senioren tänzelten, löste sie sich aus dem Türrahmen und kam zu mir auf die Fensterseite des Zimmers herüber, ging sehr nah an mir vorbei und blieb schräg hinter mir stehen, ein wenig unschlüssig, wie mir schien, als würde sie auf etwas warten. Ich gab mich gelassen und so gelangweilt wie möglich.

Nach zwei Minuten ging sie zum Türrahmen zurück, von wo aus sie das Treiben der Lehrlinge weiter verfolgte.

Am Schluss ging sie zur Kommode, nahm die Rassel, langsam, nachdenklich und ohne mich anzusehen. Ich deutete auf den Quader in ihren Händen, lächelte sie an und sagte: »Ihr Klavier …«

Ungläubig blickte sie mich an. Ihr Mund verzog sich zu einem Grinsen, dem ersten, das ich an ihr sah. Auch Laute, die einem Lachen glichen, bildete sie dabei.

Mit einer befehlenden Geste schickte sie beide Clowns aus dem Raum, und ich dachte, sie würde den Koffer nehmen und wortlos im Flur verschwinden. Den Koffer nahm sie. Packte ihn am Griff. Schritt durch die Tür. Aber dann wandte sie sich langsam noch einmal um, zögerte ein paar Sekunden und sagte: »Gestern Nacht brannte Licht.«

Als es bei mir ankam, war sie schon fort.

Von jetzt an ließ ich Villa Tann nicht mehr aus den Augen. Es war Ende Oktober, und die Tage wurden so kurz, dass sie fast unbemerkt kamen und gingen. Kaum hatte ich mich an ein bestimmtes Quantum Dunkelheit gewöhnt, setzte die nächste Stufe ein und übertraf die gefühlte Lichtlosigkeit um ein Vielfaches. Kam dann noch Nebel hinzu, reichte die Atmosphäre an die einer Horrorkulisse heran. Den Erzählungen meiner Patienten hörte ich zu, während meine Augen immer wieder die entfernte Villa am Westhang suchten, bereit, irgendwann eines der hohen Fenster erleuchtet zu sehen.

Obwohl mein Schlaf schon schlecht genug war, stellte ich nachts den Wecker auf unterschiedliche Zeiten, um an das Fenster zu eilen und den entscheidenen Moment zu erhaschen. Ich stellte ihn auch auf drei Uhr, eine Zeit, welche die meisten Menschen nicht mit dem Angenehmsten verbinden. Wer um diese Zeit den Schlafzustand verlässt, ohne gleich in ihn zurückzusinken, weiß, was ihn erwartet – für die nächste halbe Stunde oder für den Rest der Nacht. Fragen, Ängste und Zweifel der bohrendsten Art wirken auf ihn ein, und er ist wehrlos dagegen. Er lässt sie über sich ergehen wie ein Unwetter, wie eine schwarze Wolke ziehen sie über ihn hinweg, während er immer tiefer in die Kissen sinkt, während sein Atem flacher und sein Puls schneller wird. Und er weiß: Es ist nichts Unwirkliches. Es sind die gleichen

Gedanken und Ängste, die er auch bei Tag mit sich trägt, dann nur unter der dichten Decke des Bewusstseins. Es ist die Wirklichkeit um drei Uhr nachts.

Eines Morgens schien es, als wären die Fenster der Villa erhellt. Doch es war nur die aufgehende Sonne, die sich in den Scheiben spiegelte. Jeden Tag ersann ich weitere Erklärungen dafür, warum Villa Tann dunkel blieb. Sogar eine Liste möglicher Gründe, von denen ich einige bereits ausschloss, führte ich.

*1) Es gibt keinen Strom.*
*(Nein. Dann würden Kerzen brennen.)*
*2) Das Haus ist unbewohnt.*
*(Nein. Jemand läuft draußen herum. Aber ist er auch drinnen?)*
*3) Es sind überteuerte Ferienwohnungen, die keiner will. (Nein. Dann gäbe es ein Schild.)*
*4) Der Bewohner ist photophob.*
*5) Der Bewohner gibt vor, nicht da zu sein, um seine Schwiegermutter nicht hereinlassen zu müssen (oder wen auch immer).*
*6) Der Bewohner ist paranoid.*

Jedes Mal, wenn ich die Liste um einen Punkt ergänzte, hörte ich die Stimme der Clownin: *Gestern Nacht brannte Licht*. Die Erklärung musste dort liegen, wo ich nicht hinsehen konnte, in irgendeinem Detail.

Das war es, was ich sie fragen musste. Details führten zu neuen Spuren. Eigentlich brauchte ich keine Spuren. Ich brauchte Fakten, Begebenheiten, Dinge zum Anfassen und Umstände, die ich mit allen Sinnen erfassen konnte. Tatsachen, die Teil des Lebens waren, nicht Teil von Hypothesen und Theorien. Das Vertrackte an jeder Analyse war, dass sie Fakten voraussetzte. Doch war man derer endlich habhaft geworden, gab es kein Halten mehr. Dann kam das Verstehen, dann brachte die Realität zum Vorschein, was sie lange – zu lange meistens – unter dem Deckel gehalten hatte.

Am Samstag ging ich in die Stadt, um eine Lektüre zu besorgen, die mich vom Grübeln ablenken konnte. Ohne Eile lief ich die Hangstraße hinunter. Ich genoss den freien Tag und die Chance, meine Gedanken schweifen zu lassen, was mir am besten beim Laufen gelang. Ich hätte auch das Auto oder das Fahrrad nehmen können, ich hätte in den Bus steigen können, aber nichts davon wäre auch nur annähernd so gut meinem Bedürfnis entgegengekommen, durch die Straßen zu laufen, den Geist von der Leine zu lassen und Eindrücke aufzusaugen wie Bilder einer Geschichte, deren Ereignisse noch bevorstanden.

Das Wohlgefühl ließ auf sich warten, solange ich mich in der eigenen Straße befand. Für die Nachbarschaft war ich immer noch der Fremde, der Neue, einer, der nicht hierhin gehörte, weil er nicht von hier kam. Es gab Gegenden, wo das keine Rolle spielte, und Landstriche, wo es auf Missfallen stieß. Talbewohner wie diese nahmen es mit der Herkunft oft sehr genau. Gründe dafür hatte ich noch nicht gesucht, doch es gab sie bestimmt.

Allein die Tatsache, dass ich fast immer zu Fuß ging, schien Misstrauen zu wecken. Hatte ich Alkoholprobleme? Nahm ich starke Medikamente? Welche Ängste rief ich in den Nachbarn hervor? Ihre Blicke hinter den Zäunen und Autofenstern verrieten es mir.

Dort, wo am Ende der Hangstraße auf der anderen Seite des Zebrastreifens der Park begann, überholte ich den Mann mit den roten Haaren. Würdevoll schritt er voran wie ein pensionierter General. Als ich an ihm vorbeiging, wandte ich nicht den Kopf. Ob er mich überhaupt bemerkte?

Kurz darauf geriet ich in eine Ansammlung russischer Touristen. Weil sie nicht verstanden, dass ich mich in alltäglichen Bahnen bewegte, machten sie keinen Millimeter Platz.

In Tiefenwald gab es viele Welten. Urlauber, reiche und arme Einwohner, Eliteclubs und Banden. Obdachlose, die zwischen Bankfilialen und Nobelhotels in Schlafsäcken lagen. Alte Menschen und junge Familien. Leute, die in ihrem Geburtshaus starben. Die Stadt war mir fremd wie keine sonst. Aber nun war ich hier.

Gegen elf Uhr erreichte ich den zentralen Platz. Ich war ein schneller Fußgänger. Wenn niemand mich aufhielt oder zum langsamen Laufen zwang, eilte ich mit fliegenden Schritten von A nach B. B wie Buchladen, den ich nun betrat.

Da sah ich ihn.

Jander.

Er stand vor dem Regal mit den Thrillern und blätterte in einem Buch mit blauschwarzem Umschlag. Seinen Hut hatte er so aus der Stirn geschoben, dass er besonders lässig auf dem Kopf saß. Die ganze Gestalt hätte gut in die Zwanzigerjahre gepasst.

Nach kurzer Besinnung huschte ich zu einem Tisch mit Neuerscheinungen und kehrte Jander den Rücken zu. Ich wollte nicht, dass er mich sah. Ich wollte nicht, dass er wusste, dass ich ihn sah. Die Thriller befanden sich auf der anderen Seite des Ladens. Wenn ich hinüberging, riskierte ich es, von Jander gesehen zu werden. Warum verhielt ich mich so? Langsam begriff ich: Ich wusste es nicht.

Es gibt Situationen, in denen man gut daran tut, sie wie einen Film zu betrachten. Das sind jene Szenen, auf die man keinen Einfluss nehmen kann. Zugleich gibt es aber Umstände, bei denen man Regie führen darf. Die Fähigkeit, beides voneinander zu unterscheiden, erleichtert das Leben. Es kommt nur darauf an, zu wissen, warum man etwas tut. Dann nehmen die Dinge ihren Lauf. (Dass sie es auch sonst tun, nur anders, spielt keine Rolle).

Auf die Situation mit Jander konnte ich Einfluss nehmen.

Dachte ich.

Ich wollte warten, bis er den Laden verließ. Wie sich zeigte, brauchte ich dafür Geduld. Als er das Buch zuklappte und sich streckte, um es in die oberste Reihe zu stellen, hielt ich den Atem an. Er drehte sich um, blickte in alle Richtungen – so, als wollte er sichergehen, nicht gesehen zu werden – und bewegte sich mit raschen Schritten auf den Ausgang zu. Ich wartete noch einige Augenblicke ab, ging zu dem Regal und griff nach dem blauschwarzen Buch. Es war *Am Grund* von Danus Haldorson. Der Name sagte mir etwas. Verschwommen erinnerte ich mich an eine komplizierte Familientragödie des Autors, die vor Jahren durch die Medien gegangen war. Ich drehte es um, um den Klappentext zu lesen.

»Herr Weyden.«

Ich zuckte zusammen. Neben mir grinste Jander ein Grinsen, das alles bedeuten konnte, alles außer Freundlichkeit.

»Auch auf der Suche nach einer Wochenendlektüre?« Mein Versuch eines Lächelns misslang.

Sein Grinsen verschwand. »Wenn Sie es so nennen wollen.«

Ich wiederholte den Lächelversuch, diesmal erfolgreicher.

Jander zog die Stirn in Falten, blies Luft durch die Nase und deutete auf das Buch. »Das hatte ich gerade noch in der Hand.«

»Was Sie nicht sagen.«

»Ich spiele mit dem Gedanken, es zu kaufen.«

Als ich es ihm entgegenhielt, griff er nicht danach.

»Vielleicht können Sie es besser gebrauchen als ich«, flüsterte er.

»Nehmen Sie es.« Ich legte es auf den Tisch.

Als er mich misstrauisch ansah, sagte ich hastig: »Immerhin hat die geschriebene Wirklichkeit mehr zu bieten, als man glaubt.«

»In der Tat.« Er wusste genau, was er damit meinte. Ich wusste es nicht.

Drei Sitzungen hatte ich bisher mit ihm verbracht, drei Stunden, in denen mehr Fragen als Antworten aufgetaucht waren. Für einen Moment erschien mir Jander wie ein kleiner Junge mit einem großen Problem, den es in einen großen Jungen mit einem kleinen Problem zu verwandeln galt. Aber wie sollte das ohne Antworten gehen?

»Bis Dienstag.« Er zog den Hut in die Stirn, und bevor ich noch etwas sagen konnte, steuerte er auf den Ausgang zu. Vor mir auf dem Tisch lag *Am Grund.*

Ich ging mit dem Buch zur Kasse.

Es war Zufall, dass ich Villa Tann bei Vollmond aufsuchte. Kaum bemerkte ich selbst die blasse verschwommene Scheibe hinter der Wolkendecke, die manchmal stärker aufleuchtete und manchmal schwächer, je nach Dichte der Wassertröpfchen. Der Vollmond ist ein Mond wie jeder andere, nur mit klarer geometrischer Form. Es spielt keine Rolle, was man vom Mond gerade sieht, welchen Teil er von sich präsentiert. Jeder Mensch zeigt mal diese, mal jene Seite von sich. Daran kann ich nichts Unheimliches finden.

Als ich um die Ecke zur Kaltenseestraße bog, wunderte ich mich über den Gegenstand, der vor dem Gartentor der Villa lag. Eckige Umrisse, etwa so groß wie ein Umzugskarton. Langsam kam ich näher. Ein Kasten mit Kunststoffdeckel. Das Arrangement – eine Kiste am späten Abend vor diesem Grundstück – sah so sonderbar aus, dass ich nicht wagte, näher als zwei Meter heranzutreten, geschweige denn den Deckel anzuheben.

Vielleicht war das Behältnis sogar leer. Aber je mehr ich mir das einzureden versuchte, desto größer wurde mein Bedürfnis, Abstand zu halten.

Ich ging ein paar Schritte nach rechts und stellte mich dicht vor den Zaun. Ein Bambusblatt streifte meine Stirn und hinterließ eine Spur kühler Feuchtigkeit. Hinter dem Bambus glitzerte träge das schwarze Teichwasser. Obwohl ein leichter Wind ging, war die Oberfläche vollkommen glatt.

Fest richtete ich meinen Blick auf die Villa, die mehr zu erahnen als zu sehen war. Sie erinnerte an eine Burgruine bei Nacht. Der Gedanke, hinter diesen Mauern könnte jemand wohnen, erschien mir auf einmal absurd.

Im selben Moment horchte ich auf. Vom oberen Ende der Kaltenseestraße näherten sich Schritte. In gemächlichem Tempo schlugen die Sohlen den Takt, unbesorgt über alles, was ihnen auf diesem Weg wohl begegnen mochte. Die Schritte waren mit dieser Straße vertraut, und sie hatten etwas so eigenartig Beruhigendes, dass ich stehenblieb und weiter zur Villa hinübersah, als wäre es genau das, was man von einem Passanten an diesem Ort bei Vollmond erwartete.

Die Schritte verstummten. Wo, konnte ich nicht erkennen. Zumal ich noch keine dazugehörige Gestalt gesehen hatte, was merkwürdig war, denn das Mondlicht beleuchtete die Straße jetzt immerhin so, dass im Asphalt ab und zu ein Quarzstein aufblitzte.

Ich wartete. Als alles still blieb, ging ich in die Richtung, wo sich der Urheber der Schritte befinden musste. Die halbe Straße lief ich entlang, aber niemand war dort.

Die Person musste in einem der Gärten verschwunden sein, auf weichem Boden, der die Schritte verschluckte.

Etwas daran gefiel mir nicht. Ich hätte ein Gartentor hören müssen, und wenn schon kein Schloss, dann wenigstens die Bewegung einer Klinke oder das leise Quietschen eines Scharniers. Hier waren alle Gärten von Zäunen mit Pforten umgeben. Es war unmöglich, lautlos hineinzugehen. Und ich hatte ein exzellentes Gehör. Die Person stand woanders, in meiner unmittelbaren Nähe, im Mondschatten, wo ich sie nicht sah. Sie stand vor dem gleichen Zaun wie ich, dem Zaun der Villa Tann. Wenige Meter neben mir.

Ich hielt so still, wie ich konnte.

Nach einer Weile hörte ich das Klirren eines Schlüsselbundes, dann das Drehen eines Schlüssels im Schloss. Das Tor öffnete sich, Kies knirschte unter sachten Schritten, das Tor fiel ins Schloss. Die Schritte entfernten sich in Richtung Haus.

Ich wartete.

Ich wartete lange.

Das Haus blieb dunkel.

Noch einmal ging ich am Zaun entlang. Der Kasten stand nicht mehr dort.

Zum zweiten Mal innerhalb dieser Woche klingelte abends das Praxistelefon. Wieder war die Nummer unterdrückt. Ich war nahe daran, den Anruf anzunehmen, mahnte mich aber zur Ordnung. Zu meinen Prinzipien gehörte es auch, nach neunzehn Uhr keine Anrufe von Patienten mehr entgegenzunehmen und generell keine Anrufe mit unterdrückter Nummer. Wer ein Anliegen hatte, konnte auf den Anrufbeantworter sprechen.

So einfach war es, und es hatte immer funktioniert. Die meisten Leute riefen mit sichtbaren Nummern an. Daher wunderte es mich schon, dass auf einmal die Zahl anonymer Nummern stieg.

Rätselhaft erschien mir auch das Innere des Küchenschranks, als ich meine Lieblingstasse suchte, aus der ich meistens den Kaffee trank. Obwohl es nicht zu Lajosnés Aufgaben gehörte, sich um meine Schränke zu kümmern, räumte sie immer alles weg, was sich zum Trocknen auf dem Geschirrständer befand. Und sie stellte es nicht nur anders fort, als ich es gewohnt war – sie räumte auch die Sachen um, die sich schon im Schrank befanden. Dies veränderte die Bedingungen in meiner Küche auf eine Weise, die zwar kaum sichtbar, dafür aber umso spürbarer war.

Es konnte nur ihre Absicht sein, denn meine eigene Ordnung (sofern man von einer solchen sprechen konnte) hatte sie mehrmals gesehen, und eine Woche zuvor hatte ich sie sogar darauf hingewiesen. Währenddessen hatte sie aus dem Fenster gesehen und dabei den Eindruck einer Frau gemacht, die es gewohnt war, etwas an sich abprallen zu lassen. Oder hatte sie gar nicht zugehört? Jedenfalls musste ich feststellen, dass sie bei ihrer Eigenart blieb. Ich ließ es darauf beruhen. Besser ihre Ordnung als meine, die letztlich gar keine ist, sagte ich mir.

Ähnlich verhielt es sich mit dem Zeitpunkt ihres Erscheinens. Jede Woche kam sie ein paar Minuten früher. Wenn ich nichts unternahm, würde sie mich eines Tages aus dem Bett klingeln. Doch wie von einer unsichtbaren Hand zum Schweigen genötigt, verbarg ich meinen Ärger und stellte mich auf das zu Erwartende ein. Ich fragte mich nicht einmal selbst, welchen Grund ihre stetige Verfrühung haben mochte. Ich nahm es in Kauf. Und ich sah ihre Hektik, das feine Beben der Hände, den unruhig beiseite äugenden Blick, das düstere Lächeln, das jeden ihrer Handgriffe begleitete wie eine Melodie. Das alles sah ich, ohne es wahrzunehmen. Ich war froh, mich in die Praxis zurückzuziehen und den Melodien meiner Patienten zu lauschen, und an den Tagen, wo Lajosné kam, bedeutete das: Janders unstetes Staccato, sein nagendes Klarinettensolo, das mich, sobald ich ihm lauschte, von allem anderen absorbierte.

Sein vierter Termin fiel auf Halloween. Zugleich war es der Tag, für den Lajosné mir nach langem Hin und Her zugesagt hatte, eine halbe Stunde länger zu bleiben, um ein paar Sachen zu bügeln. (»Danach muss ich ganz schnell weg«). Hemden ließ ich immer so, wie sie waren, und hängte sie zum Trocknen nur auf Kleiderbügel. Auf Dauer fühlte ich damit aber nicht mehr wohl. Die Aussicht auf einen frischen Stapel zusammengefalteter Hemden entzückte mich, und ich ertappte mich bei der Vorstellung, eines davon schon am nächsten Morgen zu tragen, wenn ich ins Ostbergstift ging.

Vielleicht begrüßte ich Jander darum so lässig, als wäre er ein Patient wie jeder andere. Es gibt diese Zustände, in denen ein Teil von uns einem anderen Teil von uns dabei zusieht, wie dieser Dinge sagt, tut oder unterlässt, von denen wir eigentlich wissen, dass sie falsch sind. Und nicht nur das. Der zusehende Teil, der – wenn er wirklich wollte – eingreifen könnte, lässt alles in voller Absicht zu, mit einem hämischen Fatalismus, der nichts anderes als Selbstaggression ist. Wenn ein solches Programm einmal läuft, ist es schwer aufzuhalten. Darum ist es wichtig, die ersten Anzeichen zu erkennen. Die Nervosität, schon bevor die Situation beginnt. Ein dahingesagter Spruch, der scherzhaft gemeint, aber dem Anlass nicht angemessen ist. Flapsigkeit am falschen Platz. Deplatzierte Ernsthaftigkeit. Doch was auch immer die Anzeichen vor Janders vierter Sitzung waren – ich erkannte keines von ihnen. Mit einer Gelassenheit, die an Fahrlässigkeit grenzte, überprüfte ich die Temperatur des Zimmers, rückte die Sessel zurecht, legte das Schreibzeug bereit. Selbst als die Türglocke schellte und Lajosné wieder einmal weitere fünf Minuten früher kam (wir waren jetzt bei neun Uhr zehn), blieb ich ruhig.

Es kümmerte mich nicht, dass er die ganze Zeit schwieg, während er eintrat, die Schuhe auf der Matte abputzte und die Jacke aufhängte. Sein häufiges Blinzeln war mir gleichgültig, als er mir in die Praxis folgte, vor dem Fenster stehenblieb und sich mit einer Vorsicht in den Sessel setzte, die mich hätte alarmieren müssen.

Seinen Blick, als Lajosné einmal durch das Zimmer lief (was sie hektisch tat, mit einer Hast, die ich vorher noch nicht an ihr beobachtet hatte), sah ich als Männerblick. Das Verweilen auf ihrer Gestalt, den fixierten Blick. Sie gefällt ihm, dachte ich, er ihr aber nicht.

Ohne den Kopf zu bewegen, folgte er ihr mit den Augen, bis sie die Tür hinter sich schloss.

Dann begann er zu sprechen.

»Hören Sie.« Seine Augen reflektierten das Licht der Stehlampe, während sie starr auf mich gerichtet waren.

Ich runzelte die Stirn und wartete ab.

»Seit einem Monat komme ich zu Ihnen. An den Anfällen hat sich nichts geändert. Nichts.«

Ich kehrte meine Handflächen nach außen. »Hinter Ihnen liegen erst drei Sitzungen. Ein Monat ist relativ.«

Er verschränkte die Arme vor der Brust. »Also, was raten Sie mir?«

Jander begriff nicht, dass er keinen Steuerberater konsultierte, sondern jemanden, der ihm dabei half, auf eigene Faust Steuern zu sparen.

»Ich rate zu gar nichts, weil das nicht meine Aufgabe ist. Aber ich kann Ihnen dabei helfen, Schritte herauszufinden, mit denen Sie Ihr Problem in den Griff bekommen.«

Jander trommelte mit den Fingern. »Gut. Wie finde ich den nächsten Schritt?« Der Spott in seiner Stimme war unüberhörbar.

»Psychotherapie ist riskant.« Ich hatte die Provokationen satt. Jetzt war ich an der Reihe.

Sein rechter Mundwinkel zog sich nach oben. »Ich dachte es mir.« Gelangweilt sollte es klingen, aber ich hörte Verunsicherung heraus.

»Therapie kann Ihr Leben umkrempeln«, flüsterte ich auf die ihm manchmal eigene Art.

»Wie gesagt, ich dachte es mir. Machen wir weiter?«

Ich sprang auf und regulierte die Heizung.

»Von mir aus schon lange. Wo waren wir letztes Mal stehengeblieben?«

Es war an ihm, mitzudenken.

»Bei der *Situation*«, sagte er augenrollend. »Panikattacke beim Schreiben, beim Schlag der Wanduhr um drei.«

»Die Wanduhr ist neu«, überging ich seinen genervten Ton. »Die haben Sie noch nicht erwähnt.«

»Ach nein? Habe ich nicht?«

»Also genau dann, wenn die Uhr schlägt?«

Er nickte mit geschlossenen Augen.

»Nur nachts um drei?«

Seine Lider öffneten sich halb, während er weiter nickte. Für einen Moment sah er müde aus, und sein Gesicht bekam einen flehenden Ausdruck, der jedoch rasch verschwand. Welches war die Fassade? Der flüchtige Ausdruck oder der sonstige? Meine Hände spielten mit dem Kugelschreiber, während ich in Gedanken verschiedene Optionen durchging.

Auf einmal zweifelte ich an der Wahrheit seiner Aussage. Ich hielt nach weiteren Anzeichen einer Lüge Ausschau – Nervosität, Lippenpressen, Schwitzen. Doch Jander war ruhig, viel ruhiger als zu Beginn der Sitzung und als jemals in meiner Gegenwart. Nur deshalb konnte diese unheilvolle Idee in mir zum Vorschein kommen.

»Und wenn Sie die Wanduhr abstellen?«

Die Stille, die wir nun erlebten, war mehr als die Abwesenheit von Geräuschen. Es war ein Ersterben von Lauten, das einem die Luft nahm und jedes innere Bild auslöschte.

Irgendwann fuhr draußen ein Auto vorbei. Ich räusperte mich. Mit meiner Frage bewegte ich mich auf experimentellem Terrain. Wenn der Schlag der Wanduhr, ihr spezieller akustischer Reiz, der Auslöser war, würde es nicht nur um drei Uhr nachts zu Panikattacken führen. Das wusste Jander so gut wie ich. Statt ihm aber meine Ratlosigkeit zu gestehen, lehnte ich mich zu ihm vor und nickte aufmunternd, mit einem Lächeln, das er reflexhaft erwiderte, bevor er es von seinen Lippen löschte.

»Versuchen Sie es«, sagte ich.

»Ihre Hausaufgabe für mich?«

»Wenn Sie es so nennen wollen.« Ich schluckte seinen Spott und lehnte mich wieder zurück. »Aber wir sind noch nicht fertig. Ihr Traum …«, hörte ich jenen Teil von mir sagen, der auf der Therapeutenrolle beharrte.

Sofort errichtete er die Armschranke vor seiner Brust, als fiele er in seine erste Sitzung zurück. Noch nie hatte ich jemanden erlebt, dem das Thema Träume derart zuwider war.

Im Flur hinter der Praxistür fiel etwas zu Boden, ein größerer, schwerer Gegenstand. Ich überlegte, ob ich hingehen und nachsehen sollte, aber schon hörte ich Lajosnés ruhige, gleichmäßige Schritte im Flur.

»Der Traum endet immer mit einem Druckgefühl im Hals. Für Albträume mag das ja nicht ungewöhnlich sein.«

»Aber?« Sein Zögern regte mich auf.

»Der Druck in der Kehle kommt nun auch bei den Panikanfällen. Das ist neu.«

Jetzt sprach er in einem klaren, sachlichen Ton, der nichts mehr mit seinen Provokationen und Irritationen zu tun hatte, wie bei seiner Schilderung der *Situation*.

»Wann haben Sie diese Empfindung zum ersten Mal in der Wirklichkeit gespürt?«

»In der Wirklichkeit …« Seine Mundwinkel zuckten nach oben. Er schien amüsiert.

Und er hatte recht. Im Traum spürte er es doch auch. War das keine Wirklichkeit?

Ich rief mich zur Tagesordnung zurück. Wir machten hier keine Philosophie. Es ging um Fakten. Alltagssituationen. Bewertungen von Alltagssituationen. Gefühle, die aus Bewertungen von Alltagssituationen folgten. Konsequenzen von Gefühlen, die aus Bewertungen von Alltagssituationen folgten.

Was hatte ich nur für einen Beruf?

»Letztes Mal erwähnten Sie Ihren Nachbarn. Was ist mit dem? Was hat er mit Ihrem Albtraum zu tun?«

Jander griff sich an den Hals.

Im Flur fiel wieder etwas zu Boden.

Ich sprang aus dem Sessel, lief zur Tür und riss sie auf.

Dann sah ich in Lajosnés Augen.

Sie war dabei, den Staubsauger neu zusammenzusetzen, dessen vorderer Teil leicht das Gleichgewicht verlor. Das war in dem Moment aber nicht relevant. Wichtig war nur der Ausdruck ihres Gesichts, als ich für sie unerwartet im Türrahmen erschien. Reines Entsetzen. Eine so massive Panik, dass sie in keinem Verhältnis zum Anlass stand. Als hätte ich meine Putzfrau bei einer Straftat erwischt.

Etwas hielt mich davon ab, die Situation zu kommentieren. Ich lächelte Lajosné zu und schloss leise die Tür.

Inzwischen war Jander an den vorderen Rand des Sessels gerutscht und versicherte mir, seine Bemerkung über den Nachbarn sei übertrieben gewesen. Während wir das Gespräch weiterführten – einen zähen Dialog über die Begleitsymptome von Angst –, horchte ich mit einem Ohr in Richtung Flur. Dort war es minutenlang still. Dann erst kehrten die Geräusche zurück, Schritte, Handgriffe, Möbelrücken.

Ab und zu sah Jander zur Tür. Er schien etwas sagen oder fragen zu wollen. Schon fing er an, die Lippen zu bewegen und Luft zu holen. Aber er rieb sich nur die Stirn und wandte sich wieder zu mir.

Der Rest der Sitzung war anders, ohne dass ich dafür einen greifbaren Grund fand. Wir waren beide unaufmerksamer, abgelenkt durch den kleinsten Seitenschwenk des Gesprächs. Und noch etwas fiel mir auf: Wir beobachteten einander. Einander betrachtet hatten wir von Anfang an, wie Therapeut und Patient einander immer betrachten, auf eine der Dutzenden von Arten, wie sie in dieser Konstellation existieren. Aber das hier war intensiver, wachsamer, mit einem Zug ins Misstrauische. Es kostete jeden von uns so viel Energie, dass für den Inhalt des Gesprächs wenig übrig blieb. Anders konnte ich es mir nicht erklären, warum Jander nun klaglos dem von mir gesponnenen Gesprächsfaden folgte. Irgendetwas schien ihn mehr zu beschäftigen, vielleicht etwas, das nichts mit ihm selbst zu tun hatte. Oft führt genau das zum Erfolg: die Aufmerksamkeit auf andere Dinge zu richten, sich etwas Neuem oder Wichtigerem zuzuwenden, bis die Angst sich erübrigt.

Darum fragte ich nicht. Nur darum.

Es gelang mir, die Sitzung so abzurunden, dass beides zu seinem Recht kam, der Traum und die Panik. Beides, so vereinbarten wir, war genau zu beobachten, bis in die feinsten Vor- und Nachbeben hinein. Auch die Hausaufgabe, das nächtliche Abstellen der Wanduhr, gab ich ihm auf, um ihn mit einem praktischen Element zu versorgen. So konnte er Fakten liefern, belanglose zwar, aber vielleicht bahnten sie einen Weg zu der Unbekannten in seiner Gleichung, die er – inzwischen war ich mir sicher – verschwieg.

Wenn er keine Fakten liefert, beschaffe ich sie eben auf andere Weise, dachte ich und schmunzelte über meinen eigenen Gedanken.

Als ich nach Janders Abschied die Küche betrat, zuckte Lajosné zusammen. Sie hatte das Bügelbrett nah ans Fenster gestellt und bewegte das Bügeleisen über mein blauweißes Hemd, mit langsamen, fast andächtigen Bewegungen, die perfekt mit dem traurigen Lächeln harmonierten. Dieses Lächeln verschwand immer nur kurz aus ihrem Gesicht, immer dann, wenn etwas Unvorhergesehenes geschah (etwas Unvorhergesehenes im alltäglichen Sinn, wie das Öffnen einer Tür oder das Klingeln eines Telefons, sogar ihres eigenen). Danach kehrte es ganz langsam zurück, entfaltete sich so subtil wie eine Blüte im tiefen Schatten, wohin nie die Sonne gelangt.

Diesmal dauerte es länger, bis das Lächeln zurückkehrte. Ich setzte Teewasser auf und überlegte, ob ich Jander erwähnen sollte, um zu sehen, wie sie reagierte.

Stattdessen sagte ich etwas anderes.

»Wo ist Milo?« Es waren immer noch Herbstferien.

Sie hielt in der Bewegung inne, wobei sie das Bügeleisen einen Moment länger auf den Hemdkragen drückte, als es ratsam war. Flüchtig registrierte ich *Am Grund,* das schräg hinter ihr auf der Fensterbank lag. Hatte ich es überhaupt schon aus der Tasche genommen?

»Er spielt draußen. Das Wetter ist schön«, sagte sie und fuhr mit dem Bügeln fort.

Ich sah hinaus. Die Fläche hinter dem Haus war mehr eine Parzelle als ein Garten, eine kleine Terrassenfläche mit einem Stück Rasen dahinter, beides von Herbstlaub übersät.

»Nicht hier«, sagte sie, ohne von ihrer Arbeit aufzusehen.

Es war deutlich, dass sie dazu nichts Näheres sagen wollte.

»Sie können ihn mitbringen. Falls es ihn nicht langweilt.«

Ein zerstreuter Blick streifte mich. »Danke.«

In die Stille hinein begann das Teewasser zu prasseln. Während die Teeblätter zogen und ich mir ein Sandwich zubereitete, beobachtete ich sie aus den Augenwinkeln. Nichts in ihrer Mimik und Gestik deutete auf Unbehagen. Sie hatte sich im Griff. Aber nicht wie jemand, der entspannt war. Sondern wie jemand, der gelernt hatte, jede Regung zu kontrollieren. Ihre Haltungen und Bewegungen waren alle ein wenig zu perfekt. Zu vollkommen, um echt zu sein.

Mit der Kanne und den Sandwiches ging ich in die Praxis, um Rechnungen fertigzustellen. Bevor ich den

Drucker anschaltete, trug ich den Tee noch einmal in die Küche zurück.

»Möchten Sie auch eine Tasse?«

Sie lehnte ab.

Während ich mich abwandte, spürte ich im Rücken, wie sie mit dem Bügeln innehielt und mir nachblickte. Aber nicht bedauernd, nein. Es fühlte sich an, als hoffte sie darauf, endlich allein zu sein.

# 4

Eine halbe Stunde nach Lajosnés Abschied bekam ich Lust, nach draußen zu gehen und die Zeit für einen Spaziergang zu nutzen, bevor am Nachmittag drei weitere Patienten kamen. Kurz darauf blinzelte ich gegen die fahle Herbstsonne, die ihre spärlichen Strahlen auf die Hangsiedlung richtete. Auf der gegenüberliegenden Seite lag Villa Tann im bläulichen Schatten der Scheinzypressen.

Nur meine ersten Schritte führten mich bergab, auf den Kurpark zu. Dann blieb ich stehen, sah mich um und ging von da an bergauf, durch dünne Nebelschleier, die zwischen den Bäumen waberten. Ich schlug den Mantelkragen höher, verbarg meine Hände in den Taschen und setzte einen Fuß vor den anderen, mal rascher, mal bedächtiger, wie auf der Suche nach dem passenden Rhythmus, in dem es diesen Hang hinaufzugehen galt, und als wollte ich den beunruhigenden Gedanken von mir weisen, dass es einen solchen Rhythmus nicht gab, dass er nie existiert hatte und nie existieren würde. Ich wollte, dass es ihn gab. Ich zwang mich zu einem mittleren Tempo, das mir am passendsten erschien.

Als ich die Hangstiege erreichte, staunte ich über die dicke Laubschicht auf den Stufen. Schicht über Schicht lagen die letzten Blätter des Jahres am Boden, manche glänzend und bunt, andere matt und erdfarben, alle Teil einer riesigen Masse aus Zellulose und Chlorophyll. Ich wunderte mich über meinen Gedanken, dass hier zum Glück niemand das Laub beseitigt hatte, und vorsichtig, um das gemeinsame Werk von Natur und Zufall nicht zu zerstören, setzte ich meine Füße darauf, suchte Halt, fand ihn und drohte immer genau dann abzurutschen, wenn ich den Boden als sicher empfand. Ich ließ mir Zeit. Bestimmt dauerte es volle fünf Minuten, bis ich oben ankam, mich in Zeitlupe auf die Kaltenseestraße zubewegte, den schmiedeeisernen Zaun mit den Bambussträuchern sah, das Fachwerkhaus am oberen Ende der Treppe. Und dieses war es, das nun meine Aufmerksamkeit auf sich zog. Selbst bei vollem Tageslicht bewahrte es einen dämmrigen Schimmer, der von den grauen Mauern in den Garten abstrahlte. Hinter den Fenstern verbargen cremefarbene Gardinen das Innere des Hauses. Das Garagentor stand halb offen und ließ einen fast leeren Raum erahnen, in dessen Hintergrund Kisten gestapelt waren.

Ich suchte ein Namensschild am Gartentor, am Briefkasten, überall, doch es schien keines zu geben. Fast war ich schon vorbeigelaufen, da sah ich an der Mauer rechts neben der Einfahrt ein kleines blaues Schild, über das einige Zweige von Sträuchern hingen.

*Irina de Luca*
*Theaterpädagogin*
*Clownin*
*Workshops, Inspiration & mehr*
*ideluca.de*

»Irina«, murmelte ich. »Das passt.« Warum es passte, wusste ich nicht, und ich dachte auch nicht darüber nach. Mein erster Gedanke war, die Klingeltaste zu drücken, doch ich besann mich anders. Ich blieb vor dem Schild stehen, unschlüssig, ob ich zur Villa Tann weitergehen oder die Treppe wieder hinuntersteigen sollte. Bevor ich zu einer Entscheidung kam, hörte ich ein Geräusch auf der anderen Straßenseite.

Aus dem Garten der Villa ertönte ein leises Platschen, dann Stille, wieder das Platschen. Minutenlang Ruhe. Weitere Male das Platschen, wie ein kleiner schwerer Gegenstand, der immer wieder ins Wasser fällt. Lauschend stand ich dort und wäre noch länger stehengeblieben, wenn nicht Schritte die Stiege hinaufgekommen wären und sich genähert hätten, feste, langsame Schritte, die mir bekannt vorkamen.

Der Mann mit den roten Haaren.

Bisher hatte ich ihn immer in die andere Richtung gehen sehen, immer bergab, stadtwärts, wo er zu festen Zeiten seine Rundgänge und Besorgungen machte, einmal um die Mittagszeit, einmal am späteren Nachmittag. Noch nie hatte ich ihn an meinem Fenster vorbeigehen sehen, aber jetzt musste er dort entlanggekommen sein, entgegen seiner Gewohnheit, entgegen den Regeln der Hangsiedlung. Oder entgegen dem, was ich davon zu sehen bekam.

Der undurchdringliche Blick unter den grauen buschigen Brauen war auf mich gerichtet, ausdruckslos und so abweisend, dass ich meine erste Erwägung, es noch einmal mit einem Gruß zu versuchen, auf der Stelle verwarf. Folglich tat ich weiterhin so, als hätte ich ihn nie gesehen, als wäre er einer von hunderttausend Passanten in einer Metropole. Unsicher, wohin ich blicken sollte, fixierte ich einen Punkt in mittlerer Entfernung nahe der Treppe, wartete, bis die hellbraune Gestalt an mir vorbeigeschritten und in einer Seitenstraße verschwunden war, und überquerte die Kreuzung, um durch die Bambusblätter zu spähen.

Das Wasser spiegelte träge das Mittagslicht; die Oberfläche blieb still. Kein Platschen war mehr zu hören, nichts. Und doch hatte ich das Gefühl, dass jemand anwesend war. Etwas verbarg sich im Dickicht hinter dem Zaun. Oder woanders? Jeder weiß, wie es ist, wenn ein Blick auf ihm ruht, dessen Ursprung sich nicht ausfindig machen lässt. So ähnlich fühlte es sich an. Aber nur ähnlich. Der Unterschied war: Ich konnte die Richtung nicht bestimmen. Ich sah nicht reflexhaft nach rechts oder links, fuhr nicht unwillkürlich herum, starrte nicht geradeaus. Es kam von allen Seiten.

Vergeblich versuchte ich zu verstehen, was hier geschah. Nach mehreren tiefen Atemzügen trat ich den Rückweg an.

Wo auch immer ich mich für den Rest des Tages aufhielt, was auch immer ich tat: Jene diffuse Anwesenheit folgte mir auf Schritt und Tritt.

Oder folgte ich ihr?

Als ich am späten Abend ins Schlafzimmer ging, erschien mir der Korridor dunkler als sonst, und ich nahm mir vor, ihn bald endlich mit einer Beleuchtung zu versehen.

An den Spaziergang dachte ich nicht, aber etwas in mir arbeitete weiter, unterschwellig, untergründig wie ein Vorgang in großer Tiefe, irgendwo dort, wohin der Tag keine Geräusche, keine Gerüche und vor allem kein Licht sendete. An einem Ort tief im Inneren meiner selbst fand etwas statt, von dem ich nichts wusste, als dass es stattfand. Als ich zu Bett ging, musste ich es so lassen, wie es war. Ungewissheit, Verunsicherung, vielleicht noch nicht Angst, aber etwas auf dem Weg dorthin oder nahe daran. Noch war unklar, ob es sich bewegte oder an einem Punkt verharrte.

Ich lag im Dunkeln. Das schwache Licht der Straßenlaternen hinter dem Rollo drang kaum bis zu mir. Die Umrisse der Möbel waren verborgen. Nur ganz nah am Fenster erahnte ich den Stuhl und die Truhe, die mir in diesem Moment wie eine Requisite aus einem Stummfilm vorkam.

Mit der Truhe stimmte etwas nicht. Etwas war anders als sonst.

Ich knipste die Nachttischlampe an.

Über dem Rand der Truhe hing ein Seidenschal, von dem ich mir sicher war, dass er im Kleiderschrank gelegen hatte, und zwar in dessen hinterstem Winkel. Vor Jahren hatte es ein Geschenk für eine Frau sein sollen. In letzter Minute war ich zu dem Schluss gekommen, Seide sei ein Klischee, ein zu feminines Geschenk für eine so sachliche Frau wie die, deren Gunst ich dann allerdings auch ohne Seide nicht gewann.

Seit Ewigkeiten hatte ich den Schal nicht beachtet. Wenn er verschwunden wäre – ich hätte es nicht bemerkt.

Nun war er jedoch nicht verschwunden, sondern hatte den Schrank verlassen und hinderte mich am Schlaf.

Zuerst erwog ich, ihn liegenzulassen, das Licht auszuschalten und mich der Nacht so hinzugeben, wie ich es meinen Patienten empfahl: pragmatisch, mühelos, erleichtert über den abgeschlossenen Tag, ohne Grübeleien über den nächsten Morgen. Aber als ich den Schalter der Nachttischlampe berührte, merkte ich, dass ich zu der geplanten Handlung nicht in der Lage war.

Ich konnte den Blick nicht von der Truhe abwenden, das Licht nicht löschen, nicht zulassen, dass der letzte Eindruck des Tages in Undeutlichkeit verschwamm. Ich schlug die Bettdecke zurück und stand auf. Ging zu der Truhe. Streckte die Hand danach aus. Berührte sachte mit den Fingerspitzen den Schal. Er fühlte sich kühl und vage an, wie ein gleichgültiger Händedruck in Herbstluft. Ich griff fest zu und knüllte die Seide zusammen. Öffnete den Kleiderschrank, warf den Schal hinein und schloss die Tür.

Atmete mehrmals tief durch.

Legte mich ins Bett und löschte das Licht.

Dachte an nichts.

Dachte daran, dass ich an nichts dachte.

Fünf Minuten lang.

Zehn.

Fünfundzwanzig.

Ich schlief nicht ein.

Noch einmal stand ich auf, diesmal im Dunkeln, tastete mich durch Korridor und Praxis bis zum Flur, ging in die Küche und trank ein Glas Wasser, wobei ich *Am Grund* vom Fensterbrett nahm und im schwachen Licht den Klappentext überflog.

*Der fünfjährige Tim verschwindet von einem Familienausflug. Nach wochenlanger Suche führt die Spur in den Garten der Eltern …*

Nach einem Gang zur Toilette kehrte ich ins Schlafzimmer zurück. Bevor ich mich hinlegte, öffnete ich noch einmal den Schrank, nahm den zusammengeknüllten Schal heraus, legte ihn auf die Bettdecke und strich die Seide mit beiden Händen so lange glatt, bis sie sich warm anfühlte. Dann faltete ich den Schal behutsam zusammen und legte ihn in das oberste Fach des Kleiderschranks, zu den Stofftaschentüchern, die ich nie verwendete.

Es dauerte noch fast zwei Stunden, bis ich schlief.

Am Morgen duschte ich kalt, trank doppelt so viel Kaffee wie sonst (vier Tassen) und verbrachte einige Zeit damit, mich für eines der gebügelten Hemden zu entscheiden. Ich wählte das grauweiß gestreifte, bevor ich mit zehn Minuten Verspätung das Haus verließ.

Im Gruppenzimmer bei den Senioren wurde ich unruhig, als um zehn Uhr noch immer kein Koffer im Korridor rumpelte. Immer wieder ließ ich den Blick zum Zifferblatt wandern, so lange, bis meine Schultern zusammensanken und ich beim Blick in den Spiegel erschrak, weil das enttäuschte Gesicht nicht zu dem frischen Kragen passte, der meinen Hals wie eine Blüte umschloss und mir auf einmal entsetzlich albern vorkam. Da ich nicht wagte, Beatrice nach der Clownin zu fragen, musste ich mit der Ungewissheit zurechtkommen. Und diese ließ sich nur schwer mit den hundert Handgriffen in Einklang bringen, die es zu erledigen gab. Zwar waren die resultierenden Fehler nicht gravierend, sie fielen wohl niemandem auf, doch sie geschahen mit einer Gesetzmäßigkeit, deren Tücke mich selbst verunsicherte. Ich verwechselte die Namen zweier Bewohnerinnen, vergaß die Teelöffel für die Zwischenmahlzeit, nahm zu viel Desinfektionsmittel und überhörte zunächst Beatrices Bitte, mit der sie gegen elf Uhr auf mich zukam.

»Wie bitte?«

Sie hatte mich bei einem längeren Blick aus dem Fenster erwischt, ließ sich aber nichts anmerken.

»Gehst du mit Frau Mollner zur Gruppe ins Kaminzimmer und begleitest sie danach zum Rauchen? Sie mag die Clownin so gern, und die hat heute nur für eine Runde Zeit.«

Frau Mollner war eine hagere Dame mit resolutem Wesen und scharfem Verstand, die aufgrund eines Unfalls im Rollstuhl saß. Ihr Bedürfnis nach geistiger Anregung kam mir gelegen. Wäre mir jetzt ein Blick in den Spiegel möglich gewesen – meine geröteten Wangen hätten wahrscheinlich zum Kragen gepasst.

Im Kaminzimmer, einem eleganten Saal des Altbaus, herrschte buntes Treiben, als ich Frau Mollner im Rollstuhl durch die Flügeltür schob. Irina sah gleich zu mir, und ich spürte den Draht zwischen ihr und mir. Gehörte auch das zu ihren Künsten?

Ich verscheuchte die Frage und versuchte, die Zigarettenschachtel und das Feuerzeug zu verbergen, die ich für Frau Mollner bei mir trug. Ja, Irina war Raucherin. Aber sie sollte nicht glauben, dass ich ebenfalls rauchte. So gut es ging, verbarg ich die Sachen. Währenddessen deutete sie auf einen freien Platz am Fenster, nicht weit entfernt von ihr.

Der Saal war erfüllt von altmodischer, schwungvoller Tanzmusik, zu der Irina mit den Senioren ein A-bis-Z-Quiz spielte, diesmal mit Tieren. Sie waren schon bei V angekommen, und jemand rief »Vogel«. Damit war Irina nicht zufrieden, sie wollte den Namen eines speziellen Tieres. Als aus der Runde keine weitere Antwort kam, wandte sie sich mit fragenden Augenbrauen an mich.

Ich wusste, dass es nicht richtig war, sich zu schämen. Es war ein Spiel. Bei einem Spiel waren alle gleich, und es gab keinen Grund, sich zu genieren. Im Spiel gab es kein »Richtig« oder »Falsch«, solange es den Regeln entsprach, und die Regeln galten für alle. Trotzdem blieb ich befangen, auch dann noch, als ich längst »Viper« geantwortet hatte und es schließlich ans Tanzen ging – Sitztänze, rhythmische Bewegungen im Sitzen zu der Musik, die im Hintergrund lief.

Irina flatterte in ihrem weißen Kittel über das Parkett, fasste alle nacheinander an den Händen, während sie saßen, und wiegte sich mit ihnen im Dreivierteltakt. Nicolas, der chronisch übermüdete Praktikant, tat es ihr gleich, und ich staunte über die Ungezwungenheit und Freude, mit der er sich den Senioren zuwandte, auf deren Gesichtern ebenfalls Freude entstand. Gleichzeitig dachte ich darüber nach, wie ich Irina am Ende in ein Gespräch über die Villa verwickeln konnte.

Irgendwann sprang die Flügeltür auf, eine Hauswirtschafterin eilte herein und holte jene Bewohner, die darauf angewiesen waren, zum Mittagessen ab. »Hallo Ariana«, rief ich und freute mich über das Aufglänzen in ihren müden Augen. Als ich sah, dass Irina ihr zu helfen begann und schon einen Rollstuhl in Richtung Speisesaal schob, beugte ich mich zu Frau Mollner und sagte: »Es ist heute später geworden, wir sollten zu Ihrem Tisch …« Bald würden Irina und ich allein zum Kaminzimmer zurückkehren.

Aber die alte Dame bestand darauf, noch vor dem Essen auf die Raucherterrasse zu gehen.

Bei den meisten Leuten schleicht sich die Schlaflosigkeit allmählich ein, in größeren oder kleineren Intervallen, in Sprüngen oder Schwankungen. Auch bei mir hatte sie schon eine Weile gelauert, immer bereit, sich in die Nacht einzumischen. Wenn ich darüber grübelte, wie sie es nun schaffte, eine Hauptrolle zu übernehmen, kam ich mal zu dem einen, mal zu dem anderen Schluss. Einmal sah ich die Kaltenseestraße vor mir, den Moment, in dem mich die undefinierbare Anwesenheit zu verfolgen begann, oder besser: den Augenblick, in dem sie sich in mir selbst bemerkbar machte. Wer wusste, ob ich dieses Etwas nicht schon ein Leben lang in mir trug und es genau jetzt ohnehin in Erscheinung getreten wäre, egal, wo ich mich befand? Wer sagte, dass ich sie nicht auch an einem Südseestrand gespürt hätte? Manche Dinge schlummern lange in uns, bevor wir Notiz davon nehmen. Jeder Mörder kann ein Lied davon singen. Ein andermal dachte ich an die nächtliche Szene in meinem Schlafzimmer, an die Truhe mit dem Seidenschal. Aber es war nichts Unerklärliches daran. An dem Tag war Lajosné länger zum Bügeln geblieben und hatte danach die Hemden in meinen Schrank gehängt. Dabei musste ihr der Schal aufgefallen sein. Vielleicht hatte sie gedacht, er sei versehentlich ins Abseits geraten, und ich würde ihn suchen. Darum hatte sie ihn auf die Truhe gelegt.

Meinen Patienten bot ich keine so einfachen Antworten an wie mir selbst. Auch keine so schnellen. Sie mussten um ihre eigene Antwort kämpfen. Manche schafften es früher, manche später. Einige gar nicht.

Müde ruderte ich durch den Rest der Woche, empfing Patienten, nahm Anrufe entgegen, beantwortete Mails, ging in die Stadt oder spazieren und las *Am Grund.* Damit war ich so weit gekommen, dass Tims Eltern an ihrem eigenen Verstand zweifelten und sich nicht mehr sicher waren, ob sie ihren Sohn wirklich zu dem Ausflug mitgenommen hatten. Eine Geschichte, deren markante Psychologie der Angst mich trotz Erschöpfung in Atem hielt. Unter der Tiefenwalder Käseglocke war ich auf dem Weg in einen neuen Alltag, mit dem ich mich arrangieren konnte. Wenn nicht die Schlaflosigkeit gewesen wäre. Die Anonymität der Hangsiedlung. Und Jander.

Am Samstag, als ich die Wochenendzeitung durchblätterte, ohne ganz bei der Sache zu sein, fiel mir ein langer Artikel in einem der hinteren Teile der Zeitung auf: *Uhlburger Beratungsstelle für Parapsychologie (UBP) legt ›Geistern‹ das Handwerk.* Besonders eine Passage weckte meine Aufmerksamkeit.

*… Laut der Parapsychologin Paula Gravenstein ist das, was man ›Spuk‹ nennt, nichts anderes als ein psychokinetisches Phänomen. Dessen Zeuge, die sogenannte Fokusperson, bewirke den Vorgang auf unbewusste Weise selbst. Anders als bei psychosomatischen Reaktionen, wie zum Beispiel bei einem emotional bedingten Hautausschlag, verlagere die Fokusperson beim ›Spuk‹ ihre Emotionen auf den Bereich außerhalb ihres Körpers. Wie das konkret vor sich geht, kann auch die Parapsychologie bisher nicht erklären. Noch sei man nicht in der Lage zu verstehen, auf welche Weise etwa wegen eines*
*Todesfalls Uhren stehenbleiben. Es sei aber ebenfalls noch nicht erforscht, wie Stress Hautekzeme hervorrufen kann …*

Ich trennte die Zeitungsseite heraus, faltete sie zusammen und legte sie auf den Schreibtisch.

Nach einem verregneten Sonntag begann die folgende Woche mit einem atmosphärischen Sprung. Es war sehr kalt geworden, und auf allen Bäumen und Dächern glitzerte Frost. Morgens lag Villa Tann in dichtesten Nebel gehüllt. Es dauerte bis zum späten Mittag, bis sich ihre Umrisse zeigten. Trotzdem ging ich am Montagnachmittag in die Stadt, um erste Weihnachtsvorbereitungen zu treffen. Es gab viel zu verschicken. Alle Einladungen in die Großstadt hatte ich abgelehnt. In diesem Jahr würde ich die Arena nicht mehr betreten.

Am Dienstagmorgen bereitete ich mich innerlich auf Jander vor, während ich äußerlich den Weg für Lajosné freischaufelte. Es war ein Gefühl, als wäre Jander ein Patient wie alle anderen geworden, ohne den Nimbus des Unverstandenen. Hatte ich mich an ihn gewöhnt? War ich in seinen Fall eingearbeitet, obwohl er sich den üblichen Maßstäben entzog? Hatte ich erkannt, dass Jander ohnehin niemals zufrieden sein würde, mit oder ohne Panikanfälle?

Wie auch immer: In ungestörter Hektik räumte ich auf und freute mich auf den Moment, in dem sich hinter Jander und mir die Praxistür schloss, während Lajosné das Haus von den gröbsten Spuren des alltäglichen Lebens befreite. Auch sie war ein fester Bestandteil meiner Dienstage geworden, wie Irina ein Element des Mittwochs, der beste Aussichten hatte, mein Lieblingswochentag zu werden, was ich daran bemerkte, dass mir das Aufstehen mittwochs am leichtesten fiel. Aber nun war Dienstag, noch dazu einer, der es in sich hatte.

Es begann damit, dass Lajosné nicht nur die zu erwartenden weiteren fünf, sondern gleich zehn Minuten früher erschien als am Dienstag zuvor. Somit war es erst neun Uhr, als sie läutete. Zu der Zeit hatte ich noch nicht einmal das Bett gemacht. Trotzdem öffnete ich wieder klaglos die Tür und zuckte nur entschuldigend mit den Achseln, obwohl eigentlich sie es war, von der eine Entschuldigung hätte kommen müssen.

Nachdem sie über die Schwelle getreten war und ihren Mantel an die Garderobe gehängt hatte (jetzt war es ein dicker blauer mit Kapuze), fiel mir der Bluterguss an ihrem linken Handgelenk auf, eine blauviolette Verfärbung von der Größe einer Walnuss, die den Knöchel umgab.

Sie wird irgendwo gestürzt sein, sagte ich mir und ließ sie ohne Anweisungen im Flur stehen, denn ich wollte sie nicht daran gewöhnen, dass ich ihr einen Teil der Arbeit abnahm. Die ersten Male hatte ich sie noch mit Hinweisen versorgt, aber jetzt war es Zeit, ihr die Regie über die notwendigen Vorgänge zu überlassen.

Um zehn Uhr setzte ich mich in die Praxis, um auf Jander zu warten. Bisher war er immer pünktlich gewesen, also ging ich davon aus, dass er jeden Moment kommen würde. Ich ließ den Blick über die Bücherwände schweifen, pflückte zwei gelbe Blätter vom Gummibaum und sah aus dem Fenster, ohne dort draußen mehr als eine beliebige Ansammlung von Bäumen und Häusern wahrzunehmen. Selbst Villa Tann war an diesem Morgen kein Thema für mich.

Um fünf nach zehn seufzte ich tief und ging in die Küche, um etwas zu trinken. Lajosné war noch im Bad.

Als ich zurückkam, überprüfte ich die Liste verpasster Anrufe auf meinem Telefon. Nichts.

Um zehn nach zehn schaltete ich den Laptop ein und öffnete das Mailprogramm.

*Den morgigen Termin und alle folgenden sage ich hiermit ab.*
*Seit die Wanduhr nachts abgestellt ist, habe ich keinen Panikanfall mehr gehabt.*
*Beste Grüße*
*M. Jander*

Ich las die Nachricht zweimal, dreimal, vielleicht noch einmal mehr. In meinem Kopf entstand ein Gewirr verschiedenster Gedanken, die komplexe Gefühle im Schlepptau hatten. In den elf Jahren meiner Praxis hatte ich eine Reihe von Therapieabbrüchen erlebt, einige aus persönlichen Unstimmigkeiten, die meisten aus einer Ungeduld des Patienten heraus, die oft schon Teil des Problems gewesen war. Aber keiner hatte mich so getroffen wie Janders Nachricht.

Mein erster Impuls war, zurückzuschreiben und so zu tun, als sei es für mich kein Thema und der nächste Patient auf der Warteliste würde sich freuen. Auch Therapeuten hatten ihren Stolz. Aber bevor ich auch nur die Anrede tippen konnte, wurde mir klar, dass dies der falsche Weg war, und zwar aus einem klaren Grund: Ich musste wissen, was es mit der Wanduhr auf sich hatte. Und dafür brauchte ich Jander.

Eine Weile lief ich im Zimmer auf und ab, blieb vor dem Fenster stehen, starrte zur Kaltenseestraße hinüber, lief wieder im Zimmer herum und ging schließlich zu Lajosné, die jetzt in der Küche beschäftigt war.

Als ich hereinkam, schloss sie schnell den Schrank über dem Herd und wischte mit einem Tuch über die Holzfläche. Ich war zu sehr in Gedanken, um mich daran zu stören, dass sie sich nicht an die Abmachung hielt. Hauptsache, sie arbeitete effizient.

»Ist er nicht da?« Sie sprach hastig, mit noch leiserer Stimme als sonst. Sonst musste ich oft nachfragen, weil der Inhalt ihrer Worte im Wispern unterging, aber jetzt verstand ich sie gleich.

Ihre Frage irritierte mich, weil sie sie stellte, als würde sie sich nach einem Bekannten erkundigen – nach einem, der ihr nicht gleichgültig war. Dabei war sie Jander nur einmal flüchtig in meiner Praxis begegnet.

»Kennen Sie ihn?« In diesem Moment fand ich Gefallen an der Direktheit, mit der ich Lajosné überfiel und die ich ansonsten für meine Patienten reservierte, wenn sie um den heißen Brei herumredeten oder die Konfrontation mit einem Thema zu verhindern suchten.

Hätte ich damals gewusst, was ich heute weiß, hätte ich niemals gefragt. Wir könnten mehr wissen über diejenigen, die uns umgeben, viel mehr. Aber meistens interessiert uns an ihnen nur das, was sie für uns bedeuten – nicht für sich selbst.

Als ich das nach vielen Wochen bemerkte, war es zu spät.

Sie kannte ihn, ja. Trotzdem gab sie es zunächst nicht zu. Erst als ich die Mail erwähnte (ohne den Namen zu nennen, wie sich versteht), die Absage aller seiner Termine, nickte sie und sagte, das sehe ihm ähnlich.

Sie sah mich nicht an, rieb nur den seifigen Schwamm im Spülbecken und fasste sich mit der anderen Hand an den Hals.

»Warum?« Die Überwindung, die mich das eine Wort kostete, ärgerte mich. Und dieser Ärger machte mich nicht geduldiger.

Ich sah, wie es in ihr arbeitete.

»Weil er mit mir das Gleiche gemacht hat, als er mich von heute auf morgen entließ.«

»Sie haben bei ihm gearbeitet?« Ich fasste es nicht. »Wie lange ist das her?«

Jetzt kehrte sie mir ganz den Rücken zu. »Ein halbes Jahr. Keine vier Wochen war ich dort. Es war viel, das große Haus, die Arbeit musste ich wegen meiner Zeitnot auf die ganze Woche verteilen, das hat ihm wohl nicht gefallen. Und es hat ihn beim Schlafen gestört.«

»Am Tag?«

»Wenn er am späten Nachmittag aufstand, war ich längst weg. Um Viertel vor zwölf muss ich immer weg. Spätestens.« Obwohl ich es längst wusste, sagte sie es mit einem Nachdruck, als hinge ihr Leben daran. Aber ich achtete nicht darauf.

»Und wann hat er gearbeitet?«

»Das müssen Sie doch wissen. Er ist ihr Patient.«

Das Lächeln, mit dem sie den Schwamm weglegte und nach dem Staubsauger griff, war zu traurig, um zu widersprechen. Ich stand nur da und sah zu, wie sie im Flur verschwand; ich hörte sie murmeln, als sie die Steckdose suchte und fand.

»Sie hatten den Schlüssel zu seinem Haus?«

»Ja.« Sie schaltete den Staubsauger ein und sagte noch etwas, das im Lärm unterging.

Mein Ärger kehrte zurück. Ich ging in den Flur, riss den Stecker heraus und stemmte meine Hände in die Hüften.

Lajosné schloss die Augen. Sie atmete tief.

»Ich habe ihn immer noch.«

Obwohl nachts der Satz in mir nachklang, ignorierte ich

ihn, denn vor meinen Augen entstand ein Plan: Ich würde mit Jander sprechen, wenigstens noch einmal. Und ich würde ihn nicht nur anrufen, nein – ich würde hingehen.

Seine Adresse. Nie hatte ich mich für die Hausnummer interessiert, auch beim Erstellungen der Rechnungen nicht, die ich ihm seit dem zweiten Termin mitgegeben und die er jedes Mal bar bezahlt hatte. Kaltenseestraße, das hatte mir genügt.

Auf einmal wurde der Wunsch, mehr zu wissen, so groß, dass ich aufstand (es war drei Uhr vierundzwanzig) und durch den Korridor in die Praxis ging. Ein Griff zu den Anmeldeformularen im Regal, ein wenig darin blättern, und da war er: *Max Jander, Kaltenseestraße 3*.

Weil ich müde war, dauerte es ein paar Sekunden, bis ich begriff. Hausnummer drei lag neben Villa Tann. Jander war der Nachbar.

Nachbar? Mir fiel ein, was er zwei oder drei Wochen vorher einmal erwähnt und dann rasch wieder abgetan hatte. *Der Traum ist wie mein Nachbar.* Warum war er darauf zu sprechen gekommen? Mein Ex-Patient hatte den Bewohner der Villa Tann gesehen, und ich hatte es nicht einmal registriert. Wer wusste, was ihm dort vielleicht aufgefallen war?

Ich versuchte, mir die räumliche Situation vorzustellen. An der Kreuzung die Villa, daneben (oder eher dahinter) Janders Haus. Vor Spannung fühlte ich keine Müdigkeit mehr. Stattdessen erfüllte mich eine Wachheit, die ich mir bei Tag gewünscht hätte.

Voller Unruhe ging ich zum Fenster. Lange starrte ich

auf den Westhang. Irgendwann musste ich es doch auch mal sehen.

»Guten Morgen.« Von der Teeküche aus, wo ich Grießbrei auf kleine Schüsseln verteilte, machte ich Irina auf mich aufmerksam. Sie, die im Flur mit angespanntem Gesicht einen Aushang studierte, hatte den Koffer nicht abgesetzt. Beatrice war noch im Büro.

»Ach …« Das war alles, was kam. Die bunten Figuren auf ihrem Kittel glotzten mich an.

Ich gab mich beschäftigt und tat, als sei die Sache für mich erledigt, während ich gleichzeitig wünschte, schlechter in dieser Disziplin zu sein. Innerlich kramte ich nach Worten. Was nützte die beste Gelegenheit ohne die Sprache dafür?

Als ich das Tablett mit der Zwischenmahlzeit in den Gruppenraum trug, stand auf einmal ein Mann in der Tür. Mit einer Hand drückte er an seiner roten Gumminase herum, die andere hielt den Griff einer gelben Ledertasche umklammert.

Wieder ein Lehrling, dachte ich und nickte ihm zu, während ich den Groll zu ignorieren versuchte, der mich bei seinem Anblick erfasste.

Beatrice kam, die Clowns erhielten den Laufzettel für die Einzelbesuche. Als ich nach dem Verteilen der Schälchen in den Flur spähte, waren sie nicht mehr zu sehen. Sollte ich Irina unter einem Vorwand ins Treppenhaus folgen? Aber Frau Mollner pfiff mich zurück. »Das Wasserglas steht zu nah an der Tischkante«, deutete sie zu Frau Ehmann herüber, die mit dem Kopf in die Hand gestützt döste. Da Frau Mollner in der Gastronomie aufgewachsen und dort ihr Leben lang beschäftigt gewesen war, hatte sie ein scharfes Auge auf alles, was sich am Tisch abspielte und nicht der geforderten oder von ihr gewünschten Ordnung entsprach. Ich rückte Frau Ehmanns Wasserglas zurecht und bot Frau Mollner welches an. Wie immer lehnte sie ab. Sie trank kein Wasser, jedenfalls nicht pur, denn sie für sie als Pegeltrinkerin stand in der Teeküche immer eine angebrochene Flasche Rotwein bereit, deren Inhalt ihr im Verdünnungsverhältnis zwei zu eins über den Tag zugeteilt wurde – auf ärztliche Anweisung. Ein schriftliches Protokoll dokumentierte den kontrollierten Konsum.

»Und zwei Wasserflaschen sind leer, Herrschaftszeiten.«

Es war nicht ihr bester Tag. Ich räumte die Flaschen weg und ersetzte sie durch neue. Dann ging ich wieder in den Flur, aber da ich keine Ahnung hatte, wo sich die Clowns inzwischen befanden, besann ich mich darauf, Frau Ehmann beim Löffeln des Grießbreis zu helfen.

Eine Dreiviertelstunde später kehrte Irina mit dem Lehrling zurück. Sie ließ ihn Erfahrungen machen, indem sie sich selbst im Hintergrund hielt, an den Türrahmen gelehnt, die Hände in den Kitteltaschen, während der auszubildende Clown mit schiefem Grinsen ein Herbstlied sang, das er herumlaufend auf alle Senioren zu verteilen versuchte, denn die meisten von ihnen hörten schlecht.

Ich beobachtete Irina vom Fenster aus, wie sie mit gesenktem Kopf auf den Boden starrte, als ginge sie das alles nichts an. Selbst als sich unter ihrem Filzhut eine Strähne löste und über das rechte Auge fiel, blieb sie unbewegt; die Hände in den Taschen rührten sich nicht. Nur eine Froschfigur, die an ihrem Kittel in Brusthöhe befestigt war, baumelte hin und her.

Diese Frau trug eine Clownsnase, aber das änderte nichts. Es war, als wäre die rote Nase nicht da. Es machte keinen Unterschied. Irina hätte so durch die Stadt gehen können – es wäre mir wohl nicht aufgefallen.

Dann sah sie zu mir. Die dunkle Strähne über dem Auge, hob sie den Blick und ließ ihn dort, wo sie meinen fand. Über die Köpfe der Senioren hinweg lächelte ich ihr zu, einmal, zweimal. Hastig zog sie mit der linken Hand den Hut vom Kopf, die rechte wanderte zur Stirn, und langsam strichen die Finger die Strähne zurück, während ihr Blick zur Seite wich und von da aus wieder nach unten.

Der Lehrling hatte sein Lied beendet, die gelbe Ledertasche geöffnet und damit begonnen, einen Luftballon mit der Handpumpe aufzublasen. »Irina?« Er musste es zweimal sagen, bis sie ihm zunickte und sich zu dem geöffneten Koffer herunterbeugte, der neben dem Tisch auf dem Boden stand.

Sie griff in das Durcheinander und zog einen roten Plastikhammer hervor. Triumphierend hielt sie ihn in die Luft, bevor sie einen der aufgeblasenen Ballons nahm und ihn mit dem Hammer anstieß, bis die blaue Blase zu Frau Ehmann schwebte, ihre Schulter streifte und auf dem Schoß landete, wo die lächelnde Frau sie mit gefleckten Händen umfasste. Irina trug den Ballon von einem zum anderen und stieß ihn jedes Mal mit dem Hammer an, auch schräg oder quer, immer wieder anders, unberechenbar. Eine Dynamik entstand, welche die Gruppe ein Stück weit aus der Erstarrung holte. Der Lehrling tat es ihr gleich, indem er versuchte, Irinas Bewegungen zu imitieren. Lächerlich, sagte ich mir und sah zur Uhr über der Tür. Halb zwölf.

Bevor ich noch etwas sagen konnte, schloss Irina den Koffer und verließ den Raum ohne Abschied und ohne einen einzigen Blick. Ein beiläufig lässiger Abtritt. Wie eine wichtige Person, die schon unterwegs zu neuen Aufgaben ist, dachte ich. In diesem Fall unterwegs zum Foyer, denn im Kaminzimmer fand eine Besprechung statt.

Als sie in Richtung Treppe verschwunden war, den Ballon in der einen, den Koffer in der anderen Hand, erschien mir die Woche, die nun vor lag – die Zeit bis zum nächsten Mittwoch –, auf einmal endlos. Ich versuchte, mich zu konzentrieren, und begann mit den Vorbereitungen für die Mittagsrunde. Jedem eine Schürze umbinden, außer Frau Mollner, die keine brauchte. Papierservietten verteilen. Besteck. Ich hatte gerade die Suppenlöffel auf die Servietten gelegt, als Beatrice, die im Zimmer herumging und nach ihrer Art überall nach dem Rechten sah, sich unter den Tisch bückte, den roten Plastikhammer aufhob und zu mir herübersah.

»Kannst du ihr den bringen?«

»Ist sie noch da?«

Warum fragte ich das? Ich wusste es doch.

»Im Foyer.«

Ich nahm den Hammer und lief zum Treppenhaus. In meinem Kopf spukte schon der Satz, den ich sagen würde.

Im Erdgeschoss sah mich Irina schon von weitem kommen. Ich näherte mich betont geschäftlich, wie ein Bediensteter, der ein unentbehrliches Werkzeug brachte.

Sie saß mit drei Damen an einem Tisch, jede von ihnen in einen gepolsterten Sessel zurückgelehnt. Den Kittel hatte sie ausgezogen und über die Lehne gehängt, auf dem Tisch lag der blaue Ballon. Noch drei große Schritte, und ich stand vor ihr.

»Ich wollte Ihnen zeigen, wo der Hammer hängt.«

War es gespielte Schockiertheit? War es echte, die sich auf ihrem Gesicht zeigte? Sie sah mich nicht an. Sie blickte geradeaus vor sich hin und gab sich entsetzt.

In mir entstand der Impuls, sie zu beschwichtigen, indem ich das Gesagte relativierte.

»Nein, nein«, sagte ich leise und streichelte ihre Schulter. Keine sachte Berührung, keine dezente Geste. Eine Liebkosung. Noch jetzt spüre ich die Wärme unter dem dünnen Stoff des rotweiß gestreiften Shirts. Es waren nur Sekunden. Kein Zurückweichen, kein Blick. Als meine Hand wieder bei mir war, lehnte Irina sich im Sessel vor und sagte in sehr bestimmtem Ton:

»Doch. Doch, ich mag das. Ich mag es, wenn man mir zeigt, wo es langgeht.« Sie machte eine kurze Pause. »Also herzlichen Dank.«

Es war das Stichwort für meinen Abtritt aus dieser Szene, und so machte ich kehrt und verließ das Foyer. Im

Weggehen hörte ich sie noch sagen: »Er hat mir gezeigt, wo der Hammer hängt.« Es klang anerkennend und nachdenklich zugleich.

Ein Teil von mir wollte, dass ich zurückging, um das Gespräch auf die Villa zu lenken. Aber ein anderer Teil bestand darauf, die Atmosphäre so zu lassen, wie sie war.

Denn Irina hatte gelächelt.

Nachmittags kam ein neuer Patient, ein junger Mann mit fragenden Augen und ausgeprägter Schlafstörung, der mir meine eigene Unruhe spiegelte. Bei ihm gründete das Problem jedoch mehr auf einer permanenten Arbeitsüberlastung, die ihm die abendliche Entspannung erschwerte. Auf meine Frage, wie er die letzte Stunde vor der Nachtruhe verbrachte, erwähnte er Fernsehen und Internet. Ich erklärte ihm die ungünstige Auswirkung visueller Bildschirmreize auf die Schlafbereitschaft und bat ihn, zu überlegen, womit er sich sonst noch gerne beschäftigte und womit er die letzte Tagesstunde möglicherweise verbringen konnte.

Nach kurzem Nachdenken sagte er: »Ich lese gerne.«

»Hervorragend.«

»Aber dabei werde ich immer so müde.«

Erst mein ungläubiger Blick machte ihm die Absurdität seines Einwands bewusst.

»Sie sind nicht der einzige mit Betriebsblindheit«, tröstete ich ihn.

Den Abend verbrachte ich mit der Lektüre von *Am Grund*, die ich fast bis zum Ende schaffte – fast, weil die Müdigkeit die Spannung irgendwann doch übertraf. Aufwühlend ging die Geschichte weiter: Tims Leiche wurde im Gartenteich seiner Eltern gefunden, an einen Felsbrocken gekettet. Zwölf Seiten blieben noch übrig, die Auflösung stand kurz bevor. Ich war keiner der Leser, die sich so tief in eine Geschichte hineinfallen ließen, dass sie ein Teil davon wurden. Immer wahrte ich Distanz, ähnlich wie in meiner Rolle als Therapeut. Ich durfte mich nicht mit Patienten identifizieren. Ebensowenig war ich einer der Menschen, deren Schlaflosigkeit in ruhige Aktivitäten wie nächtliches Lesen, Musikhören oder gar Schreiben mündete. War ich wach, so lag ich im Dunkeln. Mehr nicht. Ich achtete nicht auf die Zeit, ich kümmerte mich um nichts außer um meine Gedanken und gelegentlich einen Blick zu Villa Tann.

Auch in dieser Nacht war es dort dunkel, als ich gegen drei Uhr die Praxis durchquerte, um zur Toilette zu gehen und aus der Küche ein Glas Wasser zu holen. Während ich schon ein paar Schlucke trank, fiel mir ein Buch auf der unteren Ablage des Küchentischs auf. Ich zog es hervor. Es war *Die Verwicklung*.

Am Morgen hatte es noch nicht dort gelegen. Ich konnte mich nicht erinnern, es überhaupt einmal mit in die Küche genommen zu haben. Nach der Lektüre hatte ich es ins Bücherregal gestellt. Las Lajosné bei der Arbeit Romane? Das konnte nicht sein, denn immer war alles erledigt, was es zu erledigen gab. Sogar mehr, als mir lieb war. Es war unmöglich, gleichzeitig zu lesen.

Ich nahm das Buch mit in die Praxis, stellte es ins Regal zu den Thrillern und holte es wieder heraus. Vielleicht interessierte es sie, und sie würde sich freuen, wenn ich es ihr lieh. Nach kurzem Nachdenken legte ich es auf die Kommode im Flur.

Wohl bis halb fünf lag ich wach, bevor ich in unentwirrbaren Träumen verschwand.

Als der Wecker mich wieder zum Vorschein brachte, brauchte ich einige Minuten, um mich zu orientieren. Das Erste, was mir dann einfiel, war Jander. Auch Irina wollte sich in den Vordergrund drängen, aber die hob ich mir für später auf. Der Tag ging schleppend voran, mit zwei wortkargen Patienten, verkochten Spaghetti und einem Werbeanruf, der mich beinahe meinen Vorsatz, am Telefon niemals grob zu werden, hätte brechen lassen – während der darauf folgende Anruf einer Schülerin mich schließlich in Versuchung führte, die Telefonverbindung für den Rest des Tages zu kappen. Die Schülerin, die mit erstaunlichem Selbstbewusstsein agierte, sollte für den Deutschunterricht einen Zeitungsartikel schreiben. Ob ich kurz Zeit für zehn Fragen hätte, wollte sie wissen.

»Was denn für Fragen?«

»Zum Beispiel, woher das Böse im Menschen kommt. Oder die Angst vor dem Tod.«

Ich konnte mich nicht zwischen Lachen und Seufzen entscheiden.

»Solche Fragen erfordern schon etwas Zeit. Bis wann brauchen Sie das?«

»Bis Montag.«

Die kurze Frist war ein guter Vorwand, es abzulehnen.

Um achtzehn Uhr hielt ich die Zeit für gekommen. Ich

hüllte mich in meine wärmste Jacke und schloss die Wohnungstür zweimal hinter mir ab.

Am Fachwerkhaus ging ich zum ersten Mal mit gemischten Gefühlen vorbei. Nicht wie ein Passant, der die Begebenheiten so aufnahm, wie sie waren; nicht wie ein neutraler Beobachter, der alles gleichmütig registrierte. Sondern wie jemand, der mit dem Betreten der Treppe in eine Filmszene tauchte wie in eine Welle, kurz eintauchte und wieder hinaus, während in der Zeitspanne seines Tauchens Verwandlungen vor sich gingen, subtile Metamorphosen von ungeahnter Fatalität. Dabei tat sich hier rein äußerlich nichts. Niemand war zu sehen, kein Hausbewohner, kein Tier. Nicht einmal die Fichtenzweige bewegten sich im Wind.

Ich bedauerte das. Dabei hätte mich alles andere nur von meinem Vorhaben abgelenkt. Obwohl ich das wusste, hielt ich an dem Bedauern fest, während ich die letzten Stufen zur Kaltenseestraße hinter mir ließ.

Villa Tann schenkte ich kaum einen Blick, vergewisserte mich nur ihrer Lichtlosigkeit inmitten der Vorwinterdämmerung.

Zuerst übersah ich die Hausnummer 3, ich lief vorbei, weil sie sich ein Stück abseits der Straße befand, in großzügiger Entfernung zur Villa und doch nah genug, um mehr davon mitzubekommen als jeder andere. Als ich die *3* entdeckte (beim Anblick der *5* war ich auf dem Absatz umgekehrt), streiften mich angesichts des weißen Bungalows mit dem glänzenden Dach mehrere Gedanken, von denen ich mich schließlich für einen entschied: Wer so wohnt, wird bestimmt mit mir reden.

Ein oberflächlicher Eindruck, das wusste ich. Doch immerhin war es ein Eindruck von heller Offenheit, und das war alles, was ich jetzt brauchte.

Als bemerkenswert fiel mir auf, dass es hier keinen Gartenzaun gab, keine starre Begrenzung wie sonst fast überall in dieser Wohngegend. Nur eine niedrige Buchsbaumhecke wies auf Anfang und Ende einer Privatsphäre hin. Den Zugang zum Grundstück bildete eine kniehohe Holzpforte, die nur angelehnt war. Daran hing ein weißer Briefkasten mit dem Namenszug *Jander* in schwungvoller Schrift. Ich ging durch die Pforte auf das Haus zu, vielleicht sogar mit einem Lächeln.

Beim Druck auf den Klingelknopf hallte der Türgong einladend durchs Haus. Es dauerte nicht lange, bis Schritte zu hören waren. Umsonst konzentrierte ich mich auf die Sprechanlage. Die Tür ging auf, und vor mir stand: ein sonnengebräunter Endsechziger mit Jogginghose und Doppelkinn.

Vermutlich sah ich ihn hilflos an, denn er neigte gutmütig den Kopf, wobei ein weiteres Kinn entstand.

»Ja bitte?«

»Ich wollte … zu Herrn Jander«, raffte ich die paar Worte zusammen, die ich noch hatte. »Ist er da?«

Die Stirn des Endsechzigers kräuselte sich, der Kopf schnellte in die aufrechte Position. Das dritte Kinn zog sich zurück.

»Wie Sie sehen. Was gibt's?« Seine Freundlichkeit war etwas abgekühlt.

Ich versuchte, allen Naturgesetzen zum Trotz in diesem Mann meinen Ex-Patienten zu finden. »Sie sind …«

»Ja?«

»Max Jander?«

»Wer denn sonst?« Seine Stimme schwankte zwischen Ungeduld und Amüsiertheit.

Mir fiel nichts mehr ein, absolut nichts.

Er kratzte sich im Nacken. »Und wer sind Sie?« Seine Betroffenheit angesichts meiner Verwirrung war spürbar. Es gab Menschen mit besonderer Empathie, und er schien einer von ihnen zu sein.

»Arnd Weyden, Psychotherapeut.«

Endlich brachte ich den einzig sinnvollen Satz hervor. »Ich glaube, ich schulde Ihnen eine Erklärung.«

Er nickte und bat mich ins Haus.

## 5

Der echte Jander wohnte zusammen mit seiner Katze in einer Reihe von Zimmern, die im Vorübergehen wie eine Inselkette schienen: Hell erleuchtete Räume unterschiedlicher Größe mit Meeresbildern und Rattanmöbeln luden zum Verweilen ein. Nur Sand und Seewind fehlten noch.

Während wir an maritimen Motiven und Gegenständen vorbeigingen (besonders stach ein mannshoher Leuchtturm aus hellblau gestrichenem Holz hervor), wandte sich Jander mehrmals mit freundlichem Blinzeln zu mir um. Im letzten Zimmer deutete er auf ein geflochtenes Sofa und bat mich, darauf Platz zu nehmen. Er komme gleich wieder, hole nur rasch den Tee, den er gerade zubereitet habe, als ich an der Tür klingelte.

Gegenüber dem Sofa stand ein Strandkorb. Eine Oase, dachte ich. Traumähnlich ließ ich alles geschehen. Die Wirklichkeit hatte sich verschoben, fast alles hätte ich jetzt für möglich gehalten. Ich verstand jeden Patienten, der mir bis dahin unbegreiflich geblieben war, ich konnte mir Irrtümer eingestehen, von denen ich nicht einmal gewusst hatte, dass ich ihnen unterlegen gewesen war. Ich sah die Welt und das Leben vor mir wie ein monumentales Panorama, mit dem ich nichts und zugleich alles zu tun hatte. Selbst die Meeresmotive schienen von so weit her zu kommen, dass es ans Bizarre grenzte. Zweimal kniff ich mich in den Arm.

Als Jander mit dem Tablett und einem Lächeln das

Zimmer betrat, überkam mich das Gefühl, ihm – ausgerechnet ihm – mehr als jedem anderen zu vertrauen. Bei allem, was ich derzeit erlebte, war er wie ein Anker in tobender See.

Er konnte nichts für den Reinfall. Er war genauso ein Opfer der Täuschung wie ich. Ihn traf es sogar noch schlimmer, denn es war seine Identität, deren der unechte *Jander* sich bedient hatte. So etwas grenzte an ein Trauma, mehr noch als der Betrug, der Vertrauensbruch, mit dem ich zurechtkommen musste. Vielleicht war es das: Ich solidarisierte mich mit diesem Mann, der gar nicht geschockt zu sein schien. Vielmehr schien er mit einer ähnlichen Art entspannter Neugier meinen Bericht zu erwarten, mit der er einem Fernsehkrimi entgegensah. Ein Mensch, der wohl so leicht keiner Therapie bedurfte.

Er setzte das Tablett auf dem Couchtisch ab, neben einer Glasmöwe, die als Kerzenhalter diente, und ließ sich in den Strandkorb fallen. Das Geflecht knirschte unter seinem Gewicht.

Er schenkte Tee in bauchige Tassen, wobei er nichts sagte, nur in sich hineinlächelte.

Als hätte er mich erwartet, dachte ich und schmunzelte über den absurden Gedanken. Dann besann ich mich auf die Situation.

»Jemand, der sich Max Jander nannte, ist als Patient in meiner Praxis aufgetaucht.«

Seine Stirn kräuselte sich; ihm entfuhr ein geflüstertes »Huh …«

»Nach vier Sitzungen ist er abgetaucht.«

»Er hat meine Adresse bei Ihnen …«

Ich nickte.

In seinen Augen war höchste Ratlosigkeit. Zum ersten Mal hielt ich es für möglich, dass auch dieser Mann so etwas wie Angst empfand, wenigstens einen Anflug davon. Es waren nur wenige Sekunden. Schon als ich wieder zu sprechen begann, war der furchtsame Schimmer verflogen.

»Er hat bar auf Rechnung gezahlt, ich hatte keine Ahnung. Man sollte sich wohl den Ausweis vorlegen lassen.«

Leise pfiff Jander durch die Lippen. »Wie kommt der auf mich?« Er nahm einen Schluck aus der Tasse. »Wie sah er aus? Was war das für ein Typ?«

Es gab Therapeuten, die neue Patienten beim ersten Termin fotografierten, um in deren Abwesenheit die Fälle besser reflektieren zu können. Ich hatte das immer abgelehnt. Jetzt wünschte ich, ich hätte zu ihnen gehört. Auch wenn es gegen die Schweigepflicht gewesen wäre, die Fotos einem Dritten zu zeigen.

»Mittelgroß, schlank, dunkelblond, große Augen, Hut.«

War das noch erlaubt? Bewegte ich mich in einer Grauzone?

Wie es in ihm arbeitete. Welche Falten seine Stirn hervorbrachte. Wie Minuten kam es mir vor, und doch waren es wohl höchstens zehn Sekunden, bis er die Hände auf seine Oberschenkel klatschte und ausrief:

»Das ist ja ein Ding!«

Ich konnte mich vor Ungeduld kaum fassen.

»Sie kennen …«

Ich war derjenige mit dem Anliegen. Der Patient.

Jander überging meinen Ausruf. Langsam rieb er sich die Augen, in deren Winkeln Lachtränen glitzerten. »Der Kerl macht Witze. Mein Ebenbild.« Aus seinem Doppelkinn drang ein Glucksen. Er wiegte den Kopf hin und her, als müsste er zwischen zwei Sorten von Amüsiertheit wählen, und entschied sich für keine von beiden.

»Haben Sie eine Idee?« Seine Stimme war jetzt verändert, war zu einer dumpferen Färbung übergegangen, in der unüberhörbarer Ernst mitschwang.

Zuerst begriff ich nicht, was er meinte.

Dann sah ich die schlaffen Züge in seinem Gesicht.

Er war genauso ratlos wie ich.

Der Tee in meiner Tasse war schon zur Hälfte abgekühlt. Ohne den Geschmack wahrzunehmen, trank ich ihn in kleinen Schlucken aus, mechanisch, wie eine Medizin. Obwohl ich Tee liebte und mich gut damit auskannte, hätte ich nicht sagen können, welche Sorte es war.

Leise klirrte das Porzellan, als ich die Tasse absetzte.

Wäre ich doch zur Tür gegangen. Hätte ich mich doch bedankt – an dieser Stelle, nicht später, nach der weiteren Viertelstunde, deren Bedeutung sich noch verbarg – und wäre mit meiner Ratlosigkeit nach Hause gegangen, mit der Enttäuschung und der Bitterkeit, deren Geschmack alles überzog. Manche Dinge *geschehen,* sagte ich oft zu meinen Patienten. Wir können nichts dagegen tun.

Ich wollte zur Tür gehen, das schon. Es gab nichts mehr zu sagen. Der echte Jander war informiert und konnte sich überlegen, Anzeige gegen Anonym zu erstatten, was ich verstanden hätte. Zugleich hoffte ich, er würde darauf verzichten. Denn ich wünschte mir Ruhe, um das Erlebte zu reflektieren und loszulassen, und hatte womöglich schon die Schweigepflicht angetastet, indem ich dem echten Jander den falschen beschrieben hatte, statt mich an die Polizei zu wenden.

Statt direkt zum Flur ging ich ans Fenster. Irgendwo hinter den Haselbüschen befand sich Villa Tann, höchstens fünfzehn Meter entfernt. Von hier aus gesehen, hatte sie mir den Rücken zugewandt. Ihre Umrisse waren nur zu erahnen.

»Wohnen Sie schon lange hier?« Vorsichtig schob ich die Gardine beiseite, um mehr von der Szenerie zu erkennen. Vor dem grauschwarzen Himmel zeichnete sich der Turm der Villa ab.

Jander, der noch im Strandkorb saß, schlug die Beine übereinander. Zwischen den Socken und dem Saum der Jogginghose kräuselten sich die Haare auf kalkweißer Haut.

»Zu lange, um das noch beurteilen zu können.«

Nachdem er seine eigene Antwort mit einem Schmunzeln ausgekostet hatte, sagte er leise: »Und zu kurz, um hier heimisch zu sein.«

Es war meine letzte Chance, die Kurve zu nehmen und auf ihn einzugehen, obwohl er nicht der war, zu dem ich gewollt hatte. Aber ich ignorierte seine Äußerung. Ich ging einfach über die Melancholie hinweg, die sich hinter der jovialen Fassade verbarg, und fragte: »Haben Sie nebenan jemals Licht brennen sehen?«

Er sah mich an, als ob er an meinem Verstand zweifelte, und deutete mit dem Zeigefinger hinaus. »Da drüben?«

Mit beiden Armen stemmte er sich aus dem Strandkorb, ächzte gemeinsam mit dem Geflecht. Während er zu mir ans Fenster schlurfte, kam ein Rasseln aus seiner Brust.

»Seit der da wohnt, sieht man eigentlich gar nichts mehr. Weder Licht noch sonst irgendwas. Das Licht brennt wohl nur auf der vorderen Seite, zur Straße hin.«

Auf die Idee war ich nicht gekommen. Vom Praxisfenster aus gesehen, hätten es die hinteren Zimmer sein können. Immerhin wusste ich nun, dass es nicht so war.

»Wer ist er?« Ich ärgerte mich über meine Voreiligkeit.

»Einer, der sich für etwas Besseres hält. Das tun hier zwar viele, aber der am meisten.«

»Wie heißt er?«

»Das weiß keiner. An seiner Tür stehen nur Initialen. Er tut geheimnisvoll. Ein einziges Mal bin ihm begegnet, als er wegen der Kisten …«

Da ich ihn anstarrte, hielt er im Satz inne. Mir fiel der Abend ein, an dem ich vor dem Gartentor der Villa die Kiste gesehen hatte, mit der die Gestalt dann so lautlos im Dunkeln verschwunden war.

»Ja?« Rede doch weiter, dachte ich, sag schon.

Er winkte ab. Ich fasste es nicht.

»Was für Kisten?« stöhnte ich.

Er hob die Brauen, als wollte er mich für die Neugier tadeln oder – schlimmer – als könnte er sie nicht verstehen.

»Keine Ahnung«. Die haarigen Bögen senkten sich wieder, dafür hoben sich die Schultern. »Irgendeine Lieferung, die ich mal annehmen sollte, als er verreist war. Ist mindestens ein Jahr her.« Den letzten Satz fügte er hinzu, wie man etwas hinzufügt, um weiteren Fragen zuvorzukommen.

»Ihre einzige Begegnung mit ihm?«

Zögernd bejahte er, sein Blick ging zur Seite. Ich konnte buchstäblich sehen, wie er anderen Gedankengängen zu folgen begann. Trotzdem wagte ich mich noch einmal vor.

»Und er wohnt da ganz allein?«

»Vielleicht hat er ja eine Katze.« Die Art, wie er das sagte und wie er dabei die Arme verschränkte, beschämte mich. Er wohnte ja selbst allein in einem großen Haus.

Ob er es mir ansah? Jedenfalls sagte er mit weicherer Stimme: »Ab und zu hat er Besuch, und manchmal läuft ein Kind im Garten herum. Am liebsten wirft es Steine in den Teich.«

Das Platschen.

»Leben und leben lassen.« Er reichte mir die fleischige Hand. Mit seiner ganzen Körperfülle gab er mir zu verstehen, dass ich mich verabschieden sollte. »Ihr *Jander* hat mich bestimmt aus dem Telefonbuch ausgewählt. Wenn ich auf die Couch müsste, würde ich auch lieber inkognito bleiben. Das können Sie mir glauben.«

Sein joviales Lachen steckte mich an. Aber nur für einen Moment.

Kaum spürte ich meine Anstrengung, als ich eine Stunde später mit der Taschenlampe den Weg zu den Tiefenwälder Bergfelsen leuchtete. Ich musste hinauf, mich verausgaben, bis kein Gedanke mehr Platz in meinen Gehirnwindungen fand. Irgendwann stand ich oben, unter mir die abendliche Stadt, die mir bisher nur Verwirrung beschert hatte, mit all ihren seltsamen Einwohnern, Häusern, Gassen und Begegnungen, und mich überfiel das Gefühl, in meinem ganzen Leben noch nicht so sehr mir selbst überlassen gewesen zu sein, ausgeliefert an eine Landschaft, die mir so fremd war, wie es sonst nur Menschen sein konnten, um die man sich lange vergeblich bemüht hatte. Irgendwo da unten wartete *Jander* auf den immer gleichen Albtraum, während er meine Kompetenz ignorierte, Zigaretten rauchte und sich über die Wanduhr ärgerte, die er nun jeden Morgen neu stellen musste. Oder hatte er sie in den Keller verbannt?

Das rief ein weiteres Bild in mir hervor: Neunzig Kilometer weiter südlich saß Paula Gravenstein in einem Sessel, rückte ihren grauen Haarknoten zurecht (so stellte ich sie mir vor) und strich sich langsam über das Kinn, während die Erinnerung sie zum letzten Klienten des Tages zurückführte. zu irgendeinem Menschen mit großen verängstigten Augen, der auf dem Besucherstuhl wippte und darauf wartete, dass die *Geisterjägerin* ein Machtwort sprach, jedenfalls ein Wort, das die Macht hatte, ihn aus Wochen oder Monaten der Furcht in flachere Gewässer eintauchen zu lassen. Beneidete ich die Rätsellöserin um ihren Job? War ich noch zu retten, dass mich eine fremde Wanduhr mehr beschäftigte als die Fälle in meiner Praxis? Reichte es nicht, dass *Jander* …?

Meine Gedanken schwebten weiter in den Norden der

Stadt, wo in meiner Vorstellung Lajosné an ihren Fingernägeln kaute und Milo anflehte, fleißig in der Schule zu sein, damit er eine bessere Zukunft haben würde als sie. Sollte ich sie morgen anrufen, um nach *Jander* zu fragen?

Wohl zwanzig Minuten stand ich auf den Felsen und sog das nächtliche Panorama ein. Eigentlich wollte ich es von mir weisen, es auf Abstand schieben, weit genug, um nicht länger von den Details behelligt zu werden, die ich gerade visualisiert hatte. Ich stellte mir vor, wie die Stadt und die Landschaft, all diese düsteren Berge mit ihren versteckten Wegen und verwinkelten Wäldern, in die Ferne rückten, wie sie zu einem schrumpfenden Bild in der Weite wurden, um sich schließlich in einem Punkt am Horizont aufzulösen. In was? Es war mir egal.

Wenigstens hatte ich mich ein wenig beruhigt. Dennoch dröhnte in mir die Frage, wie ich die Sache mit *Jander* – was auch immer Lajosné sagen würde – handhaben sollte. Was war professionell? Die Identitätstäuschung hinzunehmen, seine Entscheidung zum Therapieabbruch zu respektieren und ihm die Zeit zu lassen, die er vielleicht brauchte, um sich wieder zu melden? Meinen zunehmenden Drang, das Wanduhrphänomen zu begreifen, beiseite zu stellen? Doch *Jander* betraf mich nicht nur als Therapeut. Er betraf mich auch als Person, als ein Mensch, der heikle Dinge ungern auf sich beruhen ließ. Vor mir selbst stellte ich mich als verantwortlich dar. Insgeheim wusste ich jedoch, dass es mich lediglich danach verlangte, das Rätsel zu lösen. Leider verwob ich beides miteinander, in dem Glauben, das sei realistisch. Dabei ist ein Rätsel niemals mehr als ein Rätsel.

Als ich mich zum Gehen umwandte, stutzte ich, denn während meiner Gedankenreise hatte sich etwas verändert. Die Taschenlampe warf keinen Lichtkegel mehr. Vergeblich schob ich den Schalter hin und her. Das Handy hatte ich zu Hause gelassen. Mir blieb nichts anderes übrig, als den Abstieg im Dunkeln zu machen.

Der Wind, der mir bis dahin nur ab und zu durch das Haar gefahren war, frischte auf. Mehrmals musste ich stehenbleiben, Atem schöpfen und meine Bodenhaftung korrigieren, um auf dem finsteren Weg nicht das Gleichgewicht zu verlieren. Auf festem Boden aus der Balance zu geraten war ein Gefühl, das ich lieber Patienten vorbehalten hätte. Aber absolute Sicherheit war eine Illusion, die Angstzuständen erst recht Nahrung gab. Angst musste man durchleben, man musste sie sogar aufsuchen, um vor ihr die Angst zu verlieren, die irrationale Angst. Jemand wie *Jander* hielt seine Angst für rational. Das war sein ganzes Problem. Oder zumindest die Hälfte davon.

Eine Sturmböe lenkte meine Aufmerksamkeit auf den gegenwärtigen Moment, und durch den immer stärker prasselnden Regen kämpfte ich mich bis nach Hause.

Im Bad streifte ich die nasse Kleidung ab, bevor ich nackt ins Schlafzimmer lief. Im Vorbeigehen fiel mein Blick auf das Display des Praxistelefons.

*1 entgangener Anruf*
*0 neue Nachrichten*

Ich drückte auf *Anzeigen.*

Manchmal versuchte es jemand nach Feierabend, das war keine Seltenheit.

Ich schaltete ein paar Lampen ein. Gerne hätte ich das auch im Korridor getan, der aber immer noch ohne Beleuchtung war. Beim Anziehen des Pyjamas ließ ich mir viel Zeit, da meine Gedanken weite Kreise zogen, Jahre zurück und Jahre voraus, ohne dass ich auch nur einen davon festhalten konnte. Schließlich stoppte ich das Karussell und ging in die Küche, um etwas zu essen.

An die Nacht erinnere ich mich kaum, so bestürzt war ich über alles, so verärgert über mich selbst, weil mir das hatte passieren können. So vergingen die nächsten Tage, während ich meine Patienten mehr denn je zu schätzen lernte, in ihrer ganzen verlässlichen Identität. Und noch etwas fiel mir auf: Unbezahlte Rechnungen waren nichts gegenüber dem, was *Jander* sich leistete.

Da Lajosné ausgerechnet jetzt zweimal nicht kommen konnte (»private Gründe«, hatte sie beim letzen Abschied gesagt), beschloss ich, sie angesichts meiner Lage anzurufen. Natürlich fand ich die Telefonnummer nicht. Wie lange war es her, dass ich sie als Putzfrau eingestellt hatte? Fünf Wochen? Sechs? Telefonisch hatte ich mich nur einmal bei ihr gemeldet, nachdem sie auf meine Annonce reagiert hatte. Mir fiel ein, dass ich sie dabei nicht persönlich gesprochen hatte, sondern nur eine Bekannte von ihr, die daraufhin unseren ersten Termin arrangierte. Offenbar hatte Lajosné mir nie ihre eigene Nummer gegeben.

Auch die Nummer der Bekannten fand ich nicht. Verschwunden war die Antwort auf mein Inserat, und meine Anrufliste hatte sich längst mit anderen Ziffern gefüllt.

Das Telefonbuch. Wo hatte ich es hingelegt? Wer benutzt heute noch ein Telefonbuch, dachte ich und winkte im gleichen Moment ab, weil ich beschloss, die Nummer im Netz zu suchen.

Fehlanzeige. Nicht einmal der Name Szalai kam im Tiefenwälder Verzeichnis vor.

Ich versuchte etwas anderes. *Szalai Tiefenwald* gab ich in eine Suchmaschine ein.

*Ihre Anfrage brachte keine Ergebnisse.*

Entnervt klappte ich den Laptop zu, um eine zweite Suchrunde auf dem Schreibtisch zu starten. Dabei fiel mir der Zeitungsartikel über die Uhlburger Beratungsstelle in die Hände. Ich legte ihn auf einen Stapel Akten, weil ich zu dem Thema noch recherchieren wollte, wenn endlich Gelegenheit dazu war. Zeit hätte ich schon gehabt, es war eine Frage der Prioritäten. Dass es aber wichtig ist, die eigenen Prioritäten flexibel zu halten, habe ich zu spät begriffen.

Ich versuchte, mich an den Namen der Bekannten zu erinnern, kam aber nicht darauf.

Dann fiel mir etwas ein.

Das aktuelle Telefonbuch. Das aktuellste. Erst vor einigen Tagen war es mir zusammen mit der anderen Praxispost zugestellt worden. Lajosné war noch nicht lange in dieser Stadt, und Telefonverzeichnisse im Netz wurden nicht allzu eifrig aktualisiert.

Ich fand das in Plastik eingeschweißte Heft auf der zusammengefalteten Wolldecke im untersten Bücherregal. Dort hatte ich es garantiert nicht hingelegt.

Ach, egal, dachte ich (aus meiner Sicht das wichtigste Motto in Haushaltsdingen) und riss die Plastikfolie auf. Der Geruch von Frischgedrucktem stieg mir in die Nase, als ich, mit dem Rücken an die Bücherwand gelehnt, im Telefonbuch blätterte.

| | |
|---|---|
| *Symanski Wolfgang Beerenstr.* | *89 23 65* |
| *Szakal Bruno Lange Gasse* | *517 09 20 89* |
| *Szalai A. und L.* | *0120 3411737* |

Ohne Adresse.

*Sein Vater ist tot*, hatte Lajosné über Milo gesagt.

Also war es noch nicht lange her. Kein Wunder, dass sie so schreckhaft war. Andererseits dauerte es manchmal lange, bis ein Verstorbener aus dem Telefonbuch verschwand. Ich überlegte, ob ich vom Handy aus anrufen sollte, entschied mich jedoch für den professionellen Weg.

»Hallo?« Die Männerstimme klang ungeduldig.

Nach kurzer Irritation nannte ich meinen Namen und fragte nach Lajosné Szalai. Wer dieser Mann war, ging mich nichts an.

»Wer sind Sie?«

Ich hätte schon sehr naiv sein müssen, um die Gereiztheit zu überhören. Trotzdem durfte ich mich nicht beirren lassen.

»Arnd Weyden. Frau Szalai putzt dienstags bei mir, und ich wollte sie etwas fragen.«

Ich hörte ihn atmen, laut und langsam. Er antwortete nicht.

»Hallo? Sind Sie noch da?«

»Fragen Sie sie doch am Dienstag.«

»Sie kann aber nicht kommen.«

Keine Verbindung.

Am Mittwochmorgen lief ich durch den wohl frühesten Schnee meines Lebens zum Ostbergstift, unter der Daunenjacke ein gebügeltes Hemd mit Karos (ich bewahrte die Hemden für mittwochs auf, dann hielten sie länger vor), unter der Wollmütze Fragen, die ich Irina stellen wollte – diesmal bestimmt.

Als sie nach dem Kofferrumpeln im Türrahmen erschien, grüßte sie in Beatrices Richtung, kam ein Stück in den Gruppenraum und blieb stehen, wobei sie mich ansah, lange und intensiv. Auf ihrem Gesicht entstand ein pantomimischer Ausdruck. Geschmeichelt, verlegen, fragend: Meintest du das ernst?

Faszinierend, wie gut sie das konnte: Kommunizieren ohne ein Wort. Ich wusste sofort, was sie meinte, verstand es besser als jeden ausgefeilten Satz. Und ich hielt nur ihren Blick, mehr nicht. Sie wich zurück in den Flur und in die Teeküche nebenan, ohne dazu *befugt* zu sein, wie es das Schild an der Tür verlangte. In ihrer Rolle ging sie über alle Regeln hinweg.

An diesem Tag war ich für das Kaminzimmer eingeteilt, wo ich erstmals allein die Gruppe leiten durfte, bis es Zeit für die Clownin war. Um die Stunde vorzubereiten, ging ich an den Flurschrank und zog ein paar schriftliche Materialien hervor. Dabei sah ich Irina allein in der Teeküche stehen, gedankenversunken am Fenster, leise und fast ein wenig verloren.

Während ich mich so geschäftig, wie ich nur konnte, dem Inhalt des Schranks widmete, kam sie langsam zurück in den Flur. Ich drehte nicht einmal den Kopf. Hinter mir fing sie an, in ihrem Koffer zu wühlen, der geöffnet unter der Pinnwand auf dem Boden stand.

Ich schloss die Schranktür und ging an Irina vorbei. Nur einen kurzen Blick ließ ich zu ihr wandern, der ihren nicht traf, weil sie mit dem Kofferinhalt beschäftigt war. Im Gruppenraum erzählte mir Nicolas sein letztes Partyerlebnis, über das ich den Kopf schüttelte. »Man muss es ja nicht übertreiben«, sagte ich lachend zu ihm, laut genug, dass Irina es hören konnte.

Sekunden später drehte ich mich um und sah ihr nach, wie sie am anderen Ende des Flurs Richtung Treppe zu den Einzelbesuchen ging, langsam und schleppend, enttäuscht, bedrückt, in der rechten Hand den Koffer, die linke in der Kitteltasche.

Ich war froh, keine Zeit zum Grübeln zu haben. Im Kaminzimmer führte ich mit der Gruppe ein Gedächtnistraining durch: Sprichwörter und Redewendungen ergänzen. »Wer zuletzt lacht ...«, »Ein gutes Gewissen ...«, »Bei Nacht sind alle ...« Die Liste ging über viele Seiten, und es war beeindruckend, was jeder noch passiv abrufen konnte, ohne es aktiv zu wissen.

Um halb zwölf riss Irina die Flügeltür auf und stürzte

herein. Ich erschrak – im Unterschied zu den Senioren (was ich mir mit deren mangelndem Hörvermögen erklärte). Es war eindeutig: Sie tat das absichtlich.

Sie stellte den Koffer ab, schob den Filzhut aus der Stirn und blickte einmal überall herum, bevor sie die Schnallen öffnete.

Es war nicht das erste Mal, dass ich den Inhalt des Koffers zu sehen bekam. Aber erstmals achtete ich darauf und bemerkte, wie ich mich dabei gruselte. Ja, mich schauderte davor. Randvoll war er gefüllt mit grellem, buntem, hässlichem Zeug aus Plastik, Stoff oder Plüsch. Wie ein Haufen Fetische oder wie das Gepäck eines Riesenkindes auf Weltreise. Bunte Bälle, Plastikschläuche und -tiere, seltsam geformte Kissen, ein Pömpel, undefinierbare Objekte, ein Spielzeugstethoskop, Igelbälle, Tücher, der rote Hammer. Und eine gigantische Stoffpuppe, die sie jetzt herausholte.

»Das ist Billy.«

Ich wich zurück. Billy war die scheußlichste Puppe, die man sich vorstellen konnte. Puppen hatte ich nie gemocht. Aber diese übertraf an Hässlichkeit alles, was ich bis dahin gesehen hatte.

Ich beobachtete mich. Was empfand ich, als Irina ihre Hand tief in Billys hohlen Polyesterkörper hineintauchte und mit verstellter Stimme in seinem Namen zu sprechen begann? Ich merkte, dass ich eine Entscheidung traf: Ich blendete die Puppe aus, sah einfach über sie hinweg.

Solche Entscheidungen fällt man in Situationen, in denen man kein Interesse an Sachlichkeit hat. Oder schlimmer: kein Interesse an der Realität. Einen Patienten hätte ich an dieser Stelle gewarnt. Da ich aber nur ich selbst war, sah ich darüber hinweg.

»Da gibt es doch schönere Herren zum Verlieben«, rief Frau Metzger bei Billys Anblick aus. An ihren guten Tagen war sie die frechste und neugierigste Frau im Stift. An den schlechten lag sie deprimiert im Bett und wollte niemanden sehen.

Irina blickte zu Boden. »Meinen Sie, ich bin verliebt?«

Rasch wandte sie sich Frau Schmitt zu, hielt die Puppe vor sie hin und sprach wieder mit der verstellten Stimme, deren gespenstisches Timbre ich zu ignorieren versuchte:

»Ich bin Billy, und das ist meine Mama. Sie sagt, ich solle eine Ausbildung machen. Ich bin nämlich bald mit der Schule fertig. Am liebsten würde ich Popsänger werden. Was halten Sie davon?«

Die Meinungen waren geteilt.

»Wer sind Sie überhaupt?«, fragte auf einmal Frau Metzger. Im Raum wurde es still. Alle Blicke waren auf Irina gerichtet.

Sie wölbte die Brust vor. »Ich bin die Frau, die immer mittwochs kommt.« Ob dabei ein Unterton in ihrer Stimme mitschwang, wagte ich nicht zu beurteilen.

»Sie ist Clownin«, half Frau Schmitt ihrer Sitznachbarin.

»Warum sind Sie Clownin geworden?«

»Weil das in mir ist. Darum bin ich Clownin, und darum habe ich einen Koffer bei mir, einen Koffer mit meinem Werkzeug. Darin gibt es auch einen Hammer.« Sie machte eine Pause, während sie sich zu Frau Dahl auf Augenhöhe hockte. »Und manchmal zeigt mir jemand, wo der Hammer hängt.«

Ein paar Sekunden vergingen, bevor sie den Kopf in meine Richtung drehte, mit einem fragenden Blick, den ich erwiderte, ohne mir meine innere Bewegung anmerken zu lassen. Ungläubig verfolgte ich jede ihrer weiteren Gesten. Ich hoffte, sie würde mich übergehen und bei Frau Fanner weitermachen, aber sie kam mit der Puppe zu mir.

»Wie heißt du denn?«, fragte sie mich mit der verstörenden Stimme, während sie Billy dicht vor meine Nase hielt.

»Das weißt du doch«, sagte ich mit gesenktem Blick.

Sie wechselte die Rolle. »*Ich* weiß das. *Er* weiß es nicht«, erklärte sie mit Bestimmtheit.

Ich hatte keine Chance. »Arnd«, murmelte ich und ertappte mich bei Fluchtgedanken.

Die Stimme sprang wieder um. »Sag mal, Arnd, hast du eine Ahnung, was ich werden soll?«

Ernsthaft dachte ich nach, ohne zu einem Ergebnis zu kommen. »Ja, das habe ich schon die ganze Zeit überlegt.« Ich mimte Ratlosigkeit, aber Billy ließ nicht locker.

»Es eilt.«

Skeptisch beäugte ich ihn.

»Nun ja, du wolltest doch Popsänger werden«. Ich gestikulierte mit meinen Händen. »Und eigentlich sollte man versuchen, seine Träume zu verwirklichen. Also lebe deinen Traum«, sagte ich langsam in einem verschwörerischen Ton.

»Oooh …«

Irina pausierte, unsere Blicke trafen sich. Leise sagte sie, als würde sie sich allein an mich wenden, nachdenklich, beinahe zärtlich:

»Wenn das immer so einfach wäre, nicht wahr?«

Sie reichte mir ihre freie Hand, und ich ergriff sie, drückte sie, hielt sie einen Moment länger als nötig. »Vielleicht sieht man sich mal«, krähte Billy, als Irina ihn zum nächsten Platz trug.

Rasch beendete sie die Runde. Sie stopfte die Puppe in den Koffer, umfasste den Griff und verschwand hinter der Flügeltür, die sich geräuschvoll hinter ihr schloss.

Mechanisch kam ich den verbleibenden Aufgaben nach. Dabei machte ich Fehler, vergaß Kleinigkeiten, nichts Gravierendes, aber umso auffälliger. Ich brauchte mindestens zehn Minuten länger als sonst. Als ich nach oben zurückkam, spürte ich Beatrices Blicke in meinem Rücken, und auch Nicolas' Grinsen bildete ich mir nicht ein. Jeder Handgriff verlangte Willenskraft und Konzentration, wobei ich immer weiter ins Trudeln geriet, wie ein vom Wind erfasster Ballon.

Mit der Realität ist es so eine Sache. Mal ist uns an ihr gelegen, mal nicht, je nach Lust und Laune, ganz so, wie es uns passt. Vielleicht wäre ein Schulfach *Realität* angebracht, damit man im späteren Leben weiß, worauf man sich einstellen muss (je nachdem, ob man gerade für oder gegen die Wirklichkeit lebt). Damit der Moment, in dem man sich dafür oder dagegen entscheidet, nicht unbemerkt bleibt. Denn eine Entscheidung ist es in jedem Fall.

Da dieser Moment bei mir, wie bei den meisten Menschen, unauffällig vorüberging, bin ich nicht in der Lage zu sagen, welcher es war. Alles, was ich darüber zu wissen glaube, beruht auf Spekulation.

Um die Zeit zu überbrücken, konzentrierte mich auf Villa Tann. Als deren Nachbarin wusste Irina wahrscheinlich mehr. Aus einer Laune heraus besuchte ich ihre Seite im Netz, wo ich alle Einrichtungen fand, in denen sie als Clownin tätig war (die meisten außerhalb Tiefenwalds). Und ihre Handynummer.

Dass ich in meinem Informationsbedürfnis nicht zu dem Fachwerkhaus ging, hatte zwei Gründe: Erstens setzte mich eine starke Erkältung mit Fieber tagelang außer Gefecht. Und zweitens sollte Irina nicht denken, dass ich Interesse an ihrer Person empfand, genauer gesagt: Interesse an ihr als Frau. In der Vergangenheit hatte ich es oft versäumt, die Ungewissheit lange genug zu bewahren. Seidenschals sollte man nicht zu früh verschenken.

Aber das war kein Thema für mich, jedenfalls kein bewusstes, als Irina am folgenden Mittwoch mit gespielter Tollpatschigkeit zum Gruppenraum kam, pfeifend, langsam sich annähernd, so dass die Senioren erst nach und nach auf die kuriose Gestalt aufmerksam wurden, die auf einmal vor ihnen stand. Manche von ihnen sahen Irina jede Woche erneut zum ersten Mal.

Bei mir vertiefte sich von Mittwoch zu Mittwoch der Eindruck, den sie hinterließ. Kontinuierlich grub er sich unter die Oberfläche. Ein schleichender Vorgang, dessen Tücke weniger in seiner Unsichtbarkeit bestand als in der Illusion, nebensächlich zu sein. Alles schien beiläufig zu geschehen.

Diesmal setzte Irina alles daran, mit ihrer scheinbaren Gleichgültigkeit den letzten Eindruck, den sie bei mir hinterlassen hatte, zu korrigieren oder gar auszulöschen. Ich durchschaute sie, zumindest glaubte ich das, und doch irritierte mich ihr widersprüchliches Verhalten, es verunsicherte und beunruhigte mich, und ungeduldig wartete ich auf die nächste Situation, die das wettmachen würde. Das Auf und Ab hatte begonnen.

Ich spürte, wie sie mich in jedem vermeintlich unbeobachteten Moment beobachtete. Ihre Augen folgten mir, wann immer ich mich durch das Zimmer bewegte – sei es, um Wassergläser aufzufüllen, sei es, um einen Rollstuhl von einem Platz an den anderen zu schieben. Keine meiner noch so belanglosen Bewegungen ließ sie sich entgehen. Sie selbst stand ja schon im Mittelpunkt des Geschehens, das war ihr Job. Sie konnte nicht unterscheiden, ob ich sie aus gewöhnlicher Aufmerksamkeit beobachtete, weil es in der Natur der Sache lag, oder ob ich meine Augen aus persönlichem Antrieb auf sie heftete. Oder konnte sie es doch?

»Warum lasst ihr uns nicht sterben?«, rief plötzlich Herr Carow aus. »Wir sind doch Menschen, keine Tiere!«

Beatrice hatte mir schon von seinen Verzweiflungsausbrüchen erzählt, aber erlebt hatte ich noch keinen. Ich ging zu ihm und legte ihm eine Hand auf die Schulter. Seine Litanei (es waren immer die gleichen Sätze, die er sich in solchen Momenten von der Seele schrie) ebbte langsam ab, wurde von Wiederholung zu Wiederholung leiser, bis nur noch ein erschöpftes Schnaufen zu hören war.

Irina, die währenddessen im Koffer gewühlt hatte, bot wieder das Ertasten der Gegenstände an. Diesmal ließ sie mich aus, denn die Runde war groß – mehrere Bewohner von unten nahmen teil – und die Zeit nach den Einzelbesuchen fortgeschritten. Im Handumdrehen wurde es halb zwölf.

Als ich Frau Ehmann im Rollstuhl zum Eingang schob, hielt Irina inne und wandte sich Herrn Carow zu, der noch darauf wartete, in den Speisesaal gebracht zu werden. Sie erfasste die Griffe seines Rollstuhls und schob ihn hinter mir und Frau Ehmann her.

Beatrice streckte den Kopf aus dem Büro. »Sind Sie fertig, Frau de Luca?«

»Ich verfolge nur noch diesen Herrn im gestreiften Hemd.«

Beatrice nickte stirnrunzelnd und zog sich hinter den Schreibtisch zurück.

Ich holte tief Luft. »Fahren Sie – fährst du Aufzug?« Vor einer Woche hatte mich die hässliche Puppe geduzt. Das hatte Irina nun davon.

»Eh, nein …« Sie ließ den Rollstuhl los.

»Dachte ich mir.« Die Chance, dass sie klaustrophobisch war, betrug etwa sieben Prozent.

Statt also mit ihr auf engem Raum abwärts zu fahren, blieb mir nur übrig, sie in ihrer Perplexität stehen zu lassen, Herrn Carow um ein wenig Geduld zu bitten und Frau Ehmanns Rollstuhl zum Aufzug zu schieben, der sich gerade öffnete.

Wieder keine Gelegenheit, dachte ich, während ich die Taste *Erdgeschoss* drückte.

Als ich zurückkam, war Irina aber noch da. Sie hockte neben Herrn Carow, der sich mit ihr allein unwohl fühlte. »Mit so einer Fremden«, murmelte er mir zu.

»Kommen Sie«, beruhigte ich ihn, »ich bringe Sie in Sicherheit«. Mein Blick traf Irinas.

Sie sah mit gemimter Düsterkeit zu Boden. »Ich bin gefährlich«, flüsterte sie.

»So gefährlich wie der Bewohner der Villa Tann?«

Hinter mir schloss sich der leere Aufzug.

Sie blickte weiter zu Boden.

»Gefährlicher.«

Abrupt richtete sie sich auf, rückte den Filzhut zurecht und gab Herrn Carow die Hand. »Ich empfehle mich, mein Herr.«

Bevor ich noch etwas sagen konnte, war sie ins Treppenhaus gehuscht. In ihrer Rolle sah ich sie zum ersten Mal ohne den schlurfenden Gang, ohne die plumpe Schwerfälligkeit.

In ihrer Rolle?

# 6

Etwa zu diesem Zeitpunkt steigerte sich meine Schlaflosigkeit enorm. Sie nahm solche Ausmaße an, dass ich ein Nachtbuch zu führen begann, ein Heft, in das ich nachts bei gedimmtem Licht alles hineinschrieb, was mich am Schlafen hinderte.

Auch tagsüber spitzte sich die Lage zu. So schrillte am folgenden Dienstag die Türklingel wieder um neun. Das reichte, um meinen zuletzt ohnehin nur noch mühsam zurückgehaltenen Groll über die Unpünktlichkeit meiner Putzfrau zum Ausbruch zu bringen. Mit feuchtem Haar und einem Paar ungewaschener Strümpfe in der Hand öffnete ich die Haustür einen Spalt breit und fragte Lajosné durch diesen hindurch, ob sie ein Uhrenproblem habe. Sie solle bitte eine halbe Stunde spazieren gehen und zur vereinbarten Zeit wiederkommen. Ich schloss die Tür, ohne eine Antwort abzuwarten, und kümmerte mich um mein Chaos, das in den vergangenen zwei Wochen pathologische Ausmaße angenommen hatte.

Als sie erneut klingelte, war es fünf vor halb zehn. In aller Ruhe breitete ich die Tagesdecke über mein Bett (das tat ich nur dienstags und ohne Glattziehen), bevor ich zur Haustür ging.

Lajosné mit blauem Auge.

In meiner Praxis waren schon Männer gewesen, die nach einer Schlägerei Rat suchten, aber noch keine Frau.

Lächelnd sagte sie: »Ich habe im Dunkeln den Schrank übersehen. Sieht schlimmer aus, als es ist.«

Als sie den Knoten des Schals löste, ging von ihren Fingern ein zartes Beben aus. Zittern wäre zu viel gesagt, und doch: Es war deutlich zu erkennen.

Sonst vergingen keine zwei Minuten, bis sie die gelben Handschuhe überstreifte, aber diesmal ließ sie sich Zeit. Um ihre Mundwinkel zeigte sich jetzt ein resignierter Zug. Auch der Ausdruck des unversehrten Auges war neu: kühl und ein wenig abschätzig. War meine Bitte um Pünktlichkeit nicht angemessen gewesen? Ich folgte ihrem Blick und merkte, dass er auf die Flurkommode gerichtet war, auf das Buch, das dort seit zwei Wochen lag: *Die Verwicklung*.

Nachdem sie den Mantel (einen blauen mit Kapuze) an die Garderobe gehängt hatte, stemmte sie zögernd eine Hand in die Hüfte, als wollte sie ihre Unsicherheit kompensieren. Sie zog die Stirn in Falten, genauer gesagt, in eine einzige Falte im oberen Drittel der Stirn. Sie merkte wohl, dass ich – im Unterschied zu den letzten Malen – etwas sagen wollte, und sie schien Anweisungen zu erwarten.

»Sie sagten doch letztes Mal, Sie hätten bei ihm gearbeitet.«

»Bei wem?« Sie kniff die Augenbrauen zusammen.

»Bei dem Patienten, der nicht erschienen ist.«

»Ja, warum?« Sie sah schon zum Putzschrank herüber, der in einer Ecke der Küche stand, wagte aber nicht, das Gespräch abzubrechen. Die Arme hielt sie jetzt vor der Brust verschränkt.

»Weil er unter falschem Namen hier war.«

»Ach so?«

Sie machte nicht den Eindruck, als wäre sie überrascht oder als könnte sie sich vorstellen, was das für mich bedeutete.

Obwohl es mir widerstrebte: Ich musste direkter vorgehen.

»Ich wollte Sie bitten, mir seinen echten Namen zu sagen, damit ich ihn noch einmal sprechen kann. Das ist alles.«

Oft fragte ich mich, was hinter der Fassade von jemandem vorging. Ich wusste, dass solche Fragen nicht zielführend waren. Trotzdem hätte ich an jenem Morgen viel dafür gegeben, Gedanken lesen zu können.

Interessierten mich die Gedanken meiner Putzfrau wirklich – außer im Hinblick auf mich?

Sie überlegte lange, bevor sie antwortete. Sie war nicht im mindesten impulsiv, geschweige denn spontan. Wo hatte sie gelernt, ihre Reaktionen so genau abzuwägen, jedes Wort mehrfach abzuschmecken, bevor sie es ihrem Gegenüber servierte? Beruflich war ich gewohnt, solche Überlegungen anzustellen; oft fragte ich direkt danach. Privat verbat ich es mir.

»Das kann ich Ihnen nicht sagen.«

»Warum?«

»Glauben Sie, eine Putzfrau ist indiskreter als ein Therapeut?« Die Frage klang so sachlich wie eine Bitte um neues Reinigungsmittel. Während Lajosné sprach, wandte sie sich schon der Küche zu.

»Natürlich nicht.« Ich schwankte zwischen Ärger und Scham. Wie ich es auch betrachtete: Sie hatte recht.

»Übrigens: Nächste Woche muss ich noch einmal fehlen. Ist etwas schwierig zur Zeit«, sagte sie mit fester Stimme, bevor sie mit der Arbeit anfing.

Meine Mittwoche überlappten einander, verschwammen ineinander. Manche waren klar, manche trüb bis zur Unkenntlichkeit. Der nächste Mittwoch war kristallklar.

Ich stand hinter der Tür beim Radio, als Irina im Flur erschien und mit Beatrice sprach. Dabei näherte sie sich nach und nach dem Türrahmen des Gruppenraums, bis sie mich sah.

In der Sekunde geschah etwas, wofür ich bis heute eine Erklärung suche. Nicht, weil mich Irina jetzt noch interessieren würde. Nein, es beschäftigt mich nur, weil ich vielleicht der einzige Mensch bin, der eine solche Sekunde je erlebt hat. Zumindest habe ich nie irgendetwas über diese Art von Wahrnehmung finden können.

Ich spürte in meinem Kopf ein Knallen, einen kurzen heftigen Knall, genau in dem Moment, wo Irina mich entdeckte. Als hätte *sie* einen Schreck bekommen, der in *meinem* Kopf als Laut ertönte. Ich erschrak nicht. Ich wusste ja schon, dass sie da war. Umso gespenstischer war dieser Knall.

Weiter geschah zunächst nichts. Irina trottete mit dem Laufzettel zu den Einzelbesuchen, wobei sie so tat, als sei ihr der Koffer zu schwer.

Ich versorgte diejenigen, die es wollten, mit dem üblichen Grießbrei für zwischendurch.

»Gib mir die Serviette«. Frau Wolski bohrte ihren Zeigefinger in die Luft. Die stämmige Russin mit dem grell gemusterten Halstuch saß in einem gewaltigen Rollstuhl, den zu rangieren für alle Mitarbeiter eine Herausforderung war.

Ich reichte ihr das Papiertuch.

»Gieß mir Wasser ein.«

Frau Wolskis Lächeln und ihre Kommandos ergaben zusammen eine wunderliche Kombination. Wer ein paar Regeln beachtete, kam gut mit ihr aus. Dazu gehörte auch, dass ihr zuckerreduzierter Joghurt zimmerwarm sein musste. War er nur ein Grad zu kalt, rührte sie ihn nicht an.

Eine Dreiviertelstunde verging mit kurzen Gesprächen, Schlagermusik und dem langsamen Löffeln des Breis.

Kaum hatte Irina den Koffer ins Zimmer gewuchtet, wie immer mit todernster Miene, als mich Herr Carow am Ärmel zupfte, mit der verstohlenen Bitte, mich zu ihm zu setzen. Etwas schien ihn zu beunruhigen. Darum griff ich nach einem Hocker und setzte mich zwischen ihn und Frau Ehmann, während Irina händeschüttelnd um den Tisch herumging.

Ich legte meinen linken Arm um Herrn Carows Schultern, den rechten um die Schultern seiner Tischnachbarin. So blieb ich eine Weile, ohne Gefühl dafür, wieviel Zeit mit dem ersten Spiel – einem Städtequiz – verging.

»Das macht der gut«, rief Frau Ehmann Irina zu, die gerade den Platz wechselte und sich auf einem Stuhl mir gegenüber niederließ. Zufrieden betrachtete mich Frau Ehmann von der Seite. Offenbar meinte sie nur meine Anwesenheit, denn ich tat nichts, außer bei ihr zu sein.

Irina blickte auf. »Ja, der ist ein Netter. Und er hat einen wunderschönen Namen, den ich mir nie merken kann …« Nachdenklich wanderten ihre Augen zur Seite. Hielt sie mich zum Besten? Sie war eine Clownin. Das durfte ich nicht vergessen.

»So schön kann der Name dann eigentlich nicht sein.«

»Doch.« Ihre Augen bewegten sich zur anderen Seite.

Dann stand sie auf und spielte das Spiel mit dem Tischtennisball und den Plastikbechern. Dabei wurde Herr Carow wieder unruhig. Hilfesuchend hielt er sich an mir fest.

»Herr Carow hat Angst«, sagte ich, wobei ich Irina beobachtete, wie sie geduldig den Ball über die Oberfläche des Tisches rollte, bis jemand es schaffte, den Becher darüber zu stülpen.

»Warum? Er sagt doch immer, ich sei so schön.«

»Das ist ja das Problem.«

Ein fragendes Blinzeln von ihr, dem ich standhielt.

»Schöne Frauen sind gefährlich«, hörte ich mich sagen.

Ihr Blick verwandelte sich von einem fragenden in einen perplexen. Sie setzte sich hin. Ihre Augen wanderten zur Seite. »Das musst du mir mal erklären.«

In die Stille hinein, die nun folgte, kam Beatrice und deutete auf die Uhr.

Ich musste den Tisch decken. Irina stand schon an der Tür, als ich aus der Teeküche kam. Scherzhaft hielt ich ihr das Tablett mit dem Besteck hin.

»Na ja, ich kann auch …« Sie wollte danach greifen.

»Nein, nein.« Ich legte die Löffel an ihren Platz.

Wie sie meine Hände anstarrte. Unschlüssig stand sie mir gegenüber, wie auf der Suche nach Worten.

Sie sagte nichts.

Ich rief meine Aufmerksamkeit zu der Gruppe zurück und konzentrierte mich darauf, alles für das Mittagessen vorzubereiten. Noch war der Essenswagen nicht da. Nicolas war gerade erst in Richtung Küche gegangen, mit einigem Abstand von Irina gefolgt, die ihren Koffer zum Treppenhaus trug.

»Wie kommen wir hier raus?«, fragte Frau Ruber, als ich das Besteck an ihren Platz legte. »Können Sie mir sagen, wie wir hier rauskommen?«

Das Gefühl, in diesem Haus festgehalten zu werden, äußerten manche Bewohner gelegentlich. Ich brauchte nicht lange zu überlegen, um es ein Stück weit nachzuvollziehen. Immer blieb in mir eine Hilflosigkeit zurück, die mich auf absurde Weise mit den Senioren verband.

»Was wollen Sie denn jetzt draußen, Frau Ruber? Das Mittagessen kommt gleich.«

Immer die gleichen verschämten Antworten. Auf den Moment fokussieren, ins Hier und Jetzt führen. Keine grundsätzlichen Diskussionen.

»Aber wie kommen wir hier raus?« Frau Ruber schnaufte. Unruhig suchend drehte sich ihr Kopf hin und her.

Beklommen deckte ich weiter den Tisch. Irgendwann würden die Fragen aufhören, wie ungehörte Kinderrufe verhallen.

Herr Carow beugte sich zu Frau Ruber vor. »Ich weiß, wie wir hier rauskommen«, krächzte er und nahm ihre Hand.

Sie wurde ganz still. Nichts bewegte sich an ihr, als sie die ratlosen Augen auf den Mann ihr gegenüber richtete.

»Und wie?«

Er wartete kurz, bevor er antwortete. Fester drückte er ihre Hand.

»Mit dem Leichenwagen.«

Es fuhr mir so tief in die Magengrube, dass ich in die Teeküche gehen musste.

Auf dem Flur rasselte der Essenswagen heran.

Etwa zehn Minuten später lief ich über die Treppe ins Erdgeschoss, vorbei an der Bibliothek, die sich neben dem Kaminzimmer befand. Ich war auf dem Weg zum Keller, um neue Papierservietten zu holen. Die Bibliothekstür öffnete sich, und Irina kam heraus – in ›Zivil‹. Steppjacke, Jeans, Stiefel, offenes Haar. Die Bibliothek war ihr Umkleideraum.

Im Weitergehen wandte ich mich halb zu ihr um. »Einmal ohne Nase?«

Sie reagierte nicht darauf. Mit etwas Abstand ging sie hinter mir her, durch das Foyer Richtung Ausgang. Ihre rechte Hand umschloss den Koffergriff.

Ich steuerte die Kellertreppe an. Irina blieb vor dem Ausgang stehen und drehte sich zu mir hin.

»Aber du hast mich doch schon mal *ohne* gesehen.«

Meine erste Begegnung mit ihr.

»Hm, nein, ich weiß nicht ...«

»Und?« Mit großen Augen sah sie mich an, wie in Erwartung eines Urteils.

Ich näherte mich ihr, bis ich dicht vor ihr stand. Aufmerksam musterte ich ihr Gesicht.

»Ich kann keinen Unterschied sehen.« Es war die Wahrheit, denn immer blendete ich die Clownsnase aus, ging einfach darüber hinweg.

Ihre ungläubige, spielerisch gekränkte Miene sagte: »Ach, komm.«

Ich sah ihr fest in die Augen. »Na ja, du weißt ja, wie das mit schönen Frauen ist.«

Sie blickte zur Seite. »Oh … oh«, rief sie, ohne sich um zwei vorübereilende Pflegerinnen zu scheren.

Sachte berührte ich ihren Arm und lief zur Tür an der Kellertreppe. Als ich mich umsah, während ich die Klinke drückte, stand Irina immer noch an der gleichen Stelle: »Oh … oh«, hallte ihre Stimme durch den Flur.

Zwischen uns klappte die Kellertür zu.

*30. November, 2:51*
*Im Keller der Nachtgedanken ist es kühl, etwas muffig und nicht allzu gut beleuchtet. Gerade die richtige Mischung, um sich an den Kern heranzutasten, der sich im faulenden Fruchtfleisch verbirgt. Vielleicht sollte ich dafür Handschuhe anziehen, um mir keine klebrigen Finger zu holen.*
*Wenn man eine Geschichte der Dinge schreiben könnte, die zwei Menschen nicht zueinander gesagt haben, obwohl sie es hätten tun können (vielleicht sogar wollen), müsste man wohl die Geschichte jeder Begegnung vollständig neu erzählen. Welchen Einfluss hätte das auf die Wirklichkeit?*
*Was hätte Jander zu mir gesagt, was ich zu ihm?*
*Viermal habe ich nun schon versucht, ihn anzurufen, und bin immer nur bis zum Freizeichen gekommen. Jedes Mal habe ich es ein wenig länger klingeln lassen, angefangen bei sechs Freizeichen, schließlich fünfzehn.*

*Ich habe es immer zu anderen Zeiten versucht, morgens, nachmittags, abends. Fehlt nur noch nachts. Ich bin nicht mehr weit davon entfernt.*
*Meine Nummer habe ich jedes Mal unterdrückt. Er soll nicht vorgewarnt sein.*
*Vielleicht nimmt er keine Anrufe von unterdrückten Nummern an? Dann könnte ich es mit dem Handy versuchen. Die Nummer kennt er nicht.*
*Aber er wird sie kennenlernen.*
*Warum nicht jetzt? Drei Uhr fünfzehn. Ideale Zeit, um ein paar Fragen zu stellen.*
*So. Ich habe es getan. Mit der unterdrückten Nummer, weil nachts.*
*Und er ist drangegangen.*
*Er hat nichts gesagt.*
*Nur geatmet.*
*Und in den Hörer gelauscht.*
*Und weitergeatmet.*
*Ich habe ihm keinen Namen genannt. Erst will ich seine Stimme hören. Er ist derjenige, der sich erklären muss.*
*Ich habe so oft nachgefragt, mit wem ich spreche, bis er wieder aufgelegt hat.*
*Nicht einmal ›Hallo‹ hat er gesagt oder ›Was fällt Ihnen ein?‹*
*Er ist wie ein Spuk.*
*Manchmal frage ich mich, ob er vielleicht wirklich …*
*Aber nur nachts.*

Den Patienten, die in dieser Phase zu mir kamen, begegnete ich wie eh und je, genauso, wie ich es gelernt hatte und – außer bei *Jander* – konsequent anwendete. Jedenfalls wollte ich glauben, dass es so war. Ich wollte nicht annehmen, dass sie an mir Zerstreutheit bemerkten, vermied die Vermutung, dass sie unaufmerksame Verhaltensweisen an mir beobachteten, die sie schweigend verbuchten, für den immerhin denkbaren Fall einer Bilanz, einer Abrechnung zu meinen Ungunsten.

Hatte *Jander* eine solche Rechnung aufgestellt?

Hätte ich sie sehen wollen?

Was mir allgemein auffiel, war die Egozentrik der Menschen, die zu mir kamen. Mit Lank hatte es angefangen. Nach der fünften Sitzung hatte er sich bei mir bedankt, dafür, dass ich ihm dazu verholfen hätte, seine ›Lage‹ so zu akzeptieren, wie sie war – was ich von mir wies, denn ich weigerte mich, eine Konstellation als ›Lage‹ anzusehen, die mit einem einzigen Handgriff komplett veränderbar war.

Weiter ging es mit Nick, der seine Ängste unermüdlich durch Selbstbeobachtung nährte (kaum ein Vorgang um ihn herum, der ihn interessierte), und es setzte sich jeden Tag mit Menschen fort, die an nichts Anteil nahmen außer an ihrem eigenen Befinden. Das deutlichste Bild dafür lieferten die Hypochonder, die jeden noch so subtilen Vorgang ihrer meist überdurchschnittlich gesunden Körper ängstlich registrierten und diese ›Symptome‹ mithilfe des Internets zu interpretieren versuchten, wenn sie nicht gerade einen der vielen Arztbesuche absolvierten, an denen ihr Terminkalender reich war. *Jander* erschien mir im Rückblick wie ein Lieblingspatient. Solche Patienten durfte man nicht haben, aber jeder Therapeut hatte sie. Wünschte ich ihn mir zurück? Und wenn ja, warum?

Nicht wegen des Geldes.

Nicht wegen des Stolzes.

Auch nicht wegen des Betrugs, denn inzwischen war mir klar, dass er Gründe haben musste, triftige Gründe.

Ich wollte es *wissen.*

Obwohl alles andere vor *Jander* verblasste, ging ich am Ende der Stiege immer langsamer (zwei- oder dreimal pro Woche machte ich einen Abendspaziergang zum Westhang). Auf einer der letzten Stufen blieb ich sogar stehen – oder auf einer der ersten, wenn es sich um den Rückweg handelte – und konnte den Blick nicht von der grauen Fassade des Fachwerkhauses abwenden, vom moosigen Rasen vor dem Haus. Oft sah ich Licht in den Fenstern, aber nie auch nur den Schatten einer Gestalt. Bewohnte Irina das Haus allein? Gab es einen Lebensgefährten oder weitere Mieter? Nichts deutete darauf hin. Solange ich dort oben war, erlaubte ich mir, über die Clownin zu grübeln, im Weitergehen, auch noch in der Kaltenseestraße, wenn Villa Tann vor dem Abendhimmel aufragte. Denn seit dem Besuch beim echten Jander war mir nichts Neues aufgefallen.

Ich war hin- und hergerissen, wie ich mich gegenüber Irina verhalten sollte. Auf jeden Fall wollte ich es vermeiden, der Sache emotional nachzugehen. Ihre Handynummer, die ich von ihrer Internetseite kannte, ließ ich nur auf meinem Schreibtisch liegen, um im Falle weiterer Beobachtungen an Villa Tann nachfragen zu können, wenn im Ostbergstift keine Gelegenheit dazu war. Für meinen Geschmack war mein Leben kompliziert genug, und mein Schlaf musste bald besser werden, wenn ich den Alltag bestehen wollte. Umso entschlossener verbat ich mir jegliche Sentimentalität.

Der blaue Hygienehandschuh war mühsam überzustreifen. Gerade wollte es gelingen, als hinter mir Irina im Türrahmen erschien. Es war erst zehn Minuten vor zehn. Um diese Zeit wischte ich immer den Tisch mit Desinfektionstüchern, wie vorgeschrieben.

Jetzt kommt die auch noch zu früh, dachte ich und streifte den Handschuh wieder ab, wahrscheinlich hektisch oder nervös, denn ich sah, wie sich Irina mit einem Lächeln abwandte, ganz so, als wollte sie vermeiden, dass ich es bemerkte. Selten sah ich sie lächeln. Dies war das zweite Mal.

Ich gab ihr den von Beatrice geschriebenen Laufzettel, den sie mit ausgestrecktem Arm betrachtete.

Weitsichtig, dachte ich.

Sie erklärte, was sie an diesem Tag nach den Einzelbesuchen vorhatte (mit dem Schwungtuch arbeiten, von dem ich zum ersten Mal hörte), wofür der Tisch leer sein musste, ohne Wasserflaschen und Trinkbecher.

»Heute bin ich bei der Gruppe im Erdgeschoss«, sagte ich, »kümmere mich aber darum. Ich gebe es an Beatrice weiter.«

»Meinst du, das klappt?«

Ihr *Du* ließ mich zusammenzucken.

»Ich gehe davon aus.«

Sie drehte sich ganz zu mir und betrachtete mich mit schimmernden Augen.

»Ausgehen? Wann?«

»Wann du willst.« Meine Antwort brachte sich selbst hervor, wie ich mit entsetztem Staunen bemerkte.

Irina wandte sich wieder ein Stück zurück. »Ich kann nicht tanzen«, sagte sie, »das kann ich nicht.«

»Ich auch nicht. Nie gelernt.«

Sie schielte zu mir, während sie rückwärts zur Tür schlich. »Ist das überheizt hier oben«, sagte sie, »ich würde gerne barfuß gehen, aber der Boden ist so klebrig.«

Der Kunststoffboden war mit den Resten eines starken Reinigungsmittels überzogen, an dem die Sohlen hafteten wie an getrocknetem Saft.

Wir blickten beide auf ihre Schuhe; den blauen, den grünen.

»Na, dann gehe ich mal«, sagte sie, während sie den Laufzettel studierte.

Die Zeit bis zu ihrem Auftritt im Erdgeschoss verging ungewöhnlich langsam. Wie Stunden fühlte sie sich an.

»Soll ich dir beim Aufbauen helfen?«, fragte Nicolas, der auf dem Rückweg vom Keller am Kaminzimmer vorbeikam.

»Danke, es geht«, sagte ich.

Irina, die gerade den Koffer öffnete, fuhr herum.

»Gehen? Wohin?«

Ich hätte innerlich mit den Augen rollen und denken können: Beim zweiten Mal wirkt es dümmlich. Aber ich dachte: Da ist sie wieder, ihre verwirrende Art, einen Wortsinn in einen anderen zu verwandeln, wie es ihr passt.

Etwas in mir übernahm die Regie und wies mich an, Irinas Frage zu ignorieren. Ich fing an, Stühle im Kreis aufzustellen, um pünktlich beginnen zu können. Dabei hörte ich sie summen: »I can't get no satisfaction …«

Das Spiel mit dem Ball, dem Schwungtuch und dem Loch in der Mitte war für die Senioren neu und herausfordernd. Am Ende krempelten wir die äußeren Ränder des Tuchs nach innen, um die Fläche zu verkleinern und den Ball endlich durch das Loch fallen zu lassen.

Als Irina am Schluss den Ball in den Koffer legte, kam aus dem Chaos der Gegenstände ein sonderbarer Laut, etwas zwischen Knarren und Quietschen.

»Was war das?«, fragte ich.

»Was?«

»Was war das für ein Geräusch?«

Erst da begriff sie, dass es um ihren Koffer ging, um den wirren, bunten, verrückten und undurchschaubaren Inhalt ihres Clownskoffers, und es war klar, dass sie Geheimnisse darin verbarg.

Irina lachte, ein echtes Lachen, nicht das gespielte Clownslachen, das sie manchmal lachte und vor dem ich mich ähnlich gruselte wie vor dem Inhalt des Koffers. Ein echtes, warmes und persönliches Lachen.

»Das war dein Magen, Arnd. Dein Magen. Du musst etwas essen.«

Sie kam einige Schritte auf mich zu, und auf einmal spürte ich den Impuls, sie zu umarmen. Was ich natürlich nicht tat.

»Was gibt es hier denn heute zu essen?« In ihrer Stimme lag ungeheuchelte Neugier.

»Königsberger Klopse.«

»Du musst Königsberger Klopse essen.«

»Die sind nicht mein Fall.«

»Meiner auch nicht«.

Sie griff nach dem Koffer und ließ mich stehen.

*Jander* beunruhigte mich. Ich war entschlossen, in alle Richtungen etwas zu unternehmen.

Den Zeitungsartikel auf meinem Schreibtisch hatte ich lange genug ignoriert. Am späten Nachmittag öffnete ich den Laptop, rief eine Suchmaschine auf und tippte: Paula Gravenstein.

Ein paar Radiointerviews, mehrere Publikationen zu Themen, die einen eher angestaubten Eindruck machten und mich an Fachliteratur erinnerten, die ich als Student nur widerstrebend gelesen hatte, weil es eben sein musste.

Dann stieß ich auf ihr Büro. *UBP.*

Die Seite war übersichtlich gehalten, in dezenten Farben und nur mit den nötigsten Informationen. So uninteressant, dass man sie entweder gleich vergaß – oder die Telefonnummer notierte.

Jede Nummer, die ich wählte oder zu wählen plante, notierte ich vorher auf Papier. Mit einem knappen Hinweis und der entsprechenden Ziffernreihe schrieb ich sie auf einen kleinen Block. Das tat ich auch jetzt. Ich kritzelte sie mit Kugelschreiber auf den obersten Zettel, unter andere Nummern, die schon dort standen.

Bevor ich zum Telefon griff, sah ich auf die Uhr. Noch eine Viertelstunde bis zum nächsten Termin. Nicht allzu viel Zeit, aber genug, um in Handlung zu bleiben und sich der Lösung zu nähern.

Das Freizeichen. Ich stellte mir vor, wie das Telefon auf dem Schreibtisch der *Geisterjägerin* klingelte, rechnete aber nicht gleich mit Erfolg.

»UBP, Gravenstein?«

»Oh, schön, Sie zu erreichen. Weyden mein Name.«

Ich stammelte wie ein Fünfzehnjähriger, der zum ersten Mal seine Flamme anruft, ohne zu glauben, dass er sie wirklich sprechen wird.

»Ja, bitte?«

Sie klang selbstbewusst und dominant. Eine Frau, die es gewohnt war, aus einem Minimum das Maximum herauszuholen.

»Ich habe als Psychologe eine Frage zu einem Fall.«

Ich erwartete, dass sie nachfragte, irgendetwas wie »Ja?« oder »Schießen Sie los.« Stattdessen lauschte sie nur. Ob genervt oder interessiert, konnte ich nicht beurteilen.

»Eine alte Wanduhr, die Panikattacken auslöst – aber nur, wenn sie läuft.«

War die Wanduhr überhaupt alt? *Jander* hatte sie nie genauer beschrieben.

»Herr – wie war Ihr Name?«

»Weyden. Mit Ypsilon.«

»Herr Weyden, könnten Sie sich später noch einmal melden? Es tut mir leid, aber wir haben hier eine Havarie.«

»Selbstverständlich.«

Bevor ich mich nach der passenden Zeit erkundigen

konnte, war die Telefonverbindung weg. Minutenlang saß ich ohne konkrete Gedanken am Schreibtisch.

Die Türklingel. Ich rückte alle Sessel zurecht, überflog meine Notizen (Paartherapie, klassisches Thema, Untreueproblem) und rannte zum Eingang,

Den Mann, der vor mir stand, kannte ich nicht. Ein Typ um die Vierzig in Lederjacke und mit einem Ausdruck im unrasierten Gesicht, der mir nicht gefiel.

»Ich möchte gerne Herrn Weyden sprechen.« Ein formvollendeter Satz, geäußert mit kräftiger Stimme und osteuropäischem Akzent, dazu Alkoholgeruch.

»Das tun Sie bereits.«

Sein Blick wanderte an mir auf und ab. Er sah aus, als wollte er mir ins Gesicht spucken und könnte sich nur schwer zurückhalten.

»Alles klar«, sagte er, drehte sich um und ging über den Plattenweg zur Straße zurück, wo er auf der anderen Seite in einen schäbigen Honda stieg, den er offensichtlich gar nicht erst abgeschlossen hatte. Dann sah er zu mir, als wollte er sich vergewissern, dass ich immer noch derselbe war wie zehn Sekunden zuvor.

Als ich die Sprache wiederfand, hatte er den Wagen schon gestartet. Die Fahrertür stand noch offen. Er wartete, bis ich das erste Wort herausbrachte (»Was«), dann schlug er die Tür zu und fuhr mit dröhnendem Motor davon.

*7. Dezember, 3:39*

*Allmählich verstehe ich, was manche Leute meinen, wenn sie von nächtlicher Todesfurcht berichten.*

*Zwei Möglichkeiten: Entweder bin ich neurotisch, wie ich es bisher Patienten zuschrieb. Oder die Lehrbücher irren, und es ist eine Grundeigenschaft des Menschen, nachts wachzuliegen und an das Ende zu denken, dem wir uns mit jeder Stunde nähern, im Dunkeln, ohne zu wissen, wann wir ins Schwarze stürzen.*
*Vielleicht ist es normal, solchen Gedankenspiralen nachzuklettern. Angst ist nichts anderes als Ungewissheit. Gewissheit ist eine Illusion. Real ist nur eines: die Angst.*

Von Lajosnés blauem Auge war fast nichts mehr zu sehen, als sie am Dienstag vor mir stand. Ihr Gesicht war noch blasser als sonst und ihr Ernst unverändert.

»Ich verstehe, dass Sie diskret sein müssen, und ich achte Ihr Berufsethos genauso wie meines«, fing ich an, höhnische Kommentare aus meinem Hinterkopf verscheuchend.

»Sie halten mich von der Arbeit ab.« Schon war sie in die Küche geschlüpft, wohin ich ihr folgte.

»Ich bezahle Ihnen die Zeit.«

Ihr argwöhnischer Blick traf mich wie ein Windstoß. »Länger kann ich nicht bleiben. Um zwölf …«

»Es spielt keine Rolle, ob Sie mit dem Putzen fertig werden. Manche Situationen verlangen nach Handeln.«

In Lajosnés Augen blitzte ein spöttisches Funkeln auf, dann hatte sie sich im Griff. Sie füllte den Plastikeimer mit Wasser, als wäre es ihre liebste Beschäftigung.

»Es scheint sehr wichtig für Sie zu sein«, murmelte sie, den Rücken zu mir gekehrt.

»Für ihn.«

»Ach so, für ihn.« Lajosné konnte ironisch sein?

»Er hat wieder Kontakt zu mir aufgenommen, anonym. Er ist suizidal.«

Sie fuhr herum.

»Er will sich umbringen?«

»Ja.« Ich sah ihr so fest in die Augen, wie es nur Lügner tun. »Seine Lage ist sehr verzweifelt.«

Um mein Entsetzen über die eigene Unverfrorenheit zu überspringen, fuhr ich ohne Pause fort. »Noch hat er keine konkrete Ankündigung gemacht. Es kann aber jederzeit soweit sein. Darum wäre es lebenswichtig zu wissen, wer er ist und wo er sich aufhält.«

»Sie brechen Ihre Schweigepflicht.« Lajosnés Stimme wirkte sicherer als ihre Mimik. Ihr Gesicht war fast weiß geworden, und die gelben Handschuhe bebten.

»Ist Diskretion wichtiger als ein Leben?«

Ihr Blick irrte im Raum herum.

»Das vielleicht nicht …«

Durch das gekippte Fenster drangen Kinderstimmen, erst leise, dann immer lauter. Schließlich verstummten sie.

Mit beiden Armen stützte sie sich auf der Rückenlehne eines Küchenstuhls ab. »Ich kann mir das gar nicht vorstellen. Aber eine Frohnatur ist er nicht, das stimmt. Und immer allein …«

Ich setzte mich an den Tisch, in der Hoffnung, dass sie das Gleiche tun würde, aber sie blieb stehen.

»Nehmen Sie doch Platz.«

Sie ignorierte es.

»Was haben Sie vor?« Ihre Frage klang wie eine Feststellung.

»Es wäre gut, im Notfall rasch etwas tun zu können.«

Ihr nachdenkliches Nicken wog jedes meiner Worte ab. Wie eine schwere Decke legte sich ihr Schweigen über uns.

»Der Polizei müsste ich seine Adresse nennen«, sagte ich, während ich auf das Ergebnis meiner Überzeugungskunst lauerte.

»Polizisten sind oft nicht die Schnellsten«, sagte sie mehr zu sich selbst als zu mir.

*Jander* bedeutete ihr etwas.

Sie setzte sich mir gegenüber an den Tisch. Durchdringend sah sie mich an, intensiver, als es zu ihr passte.

»Ich gebe Ihnen den Schlüssel.«

Ich spürte Gänsehaut in meinem Nacken. Auf einmal schienen unsere Rollen vertauscht. Als wollte sie mich zu etwas bewegen, nicht ich sie.

»Und bevor Sie fragen, warum ich noch Zugang zu seinem Haus habe: Er wollte es so. Damit ich bei Bedarf hineinkann, wenn er am dritten Wochenende jedes Monats verreist ist. Denn dann spielt die Uhrzeit keine Rolle für ihn, und er lässt mich nach Bedarf putzen.«

So etwas hätte ich nicht vermutet, als sie sich hier begegnet sind, dachte ich. Diesen Gedanken überlagerte gleich ein anderer: Hatte Lajosné schon einmal so viel am Stück mit mir gesprochen?

Hastig griff ich nach meinem zuvor sorgfältig gewebten Gesprächsfaden. »Der Reihe nach. Wer ist denn nun eigentlich *er?* Und wo wohnt er?«

»Sie dürfen mich nie verraten.«

Ich nickte. Meine Geduld war fast am Ende.

Sie murmelte einen längeren Satz.

»Flüstern Sie bitte lauter.«

Sie stand auf, ging um den Tisch herum, beugte sich zu mir herunter (so nah, dass ihr Haar meine Wange streifte) und wisperte in mein Ohr.

Ich fasste es nicht.

*13. Dezember, 3:02*
*Eigentlich könnte ich auch in der Praxis übernachten,*
*auf dem Sofa, mit Blick zum Westhang.*
*Von diesem Fenster komme ich nicht mehr weg.*
*Haldorson dort in der Villa. Haldorson hier im Sessel.*
*Haldorson alias Jander.*
*Ein Schriftsteller, der inkognito bleiben will.*
*Der um seinen Ruf fürchtet.*
*Im Dunkeln.*
*Mit Panikanfällen beim nächtlichen Schlag einer Wanduhr.*
*Sein Albtraum, immer der gleiche.*
*Der Teich.*
*Das Kind.*
*Am Grund.*
*Da bin ich nun angekommen.*

# 7

Die Heizung lief auf vollen Touren. Im Kampf um die Raumtemperatur blieben die Senioren Sieger, an jedem Tag. Als Irina mit der Begrüßung fertig war, bat sie darum, den Arztkittel ausziehen zu dürfen. Nein, sie bat nicht darum, sie fragte:

»Darf ich mich ausziehen?«

Und sah zu mir.

Blicke lauerten zwischen uns, bis meine Augen zur Seite auswichen, wo sie den Blick von Nicolas auffingen, der mich beobachtete. Mit großem Interesse schien er auf meine Reaktion zu warten.

Ich fühlte mich nicht ertappt, das nicht. Aber ich war von mir selbst irritiert. Seit wann verunsicherte mich ein plumper Spruch?

Ich beruhigte mich mit Erklärungen. Irina war eine Magierin, weil sie Zugang fand. Sekundenschnell erreichte sie Menschen, an denen andere sich die Zähne ausbissen. Es war ein oberflächlicher Zugang, der spielerisch entstand, und ich bewunderte sie dafür. Aber was kam danach? Warum ging sie nicht in die Tiefe, nur einen winzigen Schritt, tastend, suchend, fragend und bereit, zurückzuweichen an die Oberfläche, in das reine Spiel? Sie wich schon zurück, wenn sich die Tiefe nur vor ihr auftat. Wenn sie mehr Zugang fand als beabsichtigt. Das machte ihr Angst. Wie der Aufzug, den sie mied, damit er sie nicht gefangen nahm. Wie das Flugzeug, in das sie nicht stieg, um nicht in die Tiefe zu stürzen.

Als Clownin konnte es ihr gleichgültig sein, was jemand von ihrem Spiel verstand und was nicht. Sie brauchte nicht logisch oder vernünftig zu sein. Sie konnte tun, was sie wollte. Rief sie Verwunderung oder Befremden hervor, sagte sie nur: »Ich bin doch die Clownin.«

Sahen die anderen klar genug, dass es ein Spiel war, eines, das es nicht mehr gab, sobald sie die rote Nase abnahm? Wenn sie in ihr Kostüm schlüpfte, verzauberte sie zuerst sich selbst. Nur so konnte sie alles andere verwandeln, so sehr, dass der Zauber weiter bestand, wenn sie sich längst zurückverwandelt hatte. Manches verflog von selbst, früher oder später. Anderes hätte vielleicht ihrer Hilfe bedurft, um sich aufzulösen.

Ich glaubte nicht, dass sie das wusste. Sie machte ihren Job, und wenn die Zeit um war, ging sie in die Bibliothek, schloss die Tür hinter sich und wurde die, die sie die meiste Zeit war. Oder die, der sie mit der Clownsrolle entkam?

Sie warf den Kittel über einen Stuhl, klappte den Koffer auf und zog Chiffontücher hervor, farbige Tücher in allen Nuancen. Jeder bekam eines davon. Herrn Carow gab sie eines in Pink, das ihm zu gefallen schien. Mir legte sie ein blutrotes auf den Kopf, so dass es mein Gesicht verhängte und alles mit einem Rotschleier überzog.

»Ich bin doch gar nicht betucht«, sagte ich und zog das Tuch herunter.

»Bist du sicher?«

Vergeblich suchte ich ihr Augenzwinkern.

Mit dem bunten Chiffon sollten die Senioren Bewegungen ausführen, wechselweise mit der rechten und der linken Hand, und das taten sie mehr oder weniger gut, je nach Fähigkeiten. Später ging Irina herum und rieb jedem mit seinem Tuch den Nacken wie mit einem Handtuch, nur sanfter, behutsamer. Sie kam auch zu mir, und es fühlte sich sehr zart an, wie sie den Stoff hin und her bewegte, während sie hinter mir stand.

»Ich kann gut massieren«, sagte sie leise, bevor sie weiterging.

Am Ende sammelte ich die Tücher ein, obwohl es nicht meine Aufgabe war. Verschwörerisch sah Irina mich dabei an. »Du machst das perfekt.«

»Für dich gerne.« Das war die Gelegenheit. »Ist dir noch irgendetwas an Villa Tann aufgefallen?« Als Anwohnerin der Kaltenseestraße musste Irina etwas wissen, und wenn es nur Belangloses war. Jedes Puzzleteil konnte mir weiterhelfen.

Sie betrachtete mich mit unergründlichem Gesichtsausdruck. Die von ihr ausgehende Spannung war schwer zu ertragen, aber ich wartete ruhig.

»Ich habe noch eine Nase für dich«, sagte sie.

Aus ihrer Hosentasche zog sie eine Clownsnase hervor, die ich einen Moment anstarrte, bevor sie sie langsam wieder zurücksteckte und sich dem Koffer zuwandte.

Auch jetzt fand ich kein Augenzwinkern.

Manche Menschen brennen sich in uns ein und hinterlassen tiefe Spuren, die wir wie Markierungen ins eigene Leben hineintragen. Über die Herkunft der Spuren sollten wir uns im Klaren sein. Sonst kann es geschehen, dass sie uns die Sicht vernebeln wie Irinas rotes Chiffontuch.

Wie Magie.

Am Abend, nach zwei Terminen mit Patienten, kehrten meine Gedanken zu Jander alias Haldorson zurück. Etwa eine Stunde folgte ich ihnen, dann hatte ich genug. Bevor ich der Sache nachging – und Nachgehen bedeutete Handeln statt Grübeln –, brauchte ich dringend Entspannung und Schlaf. Ein Glas Wein würde mir guttun.

Seit dem Umzug hatte ich keinen Alkohol angerührt. In der Zeit davor hatte ich abends mehrmals pro Woche eine halbe Flasche Bordeaux getrunken, alleine und in mulmiger Erwartung der kommenden Veränderung, voller Zweifel, ob meine Entscheidung, selbst in das Haus einzuziehen, die richtige war. Denn ich ahnte wohl schon, dass dieses Erbe nicht nur in einem Haus bestand, sondern in einer Stadt, die ich ansonsten nie in Betracht gezogen hätte. Und in Menschen, denen ich lieber nicht begegnet wäre.

Zwei Weinflaschen lagen im linken untersten Küchenschrank. Ich erinnerte mich daran, wie ich sie dort platziert hatte, um sie auf keinen Fall vor Weihnachten hervorzuholen. Bis Weihnachten war es nicht mehr lang und gegen ein Glas nichts zu sagen, redete ich mir ein.

Ich ging in die Küche und öffnete den Schrank.

Er war leer. Dort, wo ich die Flaschen hingelegt hatte, wellte sich eine Schicht Zeitungspapier.

Ich riss die andere Schranktür auf.

Nur Kochtöpfe und Geschirr.

Am Anfang, als meine Sachen noch durcheinander waren, musste ich die Flaschen umgeräumt haben.

Systematisch durchsuchte ich alle Regale und Winkel der Küche. Weiter ging es mit Praxis und Flur, während meine Ratlosigkeit sich steigerte. Ein vergessener Kellerraum? In diesem Haus gab es keinen Keller.

Ich suchte weiter. Alles durchsuchte ich. Nach einer halben Stunde fand ich den Bordeaux im obersten Fach des Kleiderschranks, ganz hinten an der Rückwand.

Im ersten Chaos hatte ich ihn wohl noch einmal weggeräumt, damit er weniger greifbar war. Seufzend öffnete ich eine der beiden Flaschen, schenkte mir daraus ein und setzte mich an den Laptop.

*14. Dezember, 4:05*
*Abends im Netz recherchiert. Keine gute Idee.*
*Haldorsons Leben und alles, was sich an Gerüchten darum rankt, gleicht selbst einem Thriller. Er hüllt sich in Geheimnisse, führt ein vor der Öffentlichkeit verborgenes Leben. Kein einziges Foto von ihm ist in den Medien zu finden, kein Interview hat er je gegeben.*
*Kein Hinweis darauf, wann und warum es ihn hierhin verschlagen hat. Nur auf seinen Rückzug nach dem Tod seines Sohnes vor drei Jahren. Auch mit dem Schreiben soll er aufgehört haben.*
*Unfassbar die Vorwürfe, denen der als emotional instabil und impulsiv bekannte Schriftsteller ausgesetzt war: Um nach dem Misserfolg seines vierten Romans die Aufmerksamkeit auf den fünften zu lenken, ›Am Grund‹, habe er den kleinen Timon selbst ermordet und im eigenen Gartenteich versenkt.*
*Ein ungeheuerlicher Verdacht.*
*Der Fall ist bis heute ungelöst. Man konnte Haldorson nie etwas*

*nachweisen. Das Letzte, was über ihn bekannt wurde, war die Einweisung seiner Frau in eine psychiatrische Klinik.*
*Kein Wunder, dass er Albträume und Panikattacken hat.*

*4:58*
*Wenn ich anders vorgegangen wäre – hätte er sich mir irgendwann zu erkennen gegeben? Was hinderte ihn daran, es gleich am Anfang zu tun? Auch Prominente gehen zu Ärzten und Therapeuten.*
*Die Schweigepflicht ist bekannt.*
*Hat er doch etwas zu verbergen?*
*Ich will das nicht denken. Es ist die Nacht, die mich das denken lässt, nur die Nacht.*

Am Morgen sagte ein an Grippe erkrankter Patient kurzfristig ab, was mich auf die Idee brachte, mir die Akte *Jander* noch einmal vorzunehmen, bevor ich konkrete Schritte in Angriff nahm.

Da ich Sitzungen immer erst hinterher protokollierte, beschränkten sich meine Notizen auf das Wesentliche. Auch den Albtraum hatte ich nur mit einigen Stichworten skizziert. Aber sie reichten, um mir eine Gänsehaut zu bescheren. Teich. Toter Körper wie ein Kind. Halber Brief: Lieber D. *Am Grund.*

Zu dem Zeitpunkt hatte ich den Roman noch nicht gekannt. Warum fiel es mir aber später nicht auf? Vor lauter Wanduhr war mir der Inhalt des Albtraums abhanden gekommen. Haldorson hatte mir durch die Schilderung des Traums sein Leid mitgeteilt, sein Trauma gezeigt, doch ich war kaum darauf eingegangen, war über die entsetzlichen Bilder hinweggegangen, indem ich nur um das Symptom kreiste. Wie sollte er mir da vertrauen?

Die Begegnung in der Buchhandlung fiel mir wieder ein. Als hätte es Haldorson an jenem Tag darauf abgesehen, mir *Am Grund* in die Hände zu spielen. Aber es konnte nicht sein. Er war vor mir im Laden gewesen.

Um dort sein eigenes Buch anzusehen?

Das Haus wurde mir zu eng. Mein nächster Termin war erst mittags, darum zog ich Mantel und Schuhe an und ging nach draußen, wo die Luft feucht und eisig war.

Ich entschied mich dafür, in die Stadt zu laufen, ohne festes Ziel, nur um Eindrücke in mich aufzunehmen, und wären sie noch so banal. Hauptsache, sie verdünnten den zähen Extrakt, der meine Gedanken lähmte.

Kaum war ich im Zentrum angekommen, prasselte Regen auf den Asphalt. Ich ärgerte mich. Es machte mich wütend, dass ich gezwungen war, wartend unter dem Dach einer Einfahrt Zeit zu verschwenden.

In Wirklichkeit war der Regenschauer das Beste, was mir passieren konnte, denn er hielt mich auf. Viele glauben, aufgehalten zu werden sei etwas Schlechtes, jedenfalls etwas, das es zu vermeiden gilt. Was unternimmt man nicht alles dagegen, welche Ausreden und handfesten Lügen denkt man sich aus, wenn es darum geht, weiterzukommen. Dabei braucht man nur hinzusehen, und der unfreiwillige Aufenthalt zeigt oft mehr Potenzial als das, wovon man voller absurdem Bedauern abgehalten wird.

Was hätte ich tun können?

Kontakte zu anderen Wartenden knüpfen.

Über eine Zukunft jenseits von Tiefenwald nachdenken.

Alles, alles wäre geeignet gewesen, um mich von dem abzuhalten, was ich in diesen Stunden und Tagen tat.

Da Haldorson mich als Therapeuten aufgesucht hatte, wollte ich die Sache so professionell wie möglich angehen. Das Uhrenrätsel war das eine, das andere die Konfrontation mit einem Patienten (für mich galt er nach wie vor als Patient; der Name war zweitrangig), hinter dessen Versteckspiel ich einen hohen psychischen Druck vermutete. Daher hielt ich es für angebracht, ihm wenigstens noch einmal meine Hilfsbereitschaft zu signalisieren. Zwar nicht ohne eigenen Klärungsbedarf, aber das stellte für mich keinen Widerspruch dar.

So machte ich mich wieder einmal auf den Weg zur Kaltenseestraße, und ich war verwundert darüber, dass ich Villa Tann kaum mit anderen Augen sah als zuvor. Denn die Rätsel waren die gleichen geblieben, nur die echte Identität des Bewohners war mir nun bekannt. Und wenn ich einfühlsam genug vorging, war er vielleicht zu einem erhellenden Gespräch bereit. Vor seiner Eingangskamera zu stehen war etwas anderes, als ihn anzurufen.

Ich hatte bewusst eine Zeit in der zweiten Tageshälfte gewählt, sechzehn Uhr, da ich mich an Lajosnés Hinweis auf seinen späten Tagesrhythmus erinnerte (auch wenn dieser nicht zu seinen Morgenterminen in meiner Praxis passte). Um Lajosné nicht zu verraten, würde ich einfach behaupten, ihn vor kurzem bei der Villa gesehen zu haben. Alles in allem kam ich mir gut vorbereitet vor, als ich meinen Finger auf seinen Klingelknopf legte. Trotzdem war ich nervöser, als ich es wahrhaben wollte.

Nach dem Drücken wartete ich eine Weile, bevor ich mich abwendete. So langsam hatte ich den Rückweg von hier noch nie angetreten. Ich war erst wenige Schritte vom Tor entfernt, als aus der Sprechanlage ein Knacken kam. Abrupt blieb ich stehen. Noch ein Knacken, dann Rauschen. Ich hastete zum Tor zurück.

»Hallo?«, sprach ich in das Mikrofon. »Herr Haldorson?«

Noch ein leiseres Knacken, dann verstummte die Sprechanlage.

Ich drückte wieder den Klingelknopf, wartete diesmal länger, zwei oder drei Minuten.

Nichts.

Am Samstagnachmittag wollte ich mich gerade zwischen dem Gang zum Buchladen und dem Park entscheiden, als es gleich doppelt an meiner Haustür läutete.

Dass jemand am Wochenende zu mir kam, und das auch noch unangekündigt, hatte ich in Tiefenwald bisher nicht erlebt. Konnte es Haldorson sein?

Ich stürzte in die Praxis. Räumte einen Bücherstapel vom Boden. Rückte die Sessel zurecht. Legte die Wolldecke zusammen, die auf dem Sofa lag. Riss das Kalenderblatt ab, das ich sonst erst vor dem nächsten Termin am Montag entfernt hätte.

Ich hastete zurück in den Flur, atmete langsam ein und arrangierte ein Lächeln.

Dann öffnete ich die Tür.

Es war Milo.

Vor Wochen war er hier gewesen, ein einziges Mal, und jetzt wunderte ich mich über das, was er in mir auslöste: Gefühle von Vertrautheit. Freude. Und eine seltsame Erleichterung.

Vorsichtig sah er zu mir hoch, als wollte er, bevor er etwas sagte, meine Stimmung abschätzen. Mein Lächeln schien ihn zu ermuntern. Ohne es zu erwidern, fragte er mit leiser Stimme, so dass ich mich zu ihm herunterbeugte:

»Darf ich reinkommen?«

Ich überlegte.

»Eigentlich wollte ich gerade weggehen.« Ich deutete auf meine Jacke. »Aber ich wusste sowieso nicht, wohin«, versuchte ich mich an einem der hilflosen Scherze, mit denen Erwachsene sich bei Kindern blamieren.

Er runzelte die Stirn.

»Ich kann auch später wiederkommen«, sagte er in einem Tonfall, der eingeübt klang.

»Jetzt hast du mich neugierig gemacht.« Ich trat einen Schritt zurück und deutete in den Flur. Milo zögerte nicht, bevor er hereinkam. Ganz anders als beim ersten Mal.

Ich führte ihn in die Küche. Dort setzte er sich auf den gleichen Platz wie damals, nur wirkte er jetzt nicht befangen. Im Gegenteil: Eine ruhige Zufriedenheit ging von ihm aus. Dennoch sagte er zunächst nichts. Ich wartete, während ich in seinem Gesicht nach einer Ähnlichkeit mit Lajosné suchte und sie auch fand, wie jeder, der zwei Personen, die er kaum kannte, miteinander verglich. Ich blickte auf seinen rechten Arm. Der Gips war nicht mehr da.

»Wo brennt's denn?«, fragte ich schließlich, wobei ich mich um einen lockeren Tonfall bemühte. Umso angespannter kamen die Worte aus meinem Mund.

»Gar nicht«, sagte er mit dem gleichen traurigen Lächeln wie seine Mutter. »Ich kam gerade hier vorbei und dachte an das Bild.«

Die Collage.

»Was machst du denn in dieser Gegend?«, fragte ich und zog die Küchenschubladen auf. Die Collage lag gefaltet in der mittleren. Ich war mir eigentlich sicher, sie zusammengerollt zu haben, doch mein ständiges Chaos ließ mich zu sehr an mir zweifeln, als dass ich darüber nachgedacht hätte.

Für seine Antwort brauchte er einen Moment.

»Ich kenne da zwei Leute.« Abwägend sah er mich an.

Haldorson, wo er im Garten spielen durfte. Und wen noch?

»Willst du das Bild mitnehmen? Es gehört dir.«

»Okay.«

Es klang ziemlich gleichgültig, aber ich legte das zusammengefaltete Papier vor ihn hin.

»Wohnen Sie schon lange hier?« In seinen Kieselaugen glänzte die Neugier.

»Nein.« Mehr wollte ich dazu nicht sagen.

»Ist das Ihr eigenes Haus?«

Diese Frage rief in mir ein ungutes Gefühl hervor, das

ich aber gleich ignorierte. Ein Junge wie Milo hatte es nicht leicht.

»Ja. Vorher hat es meinem Onkel gehört.«

»Ist er tot?«

Er stellte diese Frage, als würde er sich nach dem Namen des Onkels oder auch nur nach der Uhrzeit erkundigen. Für Kinder war der Tod eines Fremden völlig irreal.

»Ja.«

Milo nickte, ohne den hellgrauen Blick von mir abzuwenden. »Dann müssen Sie keine Miete zahlen.«

»Nein.« Ich räusperte mich. »Das wäre aber auch kein Problem.«

Ich wollte ihm zu verstehen geben, dass Eigentum nichts Besonderes war und es keine Rolle spielte, ob man als Mieter oder Besitzer ein Haus bewohnte.

Aber er fasste es anders auf.

»Weil Sie reich genug sind?«

Ich schwankte zwischen Entsetzen und Lachen, entschied mich für keines von beiden und schüttelte nur den Kopf.

»Aber mit einer Praxis verdient man doch Geld.«

»Geld zum Leben, ja, aber das macht noch lange nicht reich.«

»Außer, wenn man keine Miete bezahlen muss.«

Es war mir zu mühsam, gegen die kindliche Logik zu argumentieren.

»Darf ich?« Ich faltete die Collage auseinander und breitete sie vor ihm auf dem Küchentisch aus. Die finsteren Männerköpfe zwischen den Flaschen am oberen

Rand des Bildes hatte ich ganz vergessen. Drohend fixierten sie den Betrachter. Mein Blick wich nach unten zu den Wassermotiven aus.

»Magst du dazu etwas erzählen?«

Ich setzte mich ihm gegenüber und beobachtete seine Augen, wie sie kreuz und quer über die Formen und Farben wanderten. Er zuckte nur mit den Schultern.

»Ist zu lange her.«

Ich zeigte auf die Schnecke. »Die ist dir gut gelungen.«

Er lächelte stolz. »Eine Sumpfdeckelschnecke. Sieht man das?«

»Auf jeden Fall.«

Von Sumpfdeckelschnecken hatte ich noch nie gehört.

»Bald finde ich eine.«

»Und wo?«

»Ganz unten im Teich.«

»In welchem Teich?«

»Bei dem großen Haus, wo Mama gearbeitet hat.« Seine Zähne gruben sich in die Unterlippe.

Ich rückte näher an ihn heran. »Bist du oft dort?«

Er nickte und wich zurück. So geduldig ich auch weiter fragte, er sagte nichts mehr dazu, murmelte nur, er müsse zum Bus und schlüpfte rasch durch den Flur nach draußen.

»Dein Bild«, rief ich ihm nach.

»Das schenke ich Ihnen«, hörte ich noch seine Stimme, als er hinter der Straßenbiegung verschwand.

Am letzten Dienstag vor Weihnachten wirkte Lajosné hektisch und schien unter noch größerem Zeitdruck zu stehen als sonst. Als sie hereinkam, sah sie mir kaum in die Augen. Aber bevor sie die gelben Handschuhe überstreifte, griff sie noch einmal in ihre Manteltasche und zog einen Schlüssel hervor.

»Bitte bewahren Sie den für mich auf.«

Nicht einmal da sah sie mir in die Augen. Natürlich wusste ich, was für ein Schlüssel es war. Nur der Form wegen fragte ich nach. Als Antwort erhielt ich eine rasche Armbewegung in Richtung Westhang.

»Ich habe ihn schon einmal fast verloren, mein Sohn bringt so viel durcheinander.«

»Milo war am Samstag hier.«

Damit erntete ich einen erstaunten Blick, der aber gleich wieder ins Unbestimmte überging, in jene vage Ferne, die typisch für Lajosné war, was sie auch immer tat. Wie jemand, der innerlich um einen für alle anderen fremden Planeten kreist, dachte ich, während mein Finger über die Zacken des Schlüssels glitt.

»Er hat es mir angeboten«, sagte sie leise.

»Was?«

»Milo bei sich im Garten spielen zu lassen«, murmelte sie, bevor sie in der Küche verschwand.

»Jetzt im Winter?«, rief ich hinterher, aber sie antwortete nicht.

Ich suchte einen Platz für den Schlüssel. Keiner schien richtig zu sein, und gleichzeitig kam es mir vor, als wäre es vollkommen gleichgültig, wo ich ihn aufbewahrte. Es ging nur darum, dass er nicht verlorenging. Schließlich ließ ich ihn in die kleine Messingvase auf der Fensterbank im Schlafzimmer fallen.

Ich ging noch einmal zu Lajosné, um sie darüber in Kenntnis zu setzen. Mit dem Rücken zu mir stand sie am Küchenfenster und sah hinaus, in der einen Hand das Staubsaugerrohr, in der anderen ein Glas Wasser, aus dem sie in kurzen Abständen hastige Schlucke nahm. Neben ihr auf der Arbeitsplatte lag eine Medikamentenschachtel, die sie, als ich mich räusperte, in ihre Hosentasche stopfte.

»Geht es Ihnen nicht gut?«

»Kopfweh, das braucht kein Mensch«, winkte sie ab und lächelte schwach.

»Der Schlüssel …«

Sie legte den Zeigefinger an ihre Lippen. »Ich muss es nicht wissen.« Und damit schaltete sie den Staubsauger ein.

Der Therapieplatz am Dienstagmorgen war noch immer nicht neu belegt. Bisher hatte ich die frei gewordene Zeit meistens verbummelt, indem ich bei einem zweiten Kaffee die hinteren Teile der Zeitung las und versuchte, nicht an Haldorson zu denken. Jetzt aber drängte es mich schon morgens zum Handeln, was vielleicht mit den halb durchwachten Nächten zusammenhing und mit der Hoffnung, sie möglichst bald zu beenden, indem ich die Sache klärte. Jeder Tag, der verging, führte mir mehr vor Augen, dass ich etwas tun musste, um nicht in meiner eigenen Verwirrung unterzugehen. Fast täglich kam etwas hinzu, das mich erneut vor die Frage stellte, ob der Umzug nach Tiefenwald womöglich die schlechteste Entscheidung meines Lebens gewesen war. Es gibt diese

Konstellationen, die uns etwas zu verstehen geben, so lange, bis wir sie endlich beachten. Hatte ich das früher für Aberglauben gehalten, so war ich inzwischen zu der Ansicht gelangt, dass manche Umstände einfach nicht passten und dann Korrekturen vonnöten waren, wie man eine Reiseroute änderte, wenn der falsche Weg eingeschlagen war oder das Ziel sich – was mitunter vorkam – verändert hatte. Aber bevor ich das Ruder herumriss, wollte ich alles versuchen. Das gebot mir meine Vernunft. Oder das, was ich dafür hielt.

Ich ging in die Praxis, zog den Notizzettel unter dem Briefbeschwerer hervor und wählte Paula Gravensteins Nummer.

Besetzt.

Seufzend stand ich vom Schreibtisch auf und beschloss, ein wenig nach draußen zu gehen, um die innere Unruhe, die mich fast wahnsinnig machte, in ihre Schranken zu weisen. Zu Lajosné sagte ich, ich sei in einer Viertelstunde zurück, was sie mit einem Nicken zur Kenntnis nahm.

Am Fuß der Hangstiege begegnete mir der rothaarige Mann. Vorsichtig schritt er die Stufen herunter, den Blick auf die Füße gerichtet, als fürchtete er zu fallen. Selbst auf der Stufe, die wir für einen Moment teilten, sah er nicht auf. Als er im Weitergehen schnaubte (ja, er schnaubte, ich hörte es genau), wurde mir endgültig klar, dass es so nicht weitergehen durfte. Alles um mich herum schien sich gegen mich zu verschwören, alles gab mir Rätsel auf, die, sobald ich auch nur daran dachte, sie lösen zu wollen, in weitere Rätsel ausuferten. Manchmal begann ich mich zu fragen, was in dieser Stadt eigentlich *kein* Rätsel war. Was war noch eindeutig? Nicht einmal der echte Jander war an der Wahrheit interessiert. »Was hat er mir denn getan?«, hatte er nur gesagt, als ich ihn vor Wochen anrief, und mir den Rat gegeben, zukünftig »besser hinzusehen«.

Die letzten Meter zur Kaltenseestraße rannte ich fast. Wieder ein sinnloser Blick auf die Villa und ein vergebliches Läuten an Haldorsons Tor, dachte es irgendwo in mir. Meine Gedankengänge zeigten immer zynischere Tendenzen.

Heruntergelassene Rollläden, frostfunkelnde Rasenfläche, erstarrte Bambusblätter über dem zugefrorenen Teich.

Hier spielte Milo?

Ich drückte den Klingelknopf und wartete sehr lange.

Vergeblich.

Bei meiner Rückkehr in die Hangstraße erkannte ich schon von weitem den Honda, mit dem vor einigen Wochen der Typ in der Lederjacke aufgetaucht und wieder weggefahren war. Lässig geparkt stand das Auto ein Stück von meinem Haus entfernt auf der anderen Straßenseite. Langsam kam ich näher und sah ihn am Steuer sitzen. Ich blieb vor dem Haus stehen und wartete ein paar Augenblicke, bis ich die Geduld verlor und zu ihm ging, woraufhin er nur eine abwinkende Geste machte, ohne die Tür zu öffnen oder das Fenster herunterzukurbeln. So winkte ich ebenfalls ab und kehrte zum Haus zurück. Ich hatte Besseres zu tun, als mich um neurotische Hondafahrer zu kümmern. Wenn er etwas von mir als Therapeut wollte, musste er das offen zum Ausdruck bringen. Er war nicht der Erste, der mich eine Weile lauernd umkreiste, bevor er nach einem Termin fragte.

Lajosné war in der Praxis beschäftigt. Fahrig packte sie den Wassereimer am Griff und stellte ihn so hastig wieder ab, dass sich Spritzer auf dem Parkett verteilten. »Gleich fertig«, kam sie meinem Hinweis auf den nahenden Termin mit einem Ehepaar zuvor. Ich wollte sie fragen, warum sie die übliche Abfolge der Räume geändert hatte, gab jedoch der  Frage Vorrang, die mich bei weitem mehr drängte: »Sagen Sie, spielt Milo wirklich allein auf dem ungemütlichen Grundstück da oben? Oder hat er noch einen Spielkameraden?«

Sie sammelte einige gelbe Gummibaumblätter vom Boden. Ich hätte ihn doch bei Helen lassen sollen, dachte ich.

»Nicht, dass ich wüsste.«

Immer schaffte sie es, Antworten zu geben, die noch viel mehr Fragen aufwarfen.

»Erzählt er Ihnen davon denn nichts?«

Ihr trauriger Blick erschreckte mich.

»Dafür ist keine Zeit. Ich bin schon froh, wenn ich mit ihm die Schulsachen schaffe.«

»Verstehe.«

Ich glaubte tatsächlich zu verstehen. In Wirklichkeit begriff ich nichts.

Der Termin mit dem Paar verlief erstaunlich gut, besser als in den Wochen davor, wo die Frau ihrem Ehemann dauernd ins Wort gefallen war. Sogar ein Lob für mich hatte sie diesmal übrig, nachdem er zugegeben hatte, ihr häufig nicht zuzuhören.

Als die beiden unter gegenseitigen Zuversichtsbekundungen gegangen waren, drückte ich die Wahlwiederholungstaste.

Ein Freizeichen. Zwei. Drei. Vier.

»De Luca?«

Ich musste mich hinsetzen, um den Schreck abzufangen. Dass ich zur Zeit nicht in Bestform war, machte ich vor mir selbst nicht zum Geheimnis. Es gab Freudsche Verhörer, wie es Freudsche Versprecher gab. Aber zwischen *Gravenstein* und *De Luca* bestand ein enormer Unterschied.

»Hallo?«

Kein Zweifel. Irinas Stimme.

»Ist da die Beratungsstelle für Parapsychologie?«, fragte ich.

»Die *was?*«

»Aber ich habe die Wahlwiederholung gedrückt …«

Am anderen Ende Schweigen.

Ich war nahe daran, in Schreie auszubrechen. Ich, Arnd Weyden, Diplompsychologe, wollte eine Parapsychologin anrufen und hatte eine Clownin an der Strippe. War ich reif für die Psychiatrie?

»Technik spinnt manchmal«, hörte ich Irina durch mein Ohrenrauschen sagen, das immer lauter geworden war. »Vorhin rief hier schon jemand an, der nichts sagte.«

Mein Blick fiel auf den Notizzettel neben dem Telefon. Drei Nummern standen darauf:

*UBP*
*Heizungstechnik*
*Irina*

Ich entschuldigte mich und legte auf.

Lajosné konnte sich höchstens zehn Minuten in der Praxis aufgehalten haben. Fußboden saugen, wischen, fertig. Abstauben war nur einmal im Monat angesagt. Heute war sie zwar anders gewesen, aber jeder hatte mal einen schlechten Tag.

Fieberhaft dachte ich nach, ließ den Morgen Revue passieren. Einmal hatte ich für zwei Minuten die Sitzung verlassen, um zur Toilette zu gehen. Die Vorstellung, das beratungsbedürftige Paar könnte Irinas Nummer gewählt haben, war genauso absurd wie der Gedanke, Lajosné könnte es gewesen sein. Hatte ich es womöglich selbst getan, ohne mich daran zu erinnern? Schließlich gab es die seltsamsten Amnesien.

Seit einiger Zeit war ich mir nicht sicher, wie ich mich gegenüber Irina verhalten sollte. Außerhalb des Ostbergstifts dachte ich so wenig wie möglich an sie, denn ich spürte, dass sie mir persönlich gefährlich werden konnte, wenn ich der Sache emotional zu sehr nachging. Interessieren durfte sie mich einzig und allein als Informantin über Villa Tann.

Einen Patienten hätte ich vor einem solchen Zwiespalt gewarnt. Zwar war es nicht aussichtslos, die eigenen Gefühle abzuspalten, aber es war schwer und, wenn es gelang, auch nicht besonders gesund. Ein Selbstbetrug mehr unter vielen Selbsttäuschungen, die unvermeidlich waren. Nach meiner Ansicht sollte man sich auf den absolut unumgänglichen Teil beschränken. Noch traute ich mir die Abspaltung zu, und ich war nahe daran, sie als notwendig zu betrachten, vielleicht nicht so notwendig wie Atemluft, doch immerhin so nötig wie Schlaf, und der musste bald besser werden, wenn ich den Alltag auf Dauer bestehen wollte.

Das Risiko war hoch. Einen neuen emotionalen Schlag durfte ich nach der Trennung nicht in Kauf nehmen. Es würde mich zu sehr destabilisieren, mich aus meiner mühsam errungenen Gleichgültigkeit herauskatapultieren. Liebe war für mich lebensgefährlich geworden. Umso energischer war ich im Abschneiden jeglicher sentimentaler Empfindungen. Ich war in der Lage, Begegnungen auf Flirtniveau zu halten, wenn mir überhaupt nach Flirten zumute war. Wohl darum hielt ich die Gefahr *Irina* nicht für real. Wenn ich wieder festen Boden unter den Füßen spüren wollte, musste ich Konsequenzen aus dem ziehen, was mir in letzter Zeit passiert war. Mochte es sich auch noch so still und unauffällig vollzogen haben – sichtbar wurde es nun an allen Ecken und Enden. Besonders die Tatsache, dass ich anfing, meinen eigenen Patienten zu misstrauen, machte mich zusehends nervös.

Oder hatte ich Wahnvorstellungen? Verstohlen, obwohl niemand da war, der es hätte sehen können, zwickte ich mich in den Arm.

Dann wählte ich die Nummer der UBP.

Die obere Etage des Ostbergstifts beherbergte die stickigsten Räume des ganzen Hauses, aber die Bewohner merkten es nicht. Manche von ihnen froren noch immer.

Im letzten gebügelten Hemd (dringend musste ich Lajosné um Nachschub bitten) stand ich vor dem geöffneten Flurschrank und kramte Arbeitsmaterial hervor, wobei ich recht wahllos vorging, denn ich war nicht bei der Sache. Ein blauer Luftballonfetzen, der zwischen den Materialien lag, fesselte meine Aufmerksamkeit. Ich betastete ihn mit zwei Fingerspitzen. Er fühlte sich an wie ein welkes Blatt. Rasch ließ ich ihn in meiner Hosentasche verschwinden.

Als ich die quietschende Schranktür schloss, einen Ordner mit Liedern und ein Ratespiel unter dem Arm, stieß ich rücklings mit einer Schulter zusammen.

Irina, die sich sonst mit Koffergepolter ankündigte, hatte einen lautlosen Auftritt hingelegt. Und es war kein enger Flur, in dem man unvermeidlich zusammenstieß. Es konnte nur Absicht dahinterstecken. Warum also murmelte ich »Entschuldigung«?

Sie trug keinen Kittel, und auch den Filzhut hatte sie abgelegt. Aus ihrem Koffer ragte ein Kescher mit grünem Netz, und die Hosenträger über dem rotweißen Ringelshirt betonten die weiche Form ihrer Brust.

Beatrice hastete um die Ecke. »Moment, ich hole den Laufzettel«, sagte sie und verschwand zusammen mit Olga, einer nach längerer Krankheit zurückgekehrten Kollegin, im Büro.

Irina und ich betraten ohne ein Wort den Gruppenraum. Sie stellte sich neben Herrn Carow, und während ich leere Wasserflaschen wegräumte, spürte ich ihre Blicke in meinem Rücken. »Ich bin so heiß wie ein Vulkan«, begann sie zu singen, mit lasziven Bewegungen Herrn Carow umtänzelnd, bevor die Melodie wieder im Schweigen des Zimmers versank. Scheinbar ungerührt half ich Frau Dahl beim Trinken und feilte an einem Plan. Dass Irina die erste Zeile des Schlagers verändert hatte, fiel mir erst später auf.

Als sie mit Koffer und Laufzettel Richtung Treppenhaus schlurfte, ging ich zu Beatrice, um ihr einen Vorschlag zu unterbreiten: Warum sollte ich jetzt, wo mehr Personal da war, der Clownin nicht in beiden Gruppen assistieren, erst oben und dann im Kaminzimmer? (Ich sagte absichtlich *der Clownin*, nicht *Frau de Luc*a oder gar *Irina*).

Kurz darauf saß ich mit Nicolas singend bei der oberen Gruppe, bis eine halbe Stunde später Irina die Szene betrat. Die zwei oder drei Senioren, die mitgesungen hatten, verstummten im selben Moment. Nicolas drückte eine Taste am Radiogerät, und auch die Akkordeonmusik erstarb.

Den Kescher in der Hand, stellte sich Irina neben mich. Ein paarmal fuhr sie mit dem Netz sanft über mein Haar, hielt dann inne und ließ das grüne Gewebe langsam über meinen Kopf gleiten, wobei sie mit der freien Hand nachhalf, so dass ich ihre Finger spürte.

»Steht ihm gut, oder?«, rief sie in die Runde und streifte mich mit einem hintergründigen Blick.

Darin bestand ihre Kunst: sich nahbar zu geben, in ihrer Rolle zum Greifen nah zu erscheinen – und so eine optische Täuschung zu erzeugen, eine Luftspiegelung, die den Verirrten nach ihrer Auflösung allein in der Wüste zurückließ. Wer Glück hatte, trug genug Wasser bei sich und war in der Lage, sich am Stand der sengenden Sonne zu orientieren.

Ich war ein Teil des Clownsspiels, eine Zusatzrolle, die Irina mir ohne zu fragen zuteilte, weil ich sie – zu meiner eigenen Irritation – gerne ergriff. Ich war Objekt eines Mechanismus, in dessen Maschen ich mich verfing.

Es ist nur ein Spiel, sagte ich mir.

Arzneiversuche dürfen nicht ohne Wissen des Probanden durchgeführt werden, Zauberversuche nicht ohne Wissen der Zielperson. Das wusste Irina.

Aber es war kein Versuch.

Sie ließ von mir ab, ging herum und ließ jeden mit einem kleinen Ball in das Keschernetz zielen – in der ersten Runde mit der rechten Hand, in der zweiten mit der linken.

Mich ließ sie dabei aus. Als ich merkte, dass ich darüber mehr enttäuscht als erleichtert war, rief ich mich zur Ordnung. Lächerlich, murmelte ich vor mich hin.

Da oft mehrere Würfe aufeinander folgten, verstrich eine Menge Zeit, bis das Spiel beendet war und Irina die Sachen verstaute.

Statt zu warten, bis sie damit fertig war, ging ich voraus zum Kaminzimmer, wo Olga mit drei Damen *Mensch ärgere dich nicht* spielte. Der Rest der Kaminzimmergruppe nahm an einem Tagesausflug teil.

Sie waren mitten im Spiel, und ich setzte mich dazu, um beim Würfeln und Setzen der Figuren zu helfen (Frau Fanner verwechselte dauernd die Farben, Frau

Schmitt hatte wegen ihrer Lähmungen große Schwierigkeiten beim Würfeln). Im Hintergrund lief eine CD mit Entspannungsmusik.

Polternd stürmte Irina durch die Flügeltür.

»Was führst du im Schilde?«, fragte ich. Der freche Tonfall, mit dem ich meine Nervosität kaschierte, gelang perfekt.

Sie stutzte. Mit schief gelegtem Kopf sah sie mich an.

»Nur schlimme Sachen.«

»Dann spielen wir lieber weiter«, sagte ich leichthin und wandte mich wieder dem Spielbrett zu.

Sie zog einen Stuhl heran und setzte sich dicht neben mich, an die Ecke des Tisches, so nah, dass sich unsere Beine fast berührten. Ich richtete meinen Oberkörper auf und lehnte mich zurück. Sie tat das gleiche, absichtlich meine Gestik spiegelnd, mit kaum sichtbarem Lächeln.

Ich ignorierte den Zigarettengeruch und sah ihr ins Gesicht. »Welche Farbe?«

Sie zögerte kurz. »Meine Lieblingsfarbe …«, begann sie und zögerte wieder, »ist Schwarz.«

»Das gibt es in diesem Spiel nicht.«

»Es ist sowieso keine Farbe mehr frei.«

»Davon war auch nicht die Rede.«

»Ist Schwarz überhaupt eine Farbe?«

Wir lachten ein hölzernes Lachen.

Ich wartete darauf, dass sie den Koffer öffnete, aber sie blieb nur sitzen und verfolgte das laufende Spiel.

Sie will es nicht unterbrechen, dachte ich. Bezahlt wurde sie allerdings für ihr eigenes Programm.

Ich betrachtete sie von der Seite, ihr schmales Profil, die dunklen Brauen, die Clownsnase, deren Gummibänder an beiden Wangen entlang bis hinter die Ohren spannten. Mir fiel auf, dass die alten Damen sich anders als sonst verhielten, rascher in ihren Reaktionen und von eigenartiger Unruhe erfasst. Zwischendurch blickten sie immer mal wieder zu Irina auf, wie um sich zu vergewissern, dass die bunte Gestalt sich nicht veränderte.

Sobald Irina den Raum betrat, *war* es ihr eigenes Programm.

Olgas Stimme riss mich aus meinen Gedanken.

»Ist es in Ordnung, wenn ich jetzt nach oben gehe und den Tisch vorbereite?«

»Klar.«

»Kann ich dich hier allein lassen?«, fragte sie noch einmal, als sei es ihr selbst ein Bedürfnis, der Situation zu entkommen, und als würde sie mir das Gleiche unterstellen.

»Klar, geh ruhig.«

Als die Flügeltür hinter ihr zuklappte, hing Essensgeruch in der Luft. Es war elf Uhr fünfundvierzig.

Allein mit einer Clownin und drei alten Damen. Es fiel mir schwer, Irina so nah neben mir zu haben und dabei den Überblick über das Spiel zu behalten.

»Im ganzen Haus riecht es nach Pfannkuchen«, durchbrach sie die Stille und erzählte, wie gerne sie Pfannkuchen aß und dass sie ihr herzhaft am besten schmeckten. Dann erwähnte sie eine bretonische Variante: Galettes.

»Kennst du die?«, fragte sie. Ihr Gesicht war so nah, dass ich die feinen Äderchen auf ihren Wangen sah.

Als ich verneinte, schüttelte sie den Kopf.

»Der Arnd. Hat studiert und therapiert Leute, aber *das* weiß er nicht.«

Woher kannte sie meinen Beruf? Beatrice musste es erwähnt haben.

»He, das Spiel!« Frau Metzger deutete vorwurfsvoll auf eine grüne Figur.

Irina berührte sie an der Schulter. »Ich darf doch flirten? Wir spielen ja weiter.«

Sie legte ihre Arme auf den Tisch, dicht neben meine, ließ ihren Kopf darauf sinken und sah mich von unten an, während sie weitersprach, beinahe flüsternd von den Galettes erzählte und davon, dass sie früher einmal einen Imbissstand damit hatte eröffnen wollen. Ich starrte auf ihren Lidschatten. Hatte sie den sonst auch gehabt?

»Aber zum Glück bin ich Clownin geworden.« Sie sprach so leise, dass ich noch näher an sie heranrücken musste. Neugierig betrachteten wir einander, bis sie sich wieder aufrichtete und sich dem Brettspiel zuwandte, ihren rechten Arm noch immer sehr nah an meinem. Als sie Frau Schmitts Würfel nahm, griff sie über meine Hände und streifte mit ihrem Daumen meinen kleinen Finger.

»Oh«, sagte sie mit gekünstelter Verlegenheit. Und sie erzählte weiter von den Galettes, die aus Buchweizenmehl gemacht würden, wie sie erklärte.

Wir spielten weiter, immer weiter, obwohl es längst auf zwölf Uhr zuging und es für die Damen an der Zeit war, den Speisesaal aufzusuchen.

An keinem anderen Mittwoch war Irina so selbstvergessen, so zeitvergessen wie an diesem, und an keinem war sie mir so nah, ohne Zurückweichen, ohne das für sie typische Abwenden, dessen Gründe nur sie allein kannte.

Um zwölf öffnete sich die Tür, und Ariana holte die Damen ab, die Clownin mit Blicken betrachtend, in denen sich Amüsiertheit und Vorwurf zu einem fatalistischen Ausdruck vereinten.

Kaum waren Irina und ich allein im Kaminzimmer, schob ich die Stühle zurecht, um so beiläufig wie möglich mit meinem Plan beginnen zu können.

Sie kam mir zuvor.

»Am nächsten Mittwoch bin ich nicht hier«, sagte sie, während sie vor dem großen Fenster auf und ab ging und vor sich hin summte: »I still haven't found what I'm looking for …«

»Ach so?« Ich gab mich gelassen.

»Dafür komme ich übermorgen.« Sie machte eine Pause, in der sie den Koffer ergriff. »Zur Weihnachtsfeier«, fügte sie hinzu, als hätte sie zunächst erwogen, es unerwähnt zu lassen.

Weihnachtsfeier. Es gab nichts, was mir mehr Unlust bereitete. Schon als Student hatte ich mich vor solchen Anlässen gedrückt.

»Ach, da bin ich auch eingespannt«, sagte ich. Mich konnte Beatrice dabei sicher gebrauchen. Aber passte eine Clownin auf eine Weihnachtsfeier?

Egal. Ich schob den Beistelltisch an seinen Platz. Es war Zeit für den Plan.

»Der Villenbewohner ist ein seltsamer Typ«, sagte ich.

Ich wartete ab, beobachtete sie aus den Augenwinkeln, während ich die CD aus dem Gerät nahm. Irinas Bewegungen verlangsamten sich. Ihr Gesicht konnte ich nicht genau erkennen, da sie noch immer seitlich zu mir vor dem Fenster auf und ab ging.

»Neulich habe ich ihn gesehen«, sagte ich im lässigsten Ton, dessen ich fähig war. Immerhin keine Lüge, sagte ich mir.

Sie sah mit hochgezogenen Brauen zu mir herüber, was ich normalerweise als fragend aufgefasst hätte. Nur dass ihr Blick nicht dazu passte, denn es war ein kühler, düsterer Blick, der mich innerlich zusammenzucken ließ.

»Ich habe sogar mit ihm gesprochen,« legte ich nach.

Irgendetwas musste sie dazu doch sagen. Etwas musste sie wissen über den Mann, der ihr schräg gegenüber wohnte.

Jetzt nahmen ihre Augen einen Ausdruck von Traurigkeit an, jedoch nicht die weiche Traurigkeit eines betrübten oder bedrückten Menschen, sondern eine harte, abweisende Hoffnungslosigkeit, vor der die Clownsnase umso absurder erschien.

Es waren nur Sekunden, bis Irinas Mimik die gewohnte Neutralität zurückgewann.

»Vielleicht wird er noch dein Patient?«

Es war kein freundliches Lächeln, das sich dabei um ihre Mundwinkel legte. Dazu war es zu ironisch.

Mich erfasste ein leichter Schwindel, ganz kurz nur, aber spürbar genug, um mich aus der Bahn zu werfen. Hatte sie das als Clownin gesagt, oder meinte sie es ernst? Clowns sind nicht ironisch, dachte ich, niemals.

Was hätte ich antworten sollen? Was hätte ich sagen können, das ihre Abwehr aufbrechen würde? Ich hatte es nicht in der Hand. Kein einziges Wort fiel mir ein, auch keine Geste, die etwas bewirken konnte.

Das war ihr Moment. Sie wandte sich zur geöffneten Tür, sagte zu sich selbst »So«, verließ den Raum und grüßte im Foyer einen Bewohner, den ich vom Kaminzimmer aus nicht sehen konnte. Als ich ins Foyer kam, sah ich gerade noch, wie sich die Bibliothekstür hinter dem Ringelshirt schloss.

Über die ganzen nächsten Stunden hinweg fand ich keine Ruhe. Unaufhörlich drehten sich die Gedanken in meinem Kopf. Von allen Seiten stürmten sie auf mich ein, rasten aus sämtlichen Richtungen heran und legten sich über alles, was diesen Tag ausmachte. Alles kreiste darum, umso stärker, je mehr ich an mir selbst zweifelte und an allem, was mich umgab.

So entstand in mir die neue Idee.

Mit dem Handy ging ich zum Schreibtisch und tippte Irinas Nummer vom Notizblock ab. Dann legte ich mich auf das Sofa und schrieb eine Textnachricht.

*Hi Irina, wie heißen die Pfannkuchen noch mal?*
*Es fällt mir nicht mehr ein, und es lässt mir keine Ruhe.*
*A.*

Sofort, nachdem ich die Nachricht abgeschickt hatte – um neunzehn Uhr dreizehn –, überfiel mich Panik. Wie konnte ich mich so lächerlich machen? Gab es eine peinlichere SMS als diese? Natürlich wusste ich genau, wie die bretonischen Pfannkuchen hießen, und Irina wusste, dass ich es wusste. Sie würde die Stirn runzeln, wenn sie das las. Sie würde merken, dass es ein Vorwand war. Oder kurz schmunzeln und die Sache im nächsten Moment vergessen. Nur eines würde sie nicht tun: mir antworten.

Ich irrte mich.

*Dann wollen wir doch nicht, dass du unruhig wirst.*
*Der erste Buchstabe ist ein G.*

Ich weiß nicht mehr, wie viele Möglichkeiten einer Entgegnung ich durchspielte, erinnere mich an keinen der Sätze, die ich zu schreiben erwog. Nur, dass es Minuten dauerte, in denen mein Zögern sich steigerte.

*Der zweite ein A – usw.*

Wollte sie die Angelegenheit erledigt haben? Durchschaute sie mich? Ich tippte.

*Den Rest verrätst du mir dann bei der Weihnachtsfeier?*

Jetzt ließ sie sich fast zehn Minuten Zeit.

*Nein.*
*Gleich.*

Ich musste lachen. Das Spiel gefiel mir. Ich wartete.

*G*
*A*
*L*
*E*
*T*
*T*
*E*
*S*

Ich starrte auf das Display. Es dauerte eine Weile, bis ich begriff. Denn immer wieder fügten sich die Buchstaben vor meinen Augen zu einem anderen Wort zusammen: *GLATTEIS.*

*Danke dir*, schrieb ich und speicherte ihre Nummer.

Der Tag der Weihnachtsfeier war unerträglich kalt. Seit zwei Tagen lauschte ich den Wetterberichten mit angehaltenem Atem, und schon am Vorabend hängte ich das Jackett mit den Lederellbogen heraus, das ich bei dieser Gelegenheit einweihen wollte. Ich musste mich selbst dazu überwinden, weil ich nicht zu offenkundig ›gut‹ gekleidet sein wollte. Überhaupt wurde das für mich zusehends zum Thema: um keinen Preis offensichtlich zu sein.

Am Freitag riskierte ich es.

In aufgewühlter Stimmung machte ich mich auf dem Weg, lief durch die neblige Stadt zum Stift, wo ich gegen vierzehn Uhr eintraf.

Das Foyer, wo die Feier stattfinden sollte, war noch fast menschenleer. Nur Beatrice, Nicolas und Ariana rückten die letzten Cafétische zurecht. Überall leuchtete Adventsschmuck, eine Anrichte mit Geschirr stand bereit, und in einem Winkel des Foyers war Platz für den Sänger geschaffen worden, der – genau wie der Auftritt der Clownin – ab fünfzehn Uhr eingeplant war.

Weil es anfangs wenig zu tun gab, verging die erste Stunde langsam. Hier ein paar Gäste begrüßen, dort die Anzahl der Kaffeekannen überprüfen. Um Viertel vor drei bat Beatrice mich, nach oben zur Pflegestation zu gehen und Frau Roth, eine Tischnachbarin und Landsmännin von Frau Wolski, aus ihrem Zimmer abzuholen.

Dort angekommen, stellte sich heraus, dass Frau Roth noch längst nicht fertig war. Sie war im Bad beschäftigt. Indessen stand ich in ihrem Zimmer am Fenster, von wo aus ich über den Parkplatz zum Haupthaus und in das hell erleuchtete Foyer hinüberblicken konnte. Gerade wurde es fünfzehn Uhr. Jetzt waren die meisten Tische belegt, und der Sänger stand gitarrenstimmend an seinem Eckplatz auf einem Podest.

Viertel nach drei. Frau Roth war noch immer im Bad.

Unten tuckerte ein betagter blauer VW-Bus auf den Parkplatz und bog rückwärts in eine Lücke ein. Es dauerte etwa eine Minute, bis eine Frau ausstieg, deren dunkles Haar über die Schultern hing.

Obwohl Irina zu spät war, schien sie nicht in Eile zu sein. Wie sie um das Fahrzeug herumging, die Heckklappe öffnete und den Koffer herausnahm, sah es sogar aus, als ließe sie sich besonders viel Zeit. Ich versuchte zu erkennen, was sich noch in dem Wagen befand. Abgesehen von ein paar ausgebeulten Plastiktüten und einer

Reisetasche schien der Kofferraum leer zu sein. Doch als Irina sich bückte, um etwas aufzuheben, das ihr heruntergefallen war, gab sie den Blick auf einen Kindersitz frei. Ich war irritiert. Obwohl es eigentlich keinen Grund dafür gab, hätte ich sie mir nie als Mutter vorgestellt.

Hinter der Badezimmertür rauschte die Toilettenspülung, der Wasserhahn lief. Frau Roth rollte im Rollstuhl hervor.

Ihren Kopf mit den schwarz glitzernden Knopfaugen hielt sie immer ein wenig schief, und manchmal sank er ihr auf die Brust. Jetzt äugte sie von schräg unten zu mir herauf und sagte liebevoll: »Briederchen.«

Ich richtete noch einen Blick auf den Parkplatz, wo Irina mit wiegenden Schritten den Koffer zum Eingangstor trug, legte Frau Roth das Kaschmirtuch um die Schultern und schob sie zum Aufzug, auf den wir lange warteten. So dauerte der Weg über die Korridore zum Hauptgebäude fast zehn Minuten. Irina kann am Telefon nicht meine Stimme erkannt haben, versicherte ich mir noch einmal selbst.

Als wir das Foyer betraten, war ich überrascht, zwei Clowns aus der Bibliothek kommen zu sehen: Irina in ihrer gewohnten Aufmachung mit Kittel, Zopf und Filzhut sowie einen Mann mit kurzem Vollbart und grasgrüner Latzhose, der auf seinen blonden Locken eine nach hinten gedrehte Schirmmütze trug. Sie hat Verstärkung mitgebracht, dachte ich, mich gegen die aufsteigende Unsicherheit wehrend. Der Mann war höchstens dreißig.

Ich half Frau Ruber abwechselnd beim Verzehr eines Kuchenstücks und beim Trinken einer Tasse Kaffee.

Clowns auf einer Weihnachtsfeier sind absurd, dachte ich und überlegte, welchen Wettbewerbsvorteil sie gegenüber dem Weihnachtsmann haben mochten.

Bevor ich zu einem Ergebnis kam, hatte Irina den grünen Clown am Arm gepackt und zu mir gezogen.

»Mein Kollege David. Er hat bei mir die Ausbildung gemacht.«

Zum Reagieren ließ sie mir keine Zeit.

»Das ist Arnd«, sagte sie und zwinkerte mir vielsagend zu, auf eine Weise, die ich an ihr noch nicht gesehen hatte. »Er therapiert sich hier selbst.« Sie schien in bester Stimmung zu sein, ganz anders als an den Mittwochmorgenden. Ob es wohl echt war?

Mit einem ironischen Seitenblick auf den Sänger sagte ich: »Schade, dass wir nicht tanzen können.« Die Ironie schien ihr zu entgehen.

Als ich mich umdrehte, um mich wieder den Bewohnern zuzuwenden, sah ich aus den Augenwinkeln, wie sie David etwas ins Ohr flüsterte. So, wie sie mich dabei ansah, konnte ich es nur für Absicht halten. Es gehörte zu ihrem Spiel.

Es vergingen etwa zehn Minuten, in denen ich Kuchen servierte, Kaffee ausschenkte, leere Teller abräumte und heruntergefallene Gabeln durch neue ersetzte, während Irina und ihr Begleiter die Leute an den Tischen begrüßten, mit ihnen scherzten und redeten, was ihnen gerade einfiel. Beide Clowns arbeiteten sich von entgegengesetzten Seiten des Foyers durch die Menge.

Die halbe Stunde, die dann folgte, war wie eine Szene aus einem surrealen Traum. Während der grüne Clown weiter von Tisch zu Tisch spazierte, drehte Irina immer mehr auf, sprang mit flatterndem Kittel herum und postierte sich vor dem Christbaum, gegenüber dem Sänger, der zu seinen Gitarrenklängen Weihnachtslieder in allen Stilrichtungen schmetterte. Sie bot die tanzende Clownin, schwitzend in der Heizungshitze, vor einem Publikum, das halb vor sich hin dämmernd über den Kaffeetassen hing. Da gerade alle versorgt waren, setzte ich mich mit einem Glas Tee an einen der mittleren Tische, befangen und hauptsächlich damit beschäftigt, aufmerksam dazusitzen und Irina das passende Maß an Beachtung zu schenken – nicht zu wenig, vor allem aber: nicht zu viel.

Alleine tanzen, das konnte sie. Und während sie es tat, mit schlängelnden Bewegungen ihres Körpers in dem stickigen Raum, trotz der Schweißperlen auf ihrer Stirn unter der Filzhutkrempe (warum nahm sie ihn diesmal nicht ab?) sah sie immer wieder zu mir. Mit einem merkwürdig flehenden Blick fixierte sie mich, der ihre Darbietung lässig und mit vorgetäuschter Distanziertheit verfolgte.

Dann ließ sie die Arme hängen und wechselte ans Buffet. Düster stand sie dort und sah vor sich hin, eine Tasse in der Hand, so ernst, wie sie nur sein konnte, jetzt, im Kontrast zu den Minuten davor. Sobald sie für einen Moment beiseite trat, zeigte sich ihr Gesicht, wie es war, und ihre Veränderung in der Sekunde, wenn jemand dazukam – wie David, der nun ihre Aufmerksamkeit beanspruchte –, berührte etwas in mir. Es fühlte sich zwiespältig an.

Nach einer Weile, in der mich der Sohn einer Seniorin in ein Gespräch über Speisepläne verwickelt hatte, kam ich an dem Tisch vorbei, an dem Irina mit Frau Ziska sprach, einer neuen Bewohnerin, die täglich ihre Brille verlegte.

»Komm mal her«, rief Irina mir zu, und als ich nicht gleich reagierte, erneut: »Komm mal her!«

Da sie auf Augenhöhe mit Frau Ziska kniete, hockte ich mich zu ihr herunter, so dass wir beide nebeneinander kauerten, als würden wir uns hinter dem Kaffeetisch verstecken.

Etwas blitzte in ihren Augen. »Darf ich dir eine intime Frage stellen?«

Ich hoffte, dass mir die gespielte Coolness gelang.

»Klar doch, nur zu.«

»Weißt du, wie lange diese Veranstaltung dauert?«

Wahrscheinlich sah ich sie sehr verwirrt an.

»Ich habe nämlich nachher noch einen Termin.«

*Termin* sagte sie lächelnd mit einem düsteren Unterton, der neugierig machte.

»Bis fünf Uhr«, sagte ich. »Intimer Termin?« hätte ich gerne gefragt, wagte es aber nicht.

Sie nickte und presste ihr Lächeln zu einem dünnen Bogen zusammen.

»Weißt du denn jetzt, wie die Pfannkuchen heißen?«

Rasch erhob sie sich aus der Hocke. Ich tat es ihr gleich und tauchte gemeinsam mit ihr hinter dem Kaffeetisch hervor. Hielt sie mich für beschränkt?

Schon war sie beim nächsten Tisch. Es ging ihr nicht darum, eine Antwort zu bekommen. Antworten interessierten sie nicht. Unter der holprigen Oberfläche ihrer Widersprüche lag etwas Ungutes, ein Schmerz oder etwas Ähnliches, das sich der Außenwelt entzog. Aber ich hatte keine Ahnung, was.

# 8

Die Feiertage überstand ich unbeschadet, indem ich die Anrufe meiner Verwandtschaft mit der gleichen Geduld auf mich nahm wie den Inhalt der nett gemeinten Geschenkpäckchen. Keiner konnte nachvollziehen, warum ich über Weihnachten und Silvester in Tiefenwald blieb, aber jeder gab vor, es zu verstehen. *Du brauchst wohl den Abstand* und *Ist vielleicht besser, wenn du ihr jetzt nicht begegnest* waren noch die freundlicheren Bemerkungen.

Umso erleichterter war ich, als nach Neujahr der Alltag weiterging. Oder das, was ich seit vielen Wochen dafür hielt.

Das Ostbergstift war immer noch überheizt. Während Irina darauf wartete, mit Beatrice den Laufzettel zu besprechen, nutzte ich die Gelegenheit.

»Dein Tanz war cool«, sagte ich im Vorbeigehen.

Sie machte ein irritiertes Gesicht. »Was?«

»Dein Tanz war cool.«

Sekunden vergingen.

»Ja, das fand ich auch.« Sie sagte es nachdrücklich, mit fester Stimme.

Auf Kurs bleiben, rief ich mir innerlich zu. »Ich kann ja mal Unterricht bei dir nehmen.« Es war klar, dass ich das augenzwinkernd meinte, doch darauf kam es nicht an.

»Unterricht«, murmelte sie und deutete mit den Beinen ein paar Tanzbewegungen an, die an Cancan erinnerten. Dann nahm sie den Laufzettel entgegen, hörte sich Beatrices Hinweise zu einzelnen Bewohnern an und verließ den Raum.

Bei ihrer Rückkehr wollte ich gerade anfangen, eine Geschichte vorzulesen. Ich hatte schon das aufgeschlagene Buch in der Hand, als Irina neben mir stand.

»Was macht ihr?«

»Wir wollten zusammen etwas lesen, aber du bist ja schon da.« Ich klappte das Buch zu.

»Jetzt kann ich wieder nicht seine Stimme hören«, sagte sie zu den Senioren, während sie ihren Koffer abstellte und auf einem Hocker Platz nahm. Auf diese Weise, indirekt und dadurch oft umso direkter, kommunizierte sie oft mit Dritten. Auf mich hatte es immer einen eigentümlichen Effekt, tiefgehend, emotional.

»Jetzt habe ich auf der Weihnachtsfeier extra für Arnd getanzt, und nun lässt er mich nicht mal seine Stimme hören.«

Warum fragte ich nicht, ob das ihr Ernst war? Meinen Patienten stellte ich solche Fragen dauernd.

Aus dem Koffer holte sie einen Stapel Einwegtrinkbecher aus Plastik, große Becher, ursprünglich wohl für Bier gedacht. Nachdem sie diese unter den Senioren verteilt hatte, zog sie aus ihrer Kitteltasche einen Tischtennisball hervor, den sie in Frau Rubers Becher legte. Die Aufgabe bestand nun darin, den Ball reihum zum nächsten Becher weiterzubefördern, was für einige Teilnehmer der Runde ein kaum zu bewältigendes Hindernis war.

Während Irina sich mit den anderen beschäftigte, versuchte ich, Frau Roth davon abzubringen, Wasser aus ihrem Trinkbecher in den grünen Becher umzufüllen.

Sie goss jedoch etwas ein, trank auch daraus, und als die Reihe an ihr war (das heißt, als Irina dicht neben mir stand und Frau Roth einen neuen leeren Becher für das Spiel reichte), bestand sie darauf, den Ball in den mit Wasser gefüllten Becher zu legen. Und nichts in der Welt konnte sie davon abbringen.

»Frau Roth möchte lieber Wasserball spielen«, sagte ich. Irina seufzte und ließ die hartnäckige Dame gewähren, was jedoch nicht von Erfolg gekrönt war, da Frau Roth das Wasser vergoss. Ich wischte es weg, und dabei kam mir die Idee, Irina Wasser anzubieten – Wasser zum Trinken.

»Ja, unbedingt. Zum Frühstück hatte ich Rührei mit Speck, das macht durstig.«

Ich ging in die Teeküche, nahm ein Glas aus dem Schrank, füllte es aus meiner Flasche und eilte in den Gruppenraum zurück.

Hastig reichte ich es Irina. »Stilles Wasser. Ich hoffe, das ist in Ordnung.«

Sie hielt das Glas an ihr rechtes Ohr, ganz nah, und lauschte daran.

»Ich mag lieber schreiendes Wasser«, flüsterte sie, bevor sie trank.

»Werde es mir merken.« Innerlich zuckte ich zusammen.

»Woher hast du eigentlich meine Nummer?« In ihrem Gesicht war kein Lächeln zu sehen.

»Internet.«

»Ach so. Ich dachte, du hättest Beatrice gefragt.«

Klang ihre Stimme enttäuscht?

Sie runzelte die Stirn. »Wer mich da noch alles anrufen könnte …«

»Keine Angst, ich habe deine Nummer schon gelöscht.« Natürlich stimmte es nicht, aber ich durfte kein Risiko eingehen.

»Schade, bei dir ist das etwas anderes.« Sie stellte das Glas ab und wandte sich wieder der Gruppe zu.

Den Rest der Zeit tat sie, als wäre ich nicht mehr da. Ihren Abschiedsgruß richtete sie in die gesamte Runde. Nachdem sie gegangen war, musste ich mich dazu zwingen, nicht in den leeren Flur zu starren, ihr hinterher. Mechanisch begann ich den Tisch zu decken.

Neben dem Radio stand Irinas Glas. Ein kleiner Wasserrest war noch darin. Ich trug das Glas in die Küche. Aber bevor ich es zu dem benutzten Geschirr stellte, setzte ich es an meine Lippen und trank es leer.

Nachmittags schwirrten hunderte Bilder in meinem Kopf. Immer wieder stieß ich auf die gleichen Fragen. Hatte sie wirklich für mich getanzt? Dachte sie, sie würde mich nicht interessieren – wo ich doch angeblich ihre Nummer gelöscht hatte? Würde sie jetzt noch mit mir über Haldorson sprechen?

Langsam reifte ein Gedanke in mir heran. Ich würde Irina noch einmal eine Textnachricht schicken.

Aber was sollte ich schreiben?

Am Abend wusste ich es.

*Ich habe deine Nummer nicht gelöscht.*
*Das Wasser reicht nicht.*

Nach dem Absenden fing der Gedankenstrudel erst richtig an zu rotieren. Was, wenn Irina die Nachricht anzüglich fand? Wenn sie eine ›heiße Nummer‹ assoziierte?

Je mehr ich persönlich mit ihr in Kontakt zu treten versuchte, desto schwieriger gestaltete sich die Kommunikation.

Nach etwa drei Stunden fiepte mein Handy.

*Welches Wasser*

Kein Fragezeichen. Zuerst dachte ich: Hat sie es nicht verstanden? Schon im nächsten Moment schloss ich es aus. Sie, die Liebhaberin von Sprachspielen, war die Letzte, die damit nichts anfangen konnte.

Kein Fragezeichen.

Es ist gar keine Frage, sondern eine Feststellung, sagte ich mir. Nein, eine Botschaft: Welches Wasser. Da ist doch gar keines bei all dem Feuer. Welches Wasser. Wir sind beide entflammt.

Ich fasste es nicht.

Draußen rauschte der Winterregen, so viel Wasser, und Irina hatte mit zwei Worten alles gesagt. Eine Weile saß ich nur da und spürte dem Erlebten nach.

Etwas musste ich erwidern. Damit durfte ich nicht lange warten. Aber was war die passende Reaktion?

›Kommst du her?‹

›Sehen wir uns gleich?‹

›Wann treffen wir uns?‹

*Ja.*

Mehr gab es im Augenblick nicht zu sagen. Die halbe Nacht lag ich wach und lauschte dem unaufhörlichen Regen.

Der nächste Tag war voller Leichtigkeit. Fast schwerelos bewegte ich mich durch die Stunden. Manchmal wollte sich momentweise ein Zweifel einstellen: Und wenn es doch eine echte Frage war? Aber dann hätte sie noch einmal nachgefragt, hätte sich nicht mit einem Ja zufriedengegeben.

Weitere Tage vergingen, und ich wusste: Von Textnachrichten hielt Irina nicht viel. Sie wartete auf den Mittwoch, genau wie ich.

Zeitweise hoffte ich, sie würde anrufen. Aber dann machte ich mir klar, dass sie es genauso auskosten wollte.

Am Montagabend saß ich mit einem Fachbuch auf dem Sofa, als sich mein Handy meldete.

*Es hat ja schon lange gedauert, bis ich das mit dem Löschen kapiert habe.*

Mehrmals las ich den Satz. Sie, die Clownin, die Sprachspielerin, hatte vier Tage gebraucht, um es zu begreifen. Trotzdem war es keine harte Landung, die ich hinlegte, sondern eine sanfte, kaum spürbare, von innerem Kopfschütteln und ungläubigem Lachen begleitet. Meine einzige Sorge bestand jetzt darin, dass Irina sich dumm vorkam und sich für ihre Begriffsstutzigkeit schämte.

*Es hat auch gedauert, bis ich mich getraut habe, das zu schreiben.*

Im Laufe des Abends sah ich noch mehrmals nach, für den Fall, dass ich das Signal überhört haben sollte. Doch es kam nichts mehr zurück.

Heute kommt Lajosné bestimmt schon vor neun, dachte ich, als ich am Dienstagmorgen die Bettdecke zurückschlug. Aber dann würde ich sie wieder wegschicken. Nach ihrem Weihnachtsurlaub durfte ich nichts anbrennen lassen.

Nach einem knappen Frühstück trat ich den Feldzug durch die Zimmer an. Um Viertel nach neun rechnete ich jeden Moment mit dem Türklingeln. Um halb zehn überprüfte ich meine Uhr. Sie war intakt. Um Viertel vor zehn überprüfte ich die Türklingel. Sie schrillte wie gewohnt.

Ich ging ans Fenster und hielt dort Ausschau, bis es fast halb elf war. Lajosné kam nicht.

Sie könnte ruhig absagen, dachte ich, in der Zeit wäre ich mit dem Gröbsten schon selbst fertiggeworden. (Dass ich auch bei einer Absage mit dem Saubermachen gar nicht erst angefangen hätte, spielte in meiner Kalkulation keine Rolle).

Sollte ich bei ihr anrufen, um ein paar Spielregeln klarzustellen? Nein. Schon die Erinnerung an das Telefonat mit dem unwirschen Kerl, von dem ich noch nicht einmal wusste, wer er war, raubte mir jede Motivation dazu.

Wahrscheinlich war sie krank, wie viele andere auch. Nächste Woche würde sie wiederkommen. Dann konnte ich es ihr auch noch sagen.

Womit die Sache erledigt war.

Für mich.

Am Mittwoch stand ich zusammen mit Beatrice, Nicolas und dem Hausmeister vor den Schranktüren, als Irina ankam.

»Dein Koffer wird immer größer«, sagte ich

»Nein, kann nicht sein. Das ist deine Optik.«

»Dein Glück, sonst müsstest du jede Woche mehr tragen.«

Der Hausmeister lachte.

»Ja ja, bei der Arbeit lachen«, sagte Irina todernst, streng, wie eine Richterin. Er lachte noch mehr.

Sie rückte dicht an ihn heran und murmelte so, dass ich es gerade noch hören konnte: »Arnd ist von der Feuerwehr, er kann gut löschen.« Dabei sah sie mich an.

Aufrecht stellte ich mich vor sie hin. »Nein, das kann er gar nicht gut.«

Ihr Blick glitt zur Seite. »Ich habe eine Wasserpistole«, sagte drohend, während sie ihren Arm an mir vorbei streckte, um von Beatrice den Laufzettel entgegenzunehmen.

An diesem Tag leitete ich die Kaminzimmergruppe erstmals allein, weshalb ich in der folgenden Stunde kaum an Irina dachte.

Bis die Flügeltür sich öffnete.

Gewöhnlicher als jemals kam Irina herein, ohne spezielle Gesten, ohne Lärm oder sonstige Theatralik. Der Block mit den zusammengehefteten Quizkarten, von denen ich einzelne Fragen ablas (Quizfragen für Grundschulkinder), fiel in meinen Händen auseinander, die Karten verteilten sich auf dem Parkett.

»Wie heißt die schönste Clownin der Welt?«, fragte sie mit volltönender Stimme in die Runde.

Niemand reagierte. Schweigend sammelte ich die Karten auf.

»Dann leg mal los«, sagte sie und setzte sich auf den freien Stuhl neben mir.

Ich blickte auf die oberste Karte. Einen Moment wartete ich ab, bevor ich die Frage vorlas. Im Hintergrund lief eine Chopin-CD.

»Was heißt *Wasser* auf Englisch?«

In Irinas Mimik war keine Regung zu erkennen. Wenn sie eine Verbindung zu der SMS herstellte, dann verbarg sie es gut.

»Und?«, fragte sie mit einem stechenden Blick in meine Augen.

Ich verbat mir die Peinlichkeit, indem ich die Frage an Frau Metzger weitergab, die sie sofort beantwortete.

»Heute mit Musik«, sagte Irina.

»Wenn es dich stört, kann ich …«

»Ach nein, ich mag Tschaikowski.«

Darauf fiel ich nicht herein. Es war eine ihrer Irreführungen. Als Clownin konnte sie nicht nur beliebig viele Fehler machen, sie *musste* sie machen. Jeder erwartete das von ihr. Clowns waren ein Stück verkehrte Welt – ihre Fehler wurden mit Sympathie und Beifall belohnt. Um Anpassung brauchten sie sich nicht zu kümmern, ungestört konnten sie aus der Reihe tanzen. Warum also fingen Irinas Manöver an, mir Beklemmungen zu bereiten?

Ich wünschte, ich hätte diese Frage nicht beiseite geschoben, hätte den Anflug von Gänsehaut ernst genommen, den ich im Nacken spürte.

Nach dem Quiz war es fast Viertel vor zwölf. Die CD hatte zu Ende gespielt, Stille lag über dem Raum. Nur Frau Fanners leises Schnaufen war zu hören.

»Wer hat am meisten Hunger?«, fragte ich. Um Irina nicht anzusehen, heftete ich dabei meinen Blick auf Frau Schmitt, die mir gegenüber saß. Meine Angst, einen Fehler zu machen, war groß.

»Ich!«, rief Irina aus, mit schalkhaft geneigtem Kopf und einem Grinsen, das ihre obere Gesichtshälfte unberührt ließ.

»Ja? Soll ich dir in den Speisesaal helfen? Oder genügt ein Rollator?« Meine Stimme klang kühler, als ich beabsichtigt hatte. Ich stand auf, ging zu Frau Schmitt und schob sie im Rollstuhl zur Flügeltür.

Merkte Irina nicht, dass der Koffer im Weg stand? Immer noch saß sie schweigend auf dem Stuhl.

Ich hob den Koffer an. »Darf ich den zur Seite stellen?«

Irina sprang auf. »Ja, der Koffer, der immer größer wird – zumindest in deiner Wahrnehmung.«

»Ich gehe bald zum Optiker«, sagte ich halb über die Schulter und schob den Rollstuhl durch die Flügeltür ins Foyer.

Als ich kurz darauf zurückkam, war Irina nicht mehr im Raum. Ihr Koffer stand noch da, die Durchgangstür zur Bibliothek (es war das erste Mal, dass ich jemanden diese Tür nutzen sah) war halb geöffnet. Irina tauchte noch einmal auf, griff nach dem Koffer und wollte die Durchgangstür hinter sich schließen.

»Warte mal«, rief ich.

Sie streckte den Kopf hervor. Merkwürdig angespannt wirkte sie dabei, unruhig, nervös, wie unter großem Druck. Sie war völlig anders als kurz vorher.

»Ich wollte noch sagen …«, begann ich und suchte nach Worten, »dass ich es schade finde, wenn immer so wenig Zeit bleibt.« Um über Villa Tann zu sprechen, fügte ich in Gedanken hinzu.

Sie zog die Augenbrauen zusammen. »Beatrice wollte mich länger in der anderen Gruppe behalten. Tut mir leid, an mir liegt es nicht.«

So hatte ich ihren Blick noch nie gesehen, voller Nervosität, Stress und Angst.

»Okay, dann habe ich wohl Pech gehabt«, murmelte ich und wandte mich ab, während sie die Tür hinter sich schloss. Ich rückte die Tische und Stühle an ihren Platz, langsam, extra sorgfältig, in dem Bewusstsein, dass Irina genau in diesem Moment nebenan das Clownskostüm gegen die Alltagskleidung eintauschte. Danach würde sie an der geöffneten Flügeltür vorbeikommen und noch einmal mit mir sprechen. Das schien mir selbstverständlich.

Mit strammen Schritten ging ich über das Parkett und schob die Stühle mit energischen Bewegungen vor mir her, so dass sie es nebenan hören musste. Die Türen des antiken Schranks schloss ich so, dass kein Zweifel daran blieb, dass hier gerade ein Schrank geschlossen wurde. Zugleich ließ ich mir Zeit. Viel Zeit. Der Blick auf die

Uhr war mir gleichgültig. Ich verhielt mich wie ferngesteuert.

Da hörte ich, wie sie nebenan mit jemandem sprach. Telefonierte sie über Lautsprecher, während sie sich umzog? War jemand durch die andere Tür vom Foyer in die Bibliothek gekommen? Es war eine Männerstimme. Weiter war nichts zu verstehen. Gelauscht hätte ich unter keinen Umständen, niemals. Nicht einmal auf die Idee kam ich (sonst hätte ich es vielleicht doch getan).

Irgendwann war nichts mehr von nebenan zu hören. Irina musste längst fertig sein; es war gleich zwölf Uhr. Sie kam aber auch nicht an der Flügeltür vorbei. War sie anders herum gegangen und durch den Hinterausgang verschwunden? Oder saß sie noch in der Bibliothek?

Ich rannte nach oben, längst wartete die Mittagsrunde auf mich. Dort merkte ich, dass ich die weitere Arbeit an diesem Tag weder schaffen würde noch wollte. Ich musste weg. Sofort.

Beatrice sagte ich, es gehe mir nicht gut (was der Wahrheit entsprach). Da sie kein Problem sah, verließ ich kurz darauf das Ostbergstift durch den Kellerausgang. Schlich am Parkplatz vorbei, den Gartenweg entlang bis zur Birkenallee, dem Fußweg im Park hinter dem Stift. Lief bis zur ersten Bank, setzte mich trotz der Kälte hin und holte das Handy hervor. Bei allen Skrupeln, die damit verbunden waren: Wenn ich ich nicht in einer persönlichen Sackgasse landen wollte, musste ich mit ihr sprechen.

Da ich ihre Nummer ja nicht gelöscht hatte, schritt ich gleich zur Tat. Mir war klar, dass sie noch unterwegs sein musste, aber das war egal. Hastig tippte ich auf ihre Nummer.

Vier Freizeichen.

»De Luca?«

Sie klang missgelaunt. Trotzdem schaffte ich es, meinen Frust auf Abstand zu halten.

»Hier spricht Arnd.«

Sie sagte nichts. Nicht einmal Hallo.

»Ist es gerade ungünstig?«

»Ja.«

Ich holte tief Luft. »Nur ganz kurz. Falls du mal Zeit hast – vielleicht gehen wir zusammen etwas trinken?«

»Ja. Ich rufe dich später zurück, jetzt habe ich keinen Terminkalender zur Hand, okay?« Für eine Ausrede kam die Antwort zu schnell.

»Das macht ja nichts.«

»Vielleicht ergibt sich etwas.«

Es hörte sich nachdenklich an, doch immerhin so, dass in mir der Eindruck entstand: Sie wollte das schon gerne machen, es gab nur ein paar Unwägbarkeiten dabei.

»Bestimmt«, sagte ich noch. Aber da hatte Irina bereits aufgelegt.

Die Kälte stieg an mir nach oben, erreichte den Rücken und rüttelte sachte daran. Trotzdem blieb ich noch zwei oder drei Minuten sitzen, bevor ich aufstand und meinen Weg fortsetzte.

Nach einer faden Pizza im erstbesten Lokal verbrachte ich den restlichen Mittwoch damit, Rechnungen versandfertig zu machen und nebenbei auf mein Handy zu sehen. Es wurde Abend, es wurde später Abend. Bis dahin hatte mehrmals das Praxistelefon geklingelt. Terminvergaben, Terminverschiebungen. Aber das Handy blieb stumm.

Auch in den folgenden Tagen ließ Irina nichts von sich hören. Ich schob es auf ihren Alltag. Das Leben einer Clownin musste mühsam sein, kompliziert, vielfältig und durch die Vorurteile gewöhnlicher Leute erschwert. Wenn sie tatsächlich ein Kind hatte, kam auch das noch hinzu. Und vielleicht hatte sie sogar einen Mann? Dann war ihr Zögern umso erklärlicher. Nicht, dass mir Letzteres gleichgültig war. Ich weigerte mich lediglich, es als Ausschlusskriterium für ein Treffen anzuerkennen.

Als es erneut Mittwoch wurde, nahm ich aus der Glasschale im Praxisschrank eine Muschel, steckte sie in die Hosentasche und stapfte durch den Schneematsch zum Ostbergstift. Bei meiner Ankunft waren die Füße nass, aber das musste ich ignorieren.

Von der Betreuung war noch niemand da. Nachdem ich meine Tasche hinter der quietschenden Schranktür untergebracht hatte, schlug ich das Übergabebuch auf und ging die Notizen der vergangenen Woche durch. Frau Dahl war gestorben, was mich betroffen machte. Warum hatte ich ihr nie länger und offener in die Augen gesehen, obwohl sie doch dauernd meinen Blick gesucht hatte? Sie war eine der dankbarsten und liebenswürdigsten Bewohnerinnen gewesen. Neunundneunzig war sie geworden. Und wenn sie die Hundertfünfzig erreicht hätte: Ich fühlte echte Traurigkeit. Wenn man jemanden wertschätzte, war es unerheblich, in welchem Alter er starb. Für mein Empfinden zählte nur eines: Frau Dahl war nicht mehr da.

Beim Weiterblättern stieß ich auf einen Eintrag von Beatrice, eine Notiz vom Freitag.

*Die Clownin kommt am nächsten Mittwoch nicht, dafür wieder am Freitag.*

Das war der Moment, in dem ich hätte merken können, dass ich nicht mehr aus dem ursprünglichen Grund ins Ostbergstift kam. Zumindest war es nicht mehr der Hauptgrund. Da ich mir aber keine Gedanken darüber machte, nickte ich meine eigene Enttäuschung als unvermeidlich ab, als eine logische Tatsache, deren Realität ich nicht ausweichen konnte.

Um die Frustration in Grenzen zu halten, trug ich mich für den übernächsten Tag in den Betreuungsplan ein, obwohl freitags zwei Patienten kamen. Termine verschieben kann ich auch, sagte ich mir. So schrumpfte meine Enttäuschung zu zwei Tagen zusammen, die nahezu nahtlos in den Freitag übergingen, an dem ich erneut die Muschel in meiner Hosentasche trug.

An dem Tag fand im Ostbergstift ein Erste-Hilfe-Kurs für Mitarbeiter statt. Außer mir war auf der Station nur Nicolas, dem Beatrice den Laufzettel für Irina überließ.

Kaum war Beatrice um die Ecke verschwunden, gab er mir den Zettel (und die Verantwortung, wie er mit einem Pokerface sagte), da sich auch für ihn Büroarbeiten türmten, die er nicht aufschieben wollte, da es schon Beschwerden gegeben habe. Damit war klar: Ich würde Irina alleine empfangen. Wenn ich einmal von den Senioren absah.

»Ist heute Mittwoch?«, fragte Frau Ehmann.

»Heute ist Freitag.«

»Gleich zehn, gell?«

»Ja, gleich zehn Uhr.« Wahrscheinlich klang meine Stimme noch erwartungsvoller als sonst.

Um fünf Minuten vor zehn stand Irina im Türrahmen. Nachdem sie die Runde mit ernsten Blicken gemustert hatte, kam sie auf mich zu. Stand dicht neben mir. Begrüßte mich. Sah mich prüfend an. Fragte, warum ich an diesem Tag hier sei.

»Hat sich so ergeben«, murmelte ich und reichte ihr den Laufzettel, woraufhin sie ohne ein weiteres Wort zu den Einzelbesuchen verschwand.

Als sie nach einer Dreiviertelstunde zurückkehrte, kreischte Frau von Berck, neben der ich gerade saß: »Ach, schickt sie doch wieder weg! Was will die hier! Schickt sie weg!«

Nicht jedem war immer nach einem Clown zumute. Vielleicht lehnte sie Irina deswegen ab.

Vielleicht ahnte sie aber auch mehr als ich.

Irina ließ der Angriff nicht kalt, das konnte ich sehen. Schweigend und mit betroffener Miene stand sie neben dem Koffer.

Dann war die Lösung in meinem Kopf. Ich wandte mich an die aufgebrachte Greisin und sagte laut:

»Frau von Berck, vor Ihnen steht die schönste Clownin der Welt, und was machen *Sie*?«

Nachdenklich drehte sie an ihrem Ring. Ein paar

Augenblicke wartete ich noch ab, aber sie blickte nur noch stumm auf ihre Hände.

Als wäre nichts gewesen, klappte Irina den Koffer auf, wühlte ein wenig darin herum und zog mehrere Kegel aus blauem Plastik hervor.

Wir stellten die Kegel auf den Tisch, an das Ende, an dem Frau Roth saß. Irina gab ihr einen weichen Ball in die Hand und bat sie, die Kegel mit dem Ball umzuwerfen. Frau Roth schaffte es gut. Andere brauchten Unterstützung, manche waren überfordert. Auch Herr Carow, dem ich gegenüber saß und der nun an die Reihe kam.

Er umkrallte den Ball und blinzelte ratlos gegen die Kegel, die vor ihm in einer Reihe aufgestellt waren. Offenbar wagte er es nicht. Nach der dritten Ermunterung ging seine Ratlosigkeit auf Irina über.

Ich sah den alten Mann an. »Herr Carow«, sagte ich, »diese Frau ist so umwerfend. Das schaffen Sie.«

Irina sah nicht zu mir, aber ich konnte ihre Betroffenheit spüren. Vorsichtig ließ Herr Carow den Ball auf die Kegel fallen. Einer kippte um.

Frau Ehmann war an der Reihe. Irina gab ihr den Ball. »Ich bin umwerfend, hat Arnd gesagt.« Auch jetzt mied sie meinen Blick.

Inzwischen war Besuch für Frau Bronner gekommen. Sie setzte sich mit ihrer Tochter an den kleinen Tisch unter den beiden Dachfenstern, wo sie ein Gespräch begannen, in dessen Verlauf Frau Kempfer ihrem Leid lauthals Ausdruck verlieh. Währenddessen beendete Irina den ersten Durchgang und baute nun die Kegel am hinteren Kopfende des Tisches auf, nahe an Frau

Schmitts Platz, und bat mich, vom vorderen Kopfende aus auf die Kegel zu zielen. Ein kleines Spiel innerhalb eines größeren.

»Wenn das Schicksal ruft«, brüllte Frau Bronner. Ich zuckte zusammen.

Irina sah um die Ecke zu ihr, dann zu mir, dann zu Boden und sagte: »Das darf es ja auch mal tun.« Es klang wie eine Empfehlung.

Ich zielte, warf den Ball in Richtung der Kegel und – traf Irina, die genau dahinter stand. Sie tat erstaunt, entsetzt, und dann sah sie mich an und – lachte. Laut. Das erste und einzige Mal, dass ich sie als Clownin lachen sah. Wir lachten sogar zusammen, es war leicht, ein Spiel, wohl der unbeschwerteste Moment in unserer Geschichte. Nur Frau Schmitt, an welcher der Ball direkt vorbeigeflogen war, krümmte ihren mageren Oberkörper zusammen und krähte: »Gefährlich!«

Minuten später standen wir nebeneinander nahe der Tür, ich an die Wand gelehnt, sie an den Schrank, gedankenversunken, ganz still. Ich sah, wie sie mit aller Kraft etwas erwog, wie sie eine innere Auseinandersetzung führte. Da fehlt nicht mehr viel, und ihre Gedanken sind laut zu hören, dachte ich.

Sie schien nicht ansprechbar. Zumindest wagte ich nicht, etwas zu sagen oder die Stille anderweitig zu ignorieren, weshalb ich nur murmelte: »Ich muss nach dem Essen sehen«, denn kurz zuvor hatte mich Frau Ehmann nach dem Speiseplan gefragt, wie sie es immer tat.

Als ich vom Aushang im Flur zurückkam, durchlebte Irina noch ein paar Grübelsekunden, bevor Nicolas die

Situation auflöste. Bevor Irina ging, kam sie noch einmal zu mir. In der Sekunde, als ich das Messer neben Frau Roths Teller platzierte, legte sie ihre Hand auf meine, die rechte. Ich setzte das Tablett ab und legte meine linke Hand auf ihre, so dass ihre Hand zwischen meinen beiden Händen war. An meiner rechten Handinnenfläche spürte ich die Kälte des Messers, an meiner linken die Wärme von Irinas Haut. Sanft zog sie ihre Hand hervor.

Ich grub die Muschel aus meiner Hosentasche aus und gab sie ihr. »Für dich. Die habe ich selbst geschubst.«

Ich erschrak, denn an der Muschel hing etwas. Der Luftballonfetzen.

»Sorry«, murmelte ich und entfernte den blauen Gummischnipsel.

In Irinas Augen glänzte Verwunderung.

»Danke«, sagte sie, »bis Mittwoch.«

Ich sah ihr nach, aber sie drehte sich nicht mehr um.

Es war das erste Mal, dass sie sich von mir verabschiedet hatte.

Bei ihrer nächsten Ankunft fünf Tage später hatte ich das sonderbare Gefühl, überfordert zu sein. Zu viele Ankünfte überlappten sich schon, die Landkarte wurde unübersichtlich, die Topographie komplex. An jenem Tag war ich nicht im Zentrum des Geschehens, konnte nicht in den Fluss der Ereignisse steigen. Ich sah nur vom Ufer aus zu, wie Irina das tat, was sie immer tat, während meine eigene Rolle changierte, mit diffusen, zerfließenden Konturen. Wo war die klare Leichtigkeit des Freitags geblieben? Hatte ich das meiste davon schon verbraucht? Hatte ich das Nachfüllen versäumt? Nichts war selbstverständlich, nichts blieb von allein. Außer den Selbstzweifeln. Die waren immer ein ungebetener Gast, und sie waren hungrig.

Das Ende des Vormittags war wieder wie sonst auch, denn Irina ging ohne Gruß. Während sie noch im Flur mit Beatrice sprach, gab ich mich beschäftigt und eilte zwischen Teeküche und Gruppenraum hin und her. Irina sah nicht einmal herein, bevor sie ging. Damit war alles wie immer. Aber der innere Aufruhr, der mich überkam, nachdem ihre Schritte verklungen waren, glich jenem am Tag des roten Plastikhammers. Nur dass diesmal kein Zufall eintrat, der uns noch einmal zusammenbrachte. Der Tag war gelaufen, die Woche auch. Und es war nicht die Zeit allein. Die war das geringste Übel. Das größte lag in mir selbst, denn ich war der fixen Idee verfallen, Irina für die Lösung meiner Probleme zu brauchen.

Nichts hätte ein größerer Irrtum sein können.

*Liebe Irina, es war keine Chance mehr, dir noch eine gute Woche zu wünschen, darum mache ich das jetzt.*

Erschöpft legte ich mich auf mein Sofa und wartete. Ich spielte kein Spiel. Das wollte ich klarstellen, ein für allemal.

Eine halbe Stunde verging. Eine. Anderthalb Stunden. Zwei. Ich quälte mich vom Sofa herunter und ging Terminen, Verpflichtungen nach, immer schwankend zwischen Hoffnung und Panik. Es war ein bedrückender

Zustand. Sie musste die Nachricht längst gelesen haben. Aber sie antwortete nicht.

Je mehr Zeit verging, desto mehr fürchtete ich, Irina könnte mir böse sein, weil ich so tat, als hätte ich keine Möglichkeit mehr gehabt, etwas zu ihr zu sagen (was ja objektiv nicht den Tatsachen entsprach). Oder weil sie es als Vorwurf auffasste, dass *sie* nichts gesagt hatte (Frauen fassten ja vieles schnell als Vorwurf auf). Oder weil sie es auf andere Weise missverstanden hatte. Was es auch immer war, es stürzte mich in ein beträchtliches Loch, viel tiefer, als ich es einem Patienten angesichts einer unbeantworteten Textnachricht erlaubt hätte. Die Mühle meiner Gedanken mahlte unaufhörlich. Drei Tage und Nächte. Denn es wurde Donnerstag, Freitag, Samstag – und Irina hatte nicht reagiert.

Am Samstag nach dem Frühstück packte ich den kleinen Rucksack für Uhlburg und den Termin in der UBP, den mir Paula Gravenstein beim zweiten Telefonat zugeteilt hatte. Mein Bedürfnis nach parapsychologischem Rat war zwar geringer geworden, aber ich wollte die Gelegenheit nutzen. Die Wintersonne schien durch das Fenster, Raureif glitzerte an den Bäumen. Hochwinter. Schon lange hatte ich wenigstens für einen Tag ausbrechen wollen. Ich musste raus. Es brachte mich in Bewegung und meine Gedanken in eine andere Richtung. Ich spürte das Befreiende daran.

Schon die Busfahrt zum Bahnhof versetzte mich in eine andere Stimmung. Im Zug saß ich nur da und sah aus dem Fenster, genoss den wachsenden Abstand zu Tiefenwald, und langsam begann ich wieder, die Menschen und Dinge um mich herum nicht nur zu sehen, sondern sie auch wahrzunehmen, zu empfinden, in mein Leben einzubeziehen, wo ich zuvor alles ausgeschlossen und ausgeblendet hatte, was nicht wenigstens mittelbar mit der Lösung von Rätseln oder Problemen zu tun hatte. Wann hatte das angefangen? Seit wann übte es solche Macht auf mich aus? Was war der Schlüsselmoment gewesen? Oder war es eine schleichende Entwicklung, ein stetiges Wachsen ohne Markierungspunkte? Und vor allem: War es meine eigene Entscheidung gewesen, oder ging etwas vor sich, über das ich keine Kontrolle hatte?

Ich überlegte, ob es die Textnachrichten waren, denn sie schufen eine zusätzliche Ebene, einen jederzeit verfügbaren Kommunikationsweg, eine Kontaktmöglichkeit, deren Sein oder Nichtsein nicht in der Hand eines Einzelnen lag. Dabei konnte man nur verlieren. Aber wäre es ohne SMS wirklich anders gekommen?

Die Gepäckablage über meinem Sitz vibrierte, und draußen rauschte die übliche Landschaft vorbei. Üblich deshalb, weil sie sich entweder aus Bergen, aus Ebene oder aus beidem zusammensetzte. Dazwischen erschienen hin und wieder ein paar Straßen und Städte. Damit war der Ausbund des Üblichen erreicht. Selbst die Mitreisenden schienen die gleichen wie auf jeder anderen Zugfahrt zu sein. Der Telefonierer, der Laptoptipper, die Familie mit kleinen Kindern – sie alle wiederholten sich immer wieder, waren so vorhersehbar wie anhängliche Verwandte.

Gegen elf Uhr erreichte der Zug Uhlburg, wo ich auf direktem Weg in die Innenstadt lief. Bis zum Termin in der UBP blieben noch drei Stunden Zeit. Es war mein erster Besuch in der Universitätsstadt, und ich genoss die quirlige Atmosphäre, lebendiger als die, aus der ich gekommen war. Alles pulsierte, leuchtete und lud mich ein.

Buchhandlung, Kaufhaus (Tiefenwald hatte keins), Marktplatz – überall, wo das Treiben wogte, hielt ich mich auf. Dabei gab es immer wieder einzelne Momente, in denen ich eine Ahnung davon bekam, wie sich das Leben anfühlte, das Leben jenseits von Praxis und Villa Tann. Das Leben vor dem Umzug. Trotzdem blieb es bei der bloßen Ahnung, dem Hauch der Erfahrung, von der ich auch jetzt nur einen Zipfel erhaschte, der mir im nächsten Moment schon wieder entglitt.

Mittags machte ich mich auf die Suche nach einem asiatischen Lokal, denn ich hatte Appetit auf etwas Scharfes. Eine ganze Weile lief ich durch die Straßen. Obwohl ich die Stadt nicht kannte, fiel mir die Orientierung leicht. Ich genoss es, umherzuwandeln und alles auf mich wirken zu lassen. Genießen war etwas, das mir seit langem entglitten war.

Auf meinem Weg durch eine der Gassen entdeckte ich einen Laden mit einer handbeschriebenen Tafel davor.

*Ab hier wird alles gut.*

Ich wechselte die Straßenseite, um das Schild aus der Nähe zu betrachten, und fotografierte es. Im Weitergehen verstärkte sich das angenehme Gefühl. Es war wie ein magischer Augenblick, eine Entdeckung, die sprachlos machte, etwas, das so gut passte, wie nichts anderes gepasst hätte. Wie eine Wegmarke im Märchen oder wie ein Gegenzauber, den man behutsam annimmt, in der Sorge, er könnte zerbrechen. Amüsiert blickte ich auf mich selbst. Ich war nicht abergläubisch.

Schließlich fand ich ein asiatisches Lokal, das *Mekong*. Drinnen gab es keine Fenster, aber die Atmosphäre war angenehm unkompliziert, so dass ich mich an einen Zweiertisch setzte. Bevor ich die Speisekarte aufklappte, sah ich auf mein Handy. Kein Empfang.

Die Ente mit Chili war gut; ich nahm mir vor, wiederzukommen. Ich zahlte und ging nach draußen ins klare Winterlicht, während ich den Gedanken abwehrte, dass es unverzeihlich war, bei so sonnigem Wetter in einem fensterlosen Raum gespeist zu haben. Da aber meine nächste Etappe der Burgberg war, gelang es mir, mich selbst von der Harmlosigkeit meines Vergehens zu überzeugen.

Vor dem Aufstieg zog ich noch einmal das Telefon hervor.

*Hallo lieber Arnd, im Ostbergstift ist es ja immer ein wenig schwierig mit der Kommunikation, aber ich danke dir für die Grüße und wünsche dir auch eine angenehme Woche. Und ja, vielleicht ergibt sich etwas – es gibt da so ein traubenhaltiges Kaltgetränk …*

Ich las es mehrmals hintereinander. Drei Tage hatte sie gebraucht, um auf einen einzigen unspektakulären Satz zu reagieren. Drei volle Tage, in denen ich an meinem Verstand zu zweifeln begonnen hatte. Und sie grüßte nicht nur höflich zurück. War es Taktik? Unentschlossenheit? Launenhaftigkeit? Eine Scheu, bis sie den Mut aufgebracht hatte, mir diesen Vorschlag zu machen? Aber war es überhaupt ein Vorschlag? War es ihr nicht vielmehr auf meisterhafte Weise gelungen, sogar dabei noch ohne Gewähr zu bleiben? Sie war die Meisterin des Indirekten, des Mittelbaren, der Andeutung.

In einem Laden kaufte ich eine Flasche Wasser und machte mich auf den Weg zum Burgberg. Es war ein steiler Anstieg. Mein Ziel war der Aussichtspunkt oben, der einen Panoramablick über die ganze Stadt bot. Ich merkte die Kraft kaum, die ich für die Steigung brauchte. Die Füße trugen mich fast von allein. Ich schwebte hinauf, ja, ich schwebte den Burgberg hinauf. Um mich herum verschwamm alles in weiche Konturen, und unter meiner Jacke staute sich die Wärme, so dass ich sie auszog und über dem Arm trug, bis ich oben angekommen war.

Dort legte sich die Wintersonne über alles. Überall entlang des Geländers standen Menschen, junge und alte, in Gruppen oder allein, und alle genossen den Tag, die Stadt, die Sonne, die Aussicht. Eine Gruppe Kinder auf einem Schulausflug lärmte ausgelassen. Ich lehnte mich an die Linde am Rand des Platzes. Wieder und wieder las ich die Nachricht. Alles um mich herum wirkte, nahm Einfluss auf mich, hüllte mich ein, nahm mich mit in diesen Tag, der allen gemeinsam gehörte und an dem alle teilhatten. Die Kinder begannen zu singen, und dieses Singen verwob sich mit allem anderen zu einem Erlebnisgemälde, zu etwas, das ich nie vergessen würde.

Vergangenheit, Gegenwart und Zukunft gingen ineinander über, verschmolzen miteinander, wurden zu einem einzigen großen Moment. Eine unendliche Gegenwart hielt mich in ihren Armen. Hätte ich sie doch mitgenommen.

Eine halbe Stunde verbrachte ich dort. Als ich langsam bergab stieg, hatte ich mich verwandelt. Erfüllt kehrte ich in das Treiben der Stadt zurück, mit leichteren, beschwingteren Schritten, mit einem helleren Blick und einem Lächeln, gegen das ich mich nicht wehren konnte.

Zweimal verlief ich mich in den Gassen, bevor ich das Jugendstilhaus in der Laubstraße fand. Ein dezentes Messingschild zeigte den Sitz der Beratungsstelle an. Der angeheftete Zettel unter dem Klingelknopf ließ mich einen Fluch ausstoßen, der jeden Spuk auf der Stelle hätte beenden können.

*Hallo Herr Weyden,*
*bin leider verhindert, hatte Ihre Telefonnummer nicht. Da Sie extra von auswärts anreisen, biete ich Ihnen als Entschädigung einen Vor-Ort-Termin in Tiefenwald an, wo ich nächste Woche vorbeikomme. Bitte rufen Sie mich am Montag an.*
*P. Gravenstein*

Ich schnappte nach Luft.

Was mich aufbrachte, war nicht die vergebliche Reise. Vieles, was wir tun, scheint vergeblich und ergibt irgendwann doch ein rundes Bild. Es war etwas anderes.

Nach *Jander* und Lajosné war Paula Gravenstein nun schon die dritte Person, die mich versetzte.

Auf dem Heimweg schrieb ich an Irina.

*Ja, und vielleicht fängt das Getränk mit W an, W wie …*
*Wann*
*oder*
*Wo …?*

# 9

Wie wäre das alles ohne Handys abgelaufen? Wie hätte ich Kontakt zu Irina geknüpft? Hätte ich sie öfter angerufen? Plötzlich vor ihrer Tür gestanden? Einen Brief geschrieben? Oder hätten wir uns im Gegenüberstehen verabredet? Ich bin mir sicher, es wäre anders verlaufen. Aber hätte es auch anders aufgehört?

Was hatte mich angetrieben, als ich ihr schrieb, nur um ihr eine gute Woche zu wünschen? Ungeduld? Angst, die Gelegenheit könnte vorbeigehen? Greifen Sie zu, solange der Vorrat reicht? War es die Sorge, die scheinbare Gunst der Stunde könnte ebenso schnell verpuffen, wie sie entstanden war?

Sonntag, Montag, Dienstag – keine Antwort. Nichts Spielerisches, nichts Ernstes, nichts Belangloses, nicht einmal etwas Vertröstendes.

Nichts.

Nicht einmal eine Putzfrau, die meine Hemden bügeln konnte. Denn Lajosné blieb verschwunden. Sollte ich wieder die Nummer im Telefonbuch wählen? Lieber wartete ich eine weitere Woche ab.

Der Mittwoch kam. Bei Irinas Ankunft um zehn verpasste ich sie (reiner Zufall, da es sich aus geänderten Arbeitsabläufen ergab). Um halb elf, als ich nach der Vorbereitung des Kaminzimmers noch einmal nach oben lief, kam sie mir im Treppenhaus entgegen. Langsam, die Faust fest um den Koffergriff, ging sie Stufe um Stufe herunter. Kurz bevor unsere Wege sich kreuzten, machte sie mit der freien Hand eine tippende Geste und sagte, während sie zu Boden sah und wir dicht aneinander vorbeigingen: »Ich schreibe dir noch… Wann und wo und wieso und warum …« Sie nahm weitere Treppenstufen nach unten. Ich sah ihr nach, aber sie wandte nicht den Kopf. Sie wirkte nachdenklich, ernst, sogar ein wenig verlegen.

Später, als Irina ins Kaminzimmer kam, war sie noch immer von der Befangenheit umgeben, die sich in ihren zögernden Bewegungen spiegelte und darin, dass sie meinen Blick mied. Schuldbewusst, hätte ich bei einer Patientin vermutet. Warum tat ich es nicht bei ihr?

Sie setzte sich mit an den Tisch und assistierte eine Weile beim *Mensch ärgere dich nicht*. Als ich Frau Metzger erlaubte, eine Figur in ihrem Zielfeld mit einer anderen Figur zu überspringen, sagte Irina zuerst: »Eigentlich darf man das nicht« und dann zu mir: »Oder bist du nicht streng?«

Ich schüttelte sachte den Kopf, und sie nickte versonnen, einverstanden mit dieser Lockerung der Regeln.

Frau Fanner verwechselte die Farbe ihrer Figuren und setzte dazu an, statt einer roten eine gelbe zu verschieben. »Sie haben Rot«, sagte ich.

»Rot wie die Liebe«, murmelte Irina. Es klang merkwürdig fatalistisch.

Kurz darauf würfelte Frau Metzger zweimal hintereinander eine Sechs.

»Zweimal Sechs«, raunte Irina immer noch im gleichen Ton, wobei sie das S von *Sechs* scharf aussprach. Es hörte sich nicht wie ein Clownsscherz an. Auch nicht wie eine laszive Bemerkung. Eher wie eine Erwägung, die sie nachdenklich und mit einer gewissen Sorge in sich bewegte.

Schließlich stand sie auf und öffnete den Koffer. Auch dabei wirkte sie ernst, befangen, auf keinen Fall so, wie man es von einer Clownin erwartete. Durch ihre Oberfläche schimmerte etwas Persönliches, etwas von ihr selbst. Nichts schien ihr daran zu liegen, ihre Rolle wie sonst zu spielen.

Aus dem Koffer zog sie eine Zielscheibe und einen Ball mit einem Klettband hervor, das an der Scheibe haften konnte. Jeder hatte drei Würfe, die Ergebnisse wurden zusammengezählt. Erst war die rechte Hand an der Reihe, dann die linke. Auch ich musste (oder durfte?) mitmachen.

Bei mir stellte Irina sich an die Flügeltür, mindestens vier Meter entfernt. »Das ist gemein«, sagte ich, was ich nur spielerisch meinte; ich hätte mich auf alles eingelassen. Sofort rückte sie näher, in eine geringe Entfernung, sah mich schuldbewusst an, rückte den Filzhut zurecht und sagte mit gedämpfter Stimme:

»War nur ein Scherz«.

In der zweiten Runde, als wir mit links warfen, stand sie auf der anderen Seite am Fenster. Ich zielte – und traf ihren Daumen. »Au«, rief sie und hüpfte wie unter starken Schmerzen auf der Stelle. »Den Daumen zu treffen ist auch eine Kunst.« Nachdem sie sich beruhigt hatte, versuchte ich mich an einer Wiederholung, traf aber nur die Peripherie der Scheibe.

Kurz vor Schluss nahm Irina Platz, verschränkte die

Arme vor der Brust und sagte: »Jetzt sind es noch zwei Minuten bis Viertel vor zwölf.«

Meine Verunsicherung überspielte ich, indem ich fragte: »Und bis dahin?«

»Sitze ich hier.«

Ich tat, als sei mir zum Lachen zumute, und es gelang mir, Frau Farner mit meinem Scheinlachen in ihr echtes Lachen mitzunehmen. Ich verstand nicht, warum Irina so angespannt war, warum sie so anders agierte als sonst. Umso mehr bemühte ich mich, den Anschein von Normalität aufrecht zu erhalten. Für mich blieb es bei dem bloßen Anschein, während die Senioren ahnungslos wirkten. Vielleicht aber waren sie mit Fassaden noch vertrauter als ich?

Nicht zu viel Sonderbares sollte man durchgehen lassen, nicht zu viele Ungereimtheiten ignorieren. Schließlich merkte ich ja, dass etwas nicht stimmte. Ich wollte es einfach nur loswerden. Selten geht so etwas glimpflich aus.

Um Viertel vor zwölf packte sie die Zielscheibe in den Koffer zurück. »Zeit zum Mittagessen«, sagte sie, als hätte sie für alle gekocht.

Ich machte einen aussichtslosen Versuch, ein Stück Leichtigkeit zurückzuholen. »Was gibt's denn heute?« Mein Augenzwinkern konnte man kaum verfehlen.

»Weiß ich doch nicht«, sagte sie. »Keine Ahnung. Woher soll ich wissen, was es bei euch zum Essen gibt? Ich weiß nur, was es bei *mir* gibt.«

Ratlos bot ich ihr ein Glas Wasser an, aber sie lehnte ab.

Der Koffer war geschlossen, sie richtete sich auf de

Zwischentür aus, drehte sich aber noch einmal um. »Hier gibt es bestimmt einen Speiseplan? So etwas muss hier doch hängen.«

Eine Clownin ohne Sinn für Humor?

»Ja, klar«, sagte ich. »Ich habe ihn nur noch nicht angesehen.«

Sie deutete auf die Tür zur Bibliothek. »Ich gehe jetzt durch meinen Geheimgang.«

Dann war sie weg.

Zwei Tage vergingen, in denen ich neben dem Praxisbetrieb hauptsächlich damit beschäftigt war, für die Zeitschrift *Welt und Psyche* einen Artikel zum Thema *Soziale Realität* zu verfassen, was mir bei meiner nachlassenden Konzentration zusehends schwerer fiel. Da die Abgabefrist näher rückte, blieb mir kaum Zeit, das Haus zu verlassen – und wenn, dann nur für die nötigsten Alltagsbesorgungen. Bei Haldorson läutete ich ohnehin nicht mehr. Aber es verging keine Nacht ohne den immer tieferen Sog meiner Gedanken. Das Nachtbuch hatte ich aufgegeben, um mich nicht weiter hineinzusteigern. Ich schlief nur noch bruchstückhaft, mit endlosen Phasen des Wachliegens, und das Merkwürdige war: Ich träumte nie. Das heißt, gewiss hatte ich Träume, wie jeder Mensch. Aber ich erinnerte mich an nichts.

Am Freitag entsorgte ich gerade den ruinierten Gummibaum in der Biotonne, als das Handy fiepte.

*Das Getränk fängt mit Wein an und hört auch so auf.*
*Ja, wann? Nächste Woche Mittwoch, Donnerstag?*

*Wo? Deutschland, Tiefenwald.*
*Uhrzeit offen.*

Erleichtert blendete ich die Beklemmungsgefühle aus, die seit Tagen an mir nagten. Bei einem konkreten Vorschlag wäre mir wohler gewesen, aber das ließ ich keine Rolle spielen. Den Drang, Irina nun auch noch ein wenig warten zu lassen, neutralisierte ich mit dem Gedanken, dass ich sie nicht länger als nötig im Ungewissen über das Treffen lassen wollte. Schließlich musste auch sie ihre Woche planen, und mir kam die Aussicht auf Klarheit nur gelegen.

Bis zum Abend wartete ich noch ab.

*Nächste Woche Donnerstag ist gut, und wie wäre es mit 19 Uhr? Einen genauen Ort kann ich dir am Mittwoch sagen, denn darüber muss ich nachdenken.*

Warum überließ ich ihr nicht die Wahl des Lokals? Warum machte ich für uns beide die ganze Arbeit? Wie konnte ich das Zaudern übersehen, das aus jedem ihrer Texte sprach?

Sie schrieb nichts zurück. Warum sollte sie auch? Immerhin hatte ich selbst auf Mittwoch verwiesen. Trotzdem blieb ein Unbehagen zurück, für das ich mich selbst schuldig sprach. Gleichzeitig beruhigte ich mich, denn es gab ein Datum. Ein Date.

Am Wochenende überfiel mich eine solche Erschöpfung, dass ich entgegen meiner Gewohnheit zu mehreren Tagesschläfchen Zuflucht nahm. Meinem Cousin, der anrief, erklärte ich kurzerhand, ich sei krank. Ich hatte keine Lust, jemandem meine Lage darzulegen. Einem Patienten hätte ich in einem solchen Fall Abwehr unterstellt.

Als Lajosné auch am folgenden Dienstag nicht erschien (was ich wohl ahnte, da ich den Wecker auf eine halbe Stunde später stellte und mir das Aufräumen sparte), tat ich das, worauf ich gerne verzichtet hätte: Ich wählte die Nummer aus dem Telefonbuch.

Zuerst sah es aus, als würde niemand den Anruf annehmen. Zwölf Freizeichen waren mehr, als der Anstand zuließ. Auf einmal aber schnaufte jemand am anderen Ende, wie nach schnellem Laufen oder plötzlichem Aufspringen, und der Männerstimme, die ich schon kannte, entwich ein knappes »Ja?«

Ich zog alle Register der Freundlichkeit, wobei ich meine Sorgen betonte, die ich mir um Frau Szalai machte. Als der Mann zweimal »Hmm« brummte, wagte ich mich ein Stück vor:

»Ist sie gerade zu sprechen? Nur ganz kurz?«

Er seufzte.

Diesmal ist er friedlicher, dachte ich.

»Oder falls sie nicht da ist – vielleicht können Sie mir sagen, wie ich sie erreiche?«

Wieder das Seufzen. »Meine Frau ist nicht da.«

Lajosnés Mann lebte. Was hatte sie mir erzählt? Aber das war jetzt nicht so wichtig.

»Wann kommt sie zurück?«

Er atmete heftig. »Hören Sie.« Seine Stimme klang beherrscht.

»Ja?«

»Wir hatten ein Problem mit meiner Frau.«

Wir. Milo und er?

Er schwieg. Meine Geduld näherte sich dem Ende.

»Können Sie mir eine Telefonnummer geben, unter der sie erreichbar ist?«

»Ich habe keine. Tut mir leid«, sagte er und legte auf.

Am Mittwoch hoffte ich auf einen Moment, in dem niemand bei der Verabredung zwischen Irina und mir zuhören konnte, keiner außer den Senioren. Warum eigentlich? Was wäre so schlimm daran gewesen, wenn Beatrice oder jemand anderes etwas mitbekommen hätten? Warum war alles so verdruckst, nicht offen? Die Frage stellte ich mir nicht, wie ich mir überhaupt zu wenige Fragen stellte. Nein, nicht zu wenige. Die falschen.

Als Irina um zehn Uhr ankam, war sie entspannter als eine Woche zuvor, obgleich nicht ganz wie sonst. Sie folgte der Routine: Einzelbesuche, dann Gruppenraum. Diesmal gab es nur oben eine Gruppe, weil unten zu wenige Teilnehmer waren. Aus dem Koffer fischte Irina eine Plastiktüte hervor und aus dieser die Chiffontücher, die ich schon kannte.

Mir gab sie ein grünes.

»Gehen wir auf Tuchfühlung?«, fragte ich.

Da war sie, die typische Konsternation, mit der sie au meine Sprachspiele reagierte. »Da, schon wieder«, rie sie. »Wieder so ein Ding.«

Ich gab mich gelassen. Wenn sie gewusst hätte, wie es

um mich stand, was unser Treffen für mich bedeutete. Aber das ahnte sie nicht. Einen Moment gab es, einen einzigen, in dem ich mich umgekehrt fragte, was es für *sie* wohl bedeuten mochte. Aber die Frage verhallte in meinen Gedankengängen.

Sie verteilte die Tücher an die Senioren, wobei sie Frau Ruber, die wegen des voll besetzten Tisches ein Stück abseits saß, übersah. Als ich Irina darauf aufmerksam machte, dankte sie mir.

Auf ihr Kommando reckten alle die Arme nach oben und schwenkten das Tuch über dem Kopf, erst mit rechts, dann mit links, wie immer. Danach bekam jeder noch ein zweites Tuch, und es ging darum, beide Tücher in einer Faust zusammenzuknüllen, um schließlich die Hand zu öffnen, die eine sich entfaltende Chiffonblüte zum Vorschein brachte. Frau Mollner gelang es am besten. »Sie sind der Knüller«, sagte ich ihr und spürte, dass es Irina nicht gefiel. Lieber wäre sie selbst der Knüller gewesen, dachte ich.

Um Viertel vor zwölf sammelten wir die Tücher ein und verstauten sie in der Plastiktüte. Für ein paar Sekunden erschien Beatrice im Türrahmen, verschwand aber rasch um die Ecke. Als hätte sie bemerkt, dass die Clownin diesmal nicht auf sie fokussiert war, nicht wie sonst nach getaner Arbeit. Irina war sichtlich in ihren eigenen Gedanken, in ihrer eigenen Welt, wie in einer Blase aus Zurückhaltung oder Befangenheit.

Als die Kofferschnallen einschnappten, wandte sie sich zu mir. Ihr Blick traf meinen, unsicher, fragend. Sie schwieg.

»Soll ich dir noch mal schreiben wegen morgen?«, fragte ich, obwohl es das Letzte war, was ich sagen wollte.

Sie nickte abwartend.

»Oder hast du eine Idee, wo wir hingehen könnten?« versuchte ich es erneut. Ich wollte ihr nichts vorschreiben.

Sie machte eine vage Handbewegung. »Im Zentrum sind doch so ein paar Sachen.«

»Am Kirchplatz gibt's das K10.«

Es war das Lokal, das ich in den Tagen zuvor ausgewählt hatte.

»Das machen wir«, sagte sie, offenbar erleichtert, selbst keine weiteren Vorschläge machen zu müssen. »Schick mir die genaue Adresse.«

Damit war es entschieden.

*Wollen wir uns morgen vor der Kirche treffen und zusammen ins K10 gehen? Vielleicht rätseln wir dann ja auch darüber, was K10 außer der Adresse »Kirchplatz 10« noch bedeuten könnte …*

Gemeinsames Rätseln hielt ich für einen geschickten Ansatz, denn es war eine Brücke zu meinem Problem.

*Okay.*
*19 Uhr Kirche.*
*Bin gespannt auf die Auflösung.*

Das Rätseln wollte sie mir überlassen. Oder dachte sie, ich wüsste die Antwort schon?

Am Donnerstag war ich voller Erwartung und sehr nervös. Seltsamerweise wurde ich allmählich ruhiger, je näher der Abend rückte. Es dauerte trotzdem lange, bis ich mich für ein Hemd entschied (ungebügelt waren sie inzwischen alle). Zwischendurch reservierte ich im K10 einen Zweiertisch am Fenster. Der Frau am Telefon war anzumerken, dass sie die Erwartung in meiner Stimme hörte.

Auf dem Weg zum Kirchplatz wunderte ich mich über die Ruhe, die ich empfand, und ich war mir nicht sicher, ob ich sie genießen oder bedauern sollte. Angesichts der hinter mir liegenden Wochen wählte ich Ersteres.

Um fünf vor sieben war ich vor Ort. Ein leichter Regen fiel, es war knapp über null Grad, und ich stand unter meinem schwarzen Schirm am Rand des Parkstreifens. Im parkenden Auto vor mir saß ein Mann, ohne auszusteigen oder loszufahren. Ich unterdrückte das unbehagliche Gefühl, das dadurch in mir entstand. Wartesituationen fand ich besonders unangenehm, wenn ich mich beobachtet fühlte.

Um zwei nach sieben hielt ein Auto am Straßenrand, etwa zehn Meter entfernt, so dass ich den Fahrer nicht erkennen konnte, schon gar nicht im Dunkeln. Obwohl es kein VW-Bus war, ließ etwas mich mutmaßen, dass es sich um Irina handelte. Die Person am Lenkrad – eine Frau, soviel war zu sehen – war noch mit allen möglichen Dingen beschäftigt. Sie ließ sich Zeit, richtete etwas, sichtete Papiere und hatte es offenbar nicht eilig, auszusteigen. Ich vermutete immer stärker, dass es Irina war, und kam mir allmählich unbeholfen vor, wie ich da stand und wartete. Die Frau stieg nicht aus.

Um fünf nach sieben kam Irina um die Ecke, zu Fuß. In tomatenroter Hose und apfelgrüner Jacke, einen zusammengeklappten karierten Regenschirm in der einen und eine Zigarette in der anderen Hand. Als sie mich sah, warf sie die Kippe weg und steuerte auf mich zu. Zögernd ging ich ihr entgegen, bemüht, den schrillen optischen Eindruck zu verarbeiten. Ein Witz angesichts der Tatsache, dass ich mich mit einer Clownin traf.

Wir standen einander gegenüber, begrüßten uns. Um nicht zu förmlich zu wirken, ignorierte ich den Tabakgeruch und gab Irina je ein Küsschen links und rechts.

»Oh, Französisch«, sagte sie, während wir auf das K10 zugingen. Es klang, als würde sie etwas von mir Gekochtes kosten und wüsste noch nicht so ganz, was sie davon halten sollte.

Mit einem Blick zurück stellte sie fest, dass sie auch direkt am Kirchplatz hätte parken können, und sie bereute, ihr Auto weiter oben am Stadtmuseum abgestellt zu haben.

Die Dame, die uns im K10 empfing, war jene, bei der ich den Tisch reserviert hatte. Um ihr zuvorzukommen (Irina sollte von meinem Anruf nichts wissen), lotste ich uns zu dem Tisch am Fenster. Irina dagegen peilte den größeren Tisch rechts daneben an, genauer gesagt: die Sitzbank an der Wand.

»Möchtest du lieber da sitzen?«, fragte ich.

»Nein, nein, du suchst aus.« Überzeugt klang es nicht.

»Wir nehmen den Tisch in der Ecke. Du bist schon s

entschlossen darauf zugegangen.« Ich hängte meine Jacke über die Stuhllehne.

Irina widersprach nicht. Sie schien froh, auf der Bank sitzen zu können, im äußersten Winkel des Lokals.

Da wir nur Wein trinken wollten, räumte die Kellnerin das Besteck fort, was mir wegen der Reservierung peinlich war. Ich schob das Unbehagen beiseite. Wir waren die einzigen Gäste in dem Lokal.

Irina sah auf ihr Handy und legte es gleich wieder weg. »Meine Batterie ist leer.«

Ich inspizierte die Wand unter dem Fenster. »Hier gibt es bestimmt eine Steckdose.«

Entgeistert sah sie mich an.

»Steckdose«, sagte sie. Immer noch musterte sie mich ungläubig.

Da begriff ich, dass sie die Batterie ihrer Armbanduhr meinte, nicht die ihres Handys, auf das sie nur aus diesem Grund gesehen hatte.

Ich lachte laut los, so wie noch nie in Tiefenwald. Über Irinas Gesicht flammte ein Grinsen. Während es wieder erlosch, lehnte sie sich zurück und fasste sich mit geschlossenen Lidern zwischen die Augenbrauen.

»Hast du Kopfweh?«

Sie winkte ab. »Wenn ich zu wenig Schlaf bekomme, tut mir immer die Stirnhöhle weh, ganz ohne Infekt. Schon seit zwanzig Jahren. Wein bestellen?«

Wir griffen nach den Karten. Nur deutsche Weine waren aufgelistet, was mich enttäuschte, ohne dass ich es mir anmerken ließ. Irina entschied sich für ein Glas Riesling, ich nahm den Dornfelder.

Eine halbe Stunde verging mit banalen Dingen, bis Irina ihren Exmann erwähnte, den sie mit Erdogan verglich, da er der Meinung war, wer ihn verlasse, sei verrückt. Auch eine Paartherapie habe nichts gebracht. Dauernd sei auf dem Thema Sex herumgeritten worden. »Ich wusste nicht, dass das so wichtig ist«, sagte sie mit einem Sarkasmus, auf den mir keine Antwort einfiel. Die schien sie auch nicht zu erwarten, denn nun lehnte sie sich zu mir vor und betrachtete mich neugierig.

»Wie viele Patienten hast du?«

Ich wich auf meinem Stuhl zurück. »Das ist immer sehr unterschiedlich.«

»Aber so ungefähr?«

»Es ist wirklich jede Woche anders.«

»Und durchschnittlich, pro Monat oder pro Jahr?«

Ich hasste es, wenn jemand neugierig auf mein Einkommen war. Es provozierte mich zur bewussten Irreführung.

»Ehrlich gesagt, läuft es nicht besonders gut.«

Sie lehnte sich wieder zurück.

Um das Gespräch in die Richtung zu lenken, die ich mir wünschte, brachte ich das Gespräch auf Uhlburg. »Da fahre ich immer hin, wenn es mir schlecht geht«, behauptete ich und wollte dazu ansetzen, von der UBF zu erzählen, um von da aus auf Haldorson zu kommen.

Aber Irina war schneller. »Geht es dir am Sonntag schlecht? Da soll ich meinen Sohn aus Uhlburg abholen.«

»Und darauf hast du keine Lust.«

»Genau.«

Der Kindersitz fiel mir ein.

»Wie alt ist dein Sohn?«

»Fünf. Er lebt beim Vater.«

»In Uhlburg.«

»Ja.«

»Hast du noch mehr Kinder?«

»Noch einen Sohn.«

Ich wartete ab, aber sie schwieg.

»Und wie alt ist der?«

Sie zog die Augenbrauen hoch und sah mich abschätzend von der Seite an, als überlegte sie, ob ich vertrauenswürdig war.

»Sag ich nicht.«

Jetzt lehnte ich mich zu ihr vor. »Komm schon.«

Ein wenig zierte sie sich noch, bevor sie antwortete. Sie tat, als zählte sie das Alter des jüngeren Sohnes an ihren Fingern ab.

»Eins … zwei … drei … vier …«

Sie machte eine Pause, in der sie mich prüfend beäugte, wobei ich mir keine Ungeduld anmerken ließ.

Schließlich sprach sie weiter: »Monate.«

Ich hielt ein paar Sekunden die Luft an.

»Und wo ist er?«

»Beim Vater.«

»In Uhlburg?«

Sie schüttelte den Kopf. »Das ist ein anderer. Aber beide ziehen die Kinder allein groß.« Ihr war keine Regung anzumerken.

Meine Gedanken sprangen durcheinander. Kleinkinder und besonders Säuglinge waren meistens bei der

Mutter, aber warum sollte es nicht auch anders gehen? So sehr ich mich darum bemühte, es liberal zu sehen – es hinterließ kein gutes Gefühl. Denn offenbar hatte Irina beruflich mehr mit Kindern zu tun als privat mit ihren eigenen.

Unbekümmert sprach sie weiter. »Aber dass du freiwillig mit den Dementen im Ostbergstift arbeitest, mit diesen apathischen Leuten, das wundert mich, ehrlich gesagt.«

In meiner Empörung wünschte ich mir, mit der Faust auf den Tisch zu hauen. Stattdessen sagte ich jedoch nur: »Mich nicht.«

Am Nebentisch nahm ein Liebespaar Platz, nebeneinander, Hände haltend. Der Arm des Mannes war von Tätowierungen übersät.

»Ich hasse Tattoos«, zischte Irina so scharf, dass ich hoffte, das Paar hatte es nicht gehört. Sie beugte sich noch weiter zu mir vor, als sie mit gedämpfter Stimme sagte: »Wenn man einen Mann kennenlernt, und man kommt sich näher …«

Ich wich einige Zentimeter zurück.

»Ja?«

»Was man da manchmal entdecken kann …«

Sie grinste mich an, ihre Zähne schimmerten feucht. Einem Eckzahn fehlte ein Stück.

Was sollte ich dazu sagen? ›Aha, erzähl mal?‹ Oder: ›Bist du schon gespannt?‹

Gerne hätte ich mein Gesicht gesehen, als sie mich angrinste. Ich weiß nur, dass ich nicht lachte. Ich lächelte nicht mal. Hielt nur ihrem Blick stand.

Irina neutralisierte ihre Sitzposition. Die Gelegenheit musste ich nutzen.

»Und was gibt es bei der Villa zu entdecken?«

»Die Villa.« Irina stöhnte wie ein Teenager, den man nach der letzten Klassenarbeit fragte. Aber etwas passte nicht dazu, denn ihre rechte Hand griff nach dem linken Handgelenk, und ihr Blick ging nach unten, so dass der Ausdruck ihrer Augen verborgen blieb. Ich spürte, wie meine Ruhe, die ich bis jetzt noch empfunden hatte, sich aufzulösen begann.

»Hast du noch mal Licht gesehen?«

»Da brennt kein Licht, nie.«

»Einmal hast du aber gesagt …«

»Habe ich das?« Sie grinste. Kaum konnte ich dieses Grinsen ertragen, das eher an eine Grimasse erinnerte.

Ich tauchte durch die düstere Welle, die sich vor mir auftürmte. »Verstehe. Die Clownin. Wie konnte ich das vergessen.«

Ihre Finger krallten sich ineinander, während sie sich um eine verständnisvollen Gesichtsausdruck bemühte. »In der Kaltenseestraße munkelt man, der Bewohner habe entsprechende Neigungen.« Sie sprach rascher als sonst, als wollte sie das Thema hinter sich bringen.

»Ach so?« Ich stützte mein Kinn in die Hand und betrachtete Irina mit demonstrativer Neugier.

Sie biss sich auf die Unterlippe. »Wie heißt das noch, wenn jemand …«

»Angst vor Licht hat? Photophobie.«

»Nein.«

»Doch.«

»Nicht Angst vor Licht. Wenn er auf Nacht und Dunkelheit steht.«

»Nyktophilie. Nachtliebe.«

»Das sagen sie in der Kaltenseestraße. Aber von solchen Gerüchten halte ich nichts.« Ihre Hände griffen um die Tischkante, ihr Blick wanderte durch das Lokal.

»Ich schon.«

Ich leerte mein Glas. »Er soll eine Wanduhr haben, bei der man Panikattacken bekommt, wenn sie um drei Uhr nachts schlägt.«

Lauernd ruhte ihr Blick auf mir. »Woher willst du das wissen?«

»Habe ich gehört.«

»In der Kaltenseestraße.«

»Vielleicht.«

»Gerüchte, ich sag's ja. Wenn du nichts dagegen hast, würde ich gerne die Rechnung …« Sie gestikulierte zum Tresen hinüber, so geschäftsmäßig, dass mir Widerspruch zwecklos erschien. Es war einundzwanzig Uhr.

Ein Mann im Anzug eilte herbei. Mit flinken Bewegungen legte Irina ihm Geld hin und steckte die Quittung ein. Ich wollte meinen Teil bezahlen, aber sie winkte nur ab. Bevor der Kellner sich zurückzog, wünschte er uns noch einen schönen Abend. Und niemals werde ich sein kleines schäbiges Lachen vergessen, in das dieser Wunsch mündete.

Irina lächelte und sah mir so fest ins Gesicht, dass es fast wehtat. »Zu deiner Ehrenrettung muss ich sagen …« Langsam drehte sie das Lächeln auf Sparflamme zurück.

Ich hob die Augenbrauen.

»Du wirst abgesetzt.«

»Aha«, sagte ich und überspielte meine Irritation, indem ich die Jacke anzog.

»Wartest du noch? Ich müsste …« Suchend drehte sie sich um ihre eigene Achse. Ich deutete auf den Weg zum WC.

Es dauerte recht lange, bis sie zurückkam. Gemeinsam verließen wir das Lokal. Draußen ging sie an meiner Seite, den zusammengefalteten Regenschirm in der Hand. Statt eines Griffs hatte er nur einen Holzstock.

»Der Griff ist weg, keine Ahnung, wie das passiert ist«, erriet sie meine Gedanken.

»Du hast es nicht im Griff«, versuchte ich einen Scherz.

»Ich kann dir nicht sagen, wo der ist.«

»Danke für die Einladung, auch wenn du mich von der Steuer absetzt.« Eine Erzählung von Siegfried Lenz fiel mir ein, *Ludmilla,* worin eine junge Russin ihrem deutschen Liebhaber den Laufpass gibt, als sie entdeckt, dass er alle ihr geltenden Geschenke steuerlich abzusetzen pflegt.

Irina straffte sich vor Empörung. »Soll ich dem Staat etwas schenken?«

»Nein, natürlich nicht.« Ob es sie überzeugte, war mir egal.

Für einige Sekunden lag noch ihr zweifelnder Blick auf mir.

Unser Unbehagen war mit Händen greifbar. Wohin gingen wir überhaupt?

»Wo steht dein Auto?«, fragte ich und setzte schnell hinzu: »Also, ich meine, in welche Richtung musst du?«

»Zum Stadtmuseum.«

»Stimmt, das hattest du schon gesagt. Direkt dorthin gibt es Treppen«, deutete ich auf die Stufen hinter dem K10.

»Keine Experimente.« Sie blieb am Brunnen stehen. »Und du?«

Ich sagte, ich sei zu Fuß gekommen, und wies in Richtung Hangsiedlung.

Sie nickte langsam und dachte nach. »Kein dunkler Wald?« Sie sah mich nicht an.

»Nur dunkle Alleen. Und dunkle Gestalten.«

»Also doch.«

»Ich laufe gern.«

Die Kirchturmuhr schlug einmal. Viertel nach neun.

Eine Haarsträhne fiel über Irinas linkes Auge, als sie flüsterte: »Bei mir ist es hell.«

Ich sagte nichts.

Mit einem festen Blick löste sie die Stille auf.

»Wir hatten ja ein hochinteressantes Gespräch.« Es klang wie ein Befehl.

»Na ja.« Ich lächelte, ohne es zu wollen.

»Wann sehen wir uns wieder? Ich glaube, am Mittwoch?«, fuhr sie im gleichen Kommandoton fort.

»Das glaube ich auch.« Ich trat einen Schritt näher und bewegte mein Gesicht langsam auf ihre linke Wange zu.

Plötzlich drehte sie ihren Kopf so, dass sich unsere Münder fast berührten.

»Oh«, sagte ich und wich ein Stückchen aus.

»Oh«, murmelte sie.

Ich küsste die Wange. »Mach's gut.« Rasch wandte ich mich ab, ging auf die Fußgängerzone zu.

Irina blieb stehen. »Ciao?«, murmelte sie wie eine Frage.

»Ciao«, rief ich, ohne mich umzudrehen.

# 10

*Morgen Abend bei mir? Könnte einiges enthüllen …*

Ein Clownsspruch, war mein erster Gedanke. Je länger ich aber darüber grübelte, desto weniger glaubte ich das. Wenn ich jetzt nur ironisch reagierte, vergab ich mir womöglich die Chance auf Informationen, die zur Lösung des Rätsels beitrugen. Was riskierte ich schon, indem ich auf Irinas Angebot einging? Sollte es sich als reine Anzüglichkeit erweisen, konnte ich immer noch nach Hause gehen. Es tat zwar gut, endlich wieder im Fokus weiblicher Ambitionen zu stehen, aber ich hatte nicht vor, darauf einzugehen. Ich war ausgelaugt und erschöpft, und mich interessierte im Augenblick nur noch, was sie über Haldorson wusste.

Mit meiner Antwort wartete ich bis zum Schlafengehen. Obwohl es keine Rolle spielte, sollte Irina mich nicht für leichte Beute halten. Aus dem gleichen Grund – bei aller Ungeduld – wollte ich einen anderen Abend vorschlagen, nicht gleich den erstbesten bestätigen, den sie mir nannte. Etwas Zeit musste da schon vergehen.

*Samstagabend schon verplant. Geht auch Sonntag?*

Eine Weile feilte ich an den zwei Sätzen herum, bevor ich sie absendete. Nie zu begeistert erscheinen. Immer die Balance zwischen Interesse und Unabhängigkeit halten. So ging man kein Risiko ein. Aber was war der

Preis? Meinen Patienten sagte ich oft, dass es für nichts eine Garantie gab. Aber was das wirklich bedeutet, weiß ich erst jetzt. *Sicher* und *immer* sind Wörter, die ich nur noch verwende, wenn ich entweder einen Witz mache oder in zynischer Stimmung bin.

An diesem Abend kam keine Antwort mehr. Irina wartete fast vierundzwanzig Stunden ab.

*Morgen um 20 Uhr.*

Ich erwog, darauf noch etwas zu erwidern, ließ es aber sein. Sollte ich etwas mitbringen? Wein? Für Blumen war sie nicht der Typ, und es wäre auch das falsche Signal gewesen. Ich entschied mich dafür, cool zu bleiben und mit leeren Händen hinzugehen.

An diesem Tag putzte ich das Nötigste im Haus (wenn Lajosné auch nächstes Mal nicht kam, musste ich neu inserieren), am Sonntag las ich *Am Grund* zu Ende. Dass sich der Nachbar als Täter erwies, schockierte mich. Haldorsons Verarbeitungsstrategie, sagte ich mir, ohne die Beklemmung loszuwerden.

Unaufhörlich nagte an mir die Frage, was Irina für ihre Informationen wohl als Gegenleistung erwartete (falls es tatsächlich um Informationen ging), aber das würde sich zeigen. Sie war nicht der seriöseste Mensch, den ich kannte, aber gefährlich war sie sicherlich nicht, auch wenn sie damit kokettierte.

Der Sonntagabend war extrem kalt. Obwohl höchstens zehn Minuten Fußweg vor mir lagen, war mir danach zumute, meine Winterschuhe mit dicken Wollstrümpfen zu kombinieren, und ich zog sogar eine lange Unterhose an.

Die Stufen der Hangstiege waren frisch gestreut; meine Spuren schienen die ersten im Streusand zu sein. Ich überlegte, wann ich zuletzt hier gewesen war, und kam zu dem Schluss, dass es schon einige Wochen sein mussten. Zu groß war zuletzt mein Frust darüber gewesen, keine einzige neue Entdeckung zu machen. Stattdessen war ich immer tiefer in die Verwirrung geraten. Hoffnung auf neue Erkenntnisse gab es erst jetzt.

Die Fenster im Erdgeschoss des Fachwerkhauses waren erleuchtet. Es sah beinahe freundlich aus, und ich fragte mich, ob ich mir die bedrückende Atmosphäre sonst nur eingebildet hatte. Das Licht zeichnete warme gelbe Rechtecke auf die dünne Schneeschicht, die Irinas Rasen bedeckte (den Zigarettenfriedhof, wie ich mich mit schauderndem Schmunzeln erinnerte). Da es erst in einigen Minuten zwanzig Uhr wurde, nahm ich auch noch die letzten Stufen nach oben, betrat die Kreuzung der Kaltenseestraße und sah zur Villa Tann, wobei mich die gleichen Gedanken umschwirrten wie sonst. Da drüben sitzt er? In ständiger Dunkelheit? Hat er eine Binnenkammer, in der er heimlich Licht macht? Besitzt er ein Nachtsichtgerät? Ist er wirklich da, oder residiert er nur zum Schein, während er das Innere der Villa Ratten und Mäusen überlässt? Die Liste der Möglichkeiten verlängerte sich noch einmal. Ich ärgerte mich darüber, dass ich kein Handy und keinen Notizblock bei mir trug, und versuchte, mir die neuen Optionen zu merken.

Einen Moment blieb ich noch auf der Kreuzung stehen und sah zu dem Gebäude hinüber, das sich wie immer jedem Erklärungsversuch verweigerte. Dann erinnerte mich der Schlag einer entfernten Turmuhr an meinen Termin.

Vor dem Zaun des Fachwerkhauses hatte ich schon öfter gestanden, aber es war etwas anderes, die Klinke der Holzpforte zu drücken – sie ging lautlos auf – und das Grundstück zu betreten, auf dem ich Irina im Oktober zum ersten Mal gesehen hatte. Ein Bewegungsmelder schlug an, der Weg wurde beleuchtet. Im Hintergrund, in der Garage, registrierte ich die Kistenstapel, die sich auch schon neulich dort befunden hatten. Jetzt sah ich: Es waren die gleichen Kisten wie damals vor Villa Tann.

Ich hatte keine Zeit, darüber nachzudenken, denn plötzlich stand Irina im Türrahmen, obwohl ich noch nicht geläutet hatte.

»Lauerst du mir auf?«

»Aber immer doch.« Sie zwinkerte mir zu.

Es gelang mir nicht, das witzig zu finden, wie so vieles, was Irina sagte. Worin bestand aber dennoch ihre Faszination?

Im nächsten Moment spürte ich ihre Lippen auf meinen Wangen, erst links, dann rechts. Sie blieb vor mir stehen und sah aus, als erwöge sie einen dritten Kuss und wüsste nur noch nicht, wohin sie ihn platzieren sollte. Ich löste das für sie, indem ich den Reißverschluss meiner Jacke aufzog.

»Gib her«. Sie riss mir die Jacke aus der Hand und warf sie auf eine Truhe, die hinter ihr im Flur stand.

Der Deckel war nicht ganz geschlossen; ein paar bunte Spielsachen ragten daraus hervor.

»Und die Schuhe?«

»Behalte sie an, wenn du willst.«

»Da ist Schnee dran.«

»Wasser.«

»Nicht nur …«

»Zieh soviel aus, wie du willst«, sagte sie über die Schulter und ging voraus ins Wohnzimmer. Sie selbst trug unauffällige Kleidung, einen schwarzen knielangen Rock und eine bordeauxfarbene Bluse, deren oberster Knopf geschlossen war. Obwohl ich sie das erste Mal im Rock sah, in weiblicherer Aufmachung als sonst, fand ich, dass es an ihrer typischen Art nichts änderte. Sie schien immer die Gleiche zu sein.

Ich schlüpfte aus den Schuhen, versteckte die Enden meiner langen Unterhose unter dem Jeanssaum und folgte Irina ins Zimmer, wo auf einem gläsernen Couchtisch eine dicke dunkelblaue Kerze brannte, neben einer geöffneten Rotweinflasche, zwei Gläsern und einer Schale mit Knabbergebäck. In einer Ecke befand sich ein Klavier.

Die Gläser standen dicht nebeneinander, direkt vor der Couch. Eine andere Möglichkeit, sich zusammen hinzusetzen, gab es nicht. Irina ergriff meine Hand, setzte sich auf die Couch und nötigte mich, dasselbe zu tun. Da es ein Zweisitzer war, saßen wir nah nebeneinander. Dabei berührten wir uns nicht, denn ich sorgte dafür, dass unsere Hände sich rasch wieder losließen.

»Ich habe uns Rioja besorgt. Der heizt am besten ein.«

Ich war mir nicht sicher, wie sie das meinte. »Bei dir ist es eigentlich warm genug.« Es war sogar an der Grenze zum Stickigen.

»Da ist noch Luft nach oben«. Sie griff nach der Flasche.

»Für mich nur ein halbes Glas«, sagte ich. »Ich kann auch gar nicht lange bleiben.«

»Das ist nicht dein Ernst.« Sie schlug ihren Befehlston an.

Dominante Menschen hatte ich immer gemieden, und wenn Irina so weitermachte, würde sie keine Ausnahme bilden. Trotzdem antwortete ich nur: »Na, schauen wir mal«, mit blödem Grinsen. Gut, dass kein Spiegel dort hing. Ich kam mir so dämlich vor wie selten. Offenbar hatte ich den Umgang mit Frauen verlernt.

Wir hoben die Gläser, ließen sie aneinander klingen und prosteten uns zu. Ich merkte, wie Irina versuchte, mir eindringlich in die Augen zu sehen (den Lidschatten bemerkte ich erst jetzt), was ich mit gespieltem Interesse an ihrer Einrichtung torpedierte, indem ich meinen Blick langsam durch den Raum schweifen ließ.

»Da sind wir wieder.« Sie lächelte mich an. Hatte sie auch Lippenstift aufgetragen? Oder war sie nur zu lange im Winterwind unterwegs gewesen? Und warum roch sie nicht nach wie sonst nach Zigarettenrauch?

»Du spielst Klavier?« Bloß nicht die Sachebene verlassen, schärfte ich mir ein. Das kräftige Aroma des Rotweins überzog meine Zunge mit einem weichen Mantel.

»Ich dachte …«

»Das sollte man in meiner Branche können.« *Branche*

betonte sie so, als handelte es sich um ein zweifelhaftes Gewerbe.

»Obwohl du taktlos bist?«

Sie starrte mich verständnislos an. Offenbar erinnerte sie sich nicht an unsere zweite Begegnung im Ostbergstift.

Ich hatte keine Lust, es zu erklären. »War nur ein Witz.«

»Dabei hast du erst einen Schluck getrunken.«

»Warum hast du mich herbestellt? Du wolltest etwas über Haldorson nachreichen?«

»Ich habe dich *eingeladen.* Du bist doch kein Paket.«

»Sicher?«

Sie grinste. »Magst du?« Sie schob mir die Schale mit dem Knabbergebäck zu. Ich liebte herzhafte Knabbereien, im Unterschied zu Süßigkeiten, aber hier und jetzt konnte ich das nicht genießen, darum lehnte ich ab.

»Also, schieß los.«

»Ich habe keinen Waffenschein.«

»Lass die Clownin beiseite.«

»Sorry.«

Sie schüttelte ihre Mähne, die sie an diesem Abend offen trug, und betrachtete ihre Fingernägel. Eine Geste der Eitelkeit, über die ich in meiner Ungeduld hinwegzusehen wusste. Oder war die Unruhe in meinen Beinen und meinem Bauch gar keine Ungeduld, sondern romantische Nervosität? Verächtlich kehrte ich diesem Gedanken den Rücken zu.

»Ich habe ein paar seltsame Dinge erlebt«, begann sie und schlug die Beine übereinander, wobei der Saum ihres Rocks den Blick auf die Knie freigab. Sie machte eine Pause und beobachtete meine Reaktion, womit sie nur erreichte, dass ich ein Pokerface aufsetzte, was mir, wie ich glaubte, auch gelang.

»In letzter Zeit bin ich ihm zwei- oder dreimal begegnet. Jedes Mal hat er mich angesprochen. Mir ein Kompliment gemacht, das Wetter kommentiert oder etwas in der Art.«

Ich war bemüht, mir meine Gespanntheit nicht anmerken zu lassen.

»Dann hat er mich eingeladen.«

»Zu sich in die Villa?«

Sie zögerte. Einerseits irritierte mich das, andererseits hielt ich es für Effekthascherei. Darum wartete ich einfach ab, während ich gleichzeitig spürte, wie sich etwas in meiner Herzgegend anspannte.

»Ja.«

»Du warst dort? Da drüben?« Ich deutete mit der Hand hinter mich.

Erwartungsvoll nickend sah sie mich an. Ich dachte schon, sie würde wieder nur schweigen, aber sie sagte mit gedämpfter Stimme: »Und jetzt weiß ich nicht, was ich von ihm halten soll. Ich meine, er hat für mich sogar Kerzen angezündet, aber das ist es nicht, was ich meine. Er sagte, es sei das erste Mal, dass er in dem Haus Licht gemacht hätte.«

»Und? Aber?«

»Ich weiß nicht, wer er ist.«

»Wie meinst du das?«

»Er wollte es mir nicht sagen. Er meinte, das sei nicht wichtig. Er wollte auch nicht wissen, wer ich bin.«

»Was wollte er denn überhaupt?«

Sie lächelte vielsagend.

Ich fragte nicht weiter. Mir reichte die Erinnerung an ihre Sprüche im K10.

»Arnd, ich habe Angst.« Ich spürte ihre Hand auf meinem Oberschenkel.

»Warum lässt du dich mit jemandem ein, von dem du nicht weißt, wer er ist?«

»Du weißt, wer er ist.«

»Ich soll dir …«

»Ich habe nicht vor, ihn wieder zu treffen. Aber es kommt mir vor, als hätte ich mit einem Gespenst …«

Selbst schuld, dachte ich. Irgendwo tief drinnen war auch Mitleid, aber die Nüchternheit, aber – so sehr ich es vor mir selbst zu leugnen versuchte – die Eifersucht überwog.

»Wenn du mir verrätst, wer er ist, verrate ich dir, was er mir über die Wanduhr erzählt hat.«

»Warum nicht schon am Donnerstag im K10?«

»Warum nicht jetzt hier?«

»So läuft das nicht, Irina. Schweigepflicht brechen gegen Information? Nur in schlechten Filmen. Nicht bei mir.«

Ich setzte mein Glas ab und rückte ein Stück von ihr weg, soweit es auf dem Zweisitzer möglich war. Viel Spielraum gab es da nicht. Ich überlegte, ob ich mich verabschieden sollte.

In dem Moment stand Irina auf.

»Ich habe ein Lied für dich komponiert.«

»Du machst Witze.« Tatsächlich spürte ich kurz einen Lachreiz im Bauch.

»Überhaupt nicht.«

Sie zog den Hocker unter dem Klavier hervor. »Es ist auf Englisch. Und es ist aus deiner Sicht geschrieben.«

Gespannt auf das, was kommen würde, lauschte ich.

Während Irina sich vorbereitend konzentrierte, wanderte mein Blick im Zimmer herum und blieb an einer zusammengefalteten Zeitung hängen, die auf dem Regal neben der Couch lag, obenauf der Kulturteil der Zeitung. Der Mann auf dem Artikelfoto erschien mir bekannt. Überrascht realisierte ich, dass es der Mann mit den roten Haaren war. Ich lehnte mich ein Stück zur Seite, um die Bildunterschrift zu lesen.

*Oleg Nagel betreut Künstler, die inkognito leben wollen. Über seine Klienten muss er strenges Stillschweigen wahren.*

Leise pfiff ich durch die Zähne. Interessantes Puzzleteil, das mir nichts bringt, dachte ich und beobachtete, wie Irinas Hände auf die Klaviertasten schwebten. Zarte, melancholische Klänge ertönten, eine traurige Melodie. Darüber legte sich ihre Stimme. Sie sang so schön, dass ich dachte: Warum ist sie Clownin geworden, nicht Sängerin?

Dann hörte ich nur noch zu.

*I'll never forget*
*The look on your face*
*As you turned your head*
*And hoped to kiss*
*And I didn't get it*

*Didn't see*
*You'd never turn your face again*
*To me*

*I'll never forget*
*The sound of your voice*
*When you said there was light*
*At your place*
*And I didn't get it*
*Didn't see*
*You'd never say such words again*
*To me*

*I'll always remember*
*The touch of your cheek*
*When I kissed it and whispered*
*'Take care'*
*And you didn't get it*
*Didn't see*
*I'd always put the blame for this*
*On me*

Sie ließ ihre Hände in den Schoß sinken und blickte auf die Klaviatur, während ich gegen meine Verlegenheit ankämpfte.

»Wo hast du so wunderbar singen gelernt?«

»Naturtalent.« Ein trotziger Blick streifte mich. »Gefällt es dir?

»Und ob.«

»Ehrlich?«

Ich nickte. »Inhaltlich hast du dir viel künstlerische Freheit genommen. Aber das weiß ja niemand außer uns, nehme ich an.«

Sie lächelte nicht. Langsam stand sie vom Klavier auf, setzte sich wieder neben mich und fuhr mit ihren Fingern durch mein Haar.

Ich unterdrückte ein Niesen. »Und du hast Angst vor dem Gespenst in der Villa Tann.«

»Wenn es einen Namen bekommt, hört es sofort auf zu spuken.

»Und dann gehst du wieder hin.«

»Nein. Dann gehe ich zu dir.« Sie zwinkerte mir zu, nahm beide Weingläser und reichte mir meines. »Und spuke dann dort.«

Der Nachklang der Melodie und der Ton, in dem Irina jetzt mit mir sprach, berührten mich. Ich umfasste ihre Hand, die noch immer durch mein Haar strich, und führte sie mit sanftem Druck auf die Sitzfläche der Couch zurück.

»Was ist mit seiner Uhr?«

Seufzend schenkte sie Wein nach. Ich ließ es geschehen.

»Er hat sie geerbt. Von seinem Vater, der immer ein großes Geheimnis darum gemacht hat. Und der sich nachts um drei umgebracht hat, vor ein paar Monaten. Seitdem …«

Sie trank einen großen Schluck Wein.

»Seitdem was?«

»Hat er mit der Uhr ein Problem.«

»Und warum hat er diesen Zusammenhang nicht in der Therapiestunde erwähnt?«

Kaum hatte ich den Satz beendet, war mir klar, dass damit die Schweigepflicht erneut angekratzt war. Auch, was jemand *nicht* gesagt hatte, war relevant. Ich biss mir auf die Unterlippe. »In der Therapie war die Uhr nicht wirklich ein Thema.«

»Aber von den Selbstmordgedanken, die ihn seitdem verfolgen, hat er dir sicher erzählt. Ich weiß, dazu darfst du nichts sagen.«

Mir wurde übel. Meine Behauptung gegenüber Lajosné fiel mir ein. War etwas auch eine Lüge, wenn es sich unwissentlich um die Wahrheit handelte?

Irina schmiegte sich an meine Schulter. »Kannst du mich jetzt verstehen?«

Meine Gedanken verschwammen ineinander. »So einen Eindruck hat er auf mich gar nicht gemacht.«

Und wenn sie die Unwahrheit sagte? Ich musste es testen.

»Dann hat er dir bestimmt noch mehr erzählt. Neigt er zu irgendwelchen Anfällen?«

Zusehends wurde mir gleichgültiger, was ich verriet.

Sie nickte. »Panikanfälle. Die hat er wohl in den Griff bekommen. Aber die dunklen Gedanken …«

Ich spürte ihren Seitenblick.

»Was für einen Eindruck machte er denn auf dich?« flüsterte sie an meinem Ohr.

Solange ich seinen Namen nicht sage, bleibt es anonym, redete ich mir zu, obwohl es angesichts ihrer Bekanntschaft mit ihm absurd war, so zu denken.

»Er war kühl, überlegt und kontrolliert. Nichts, was auf Labilität hindeutete. Er war ungeheuer rational. So rational, dass ich fast daran verzweifelt bin. Es war zum Irrewerden.«

Obwohl sie eigene Gründe hatte, gab mir Irinas Interesse an Haldorsons Fall ein ungewohnt gutes Gefühl. Es tat gut, nach langer Zeit das, was mich im Inneren beschäftigte, mit jemandem teilen zu können. Und das nicht in einem professionellen Rahmen wie in einer Supervision, sondern von Mensch zu Mensch. Sogar von Mann zu Frau.

Ich erzählte ihr alles. Von seinen Panikattacken, seinem Traum und seiner Forderung eines Patentrezepts. Nur seinen Namen sagte ich nicht.

Auch später nicht in ihrem Schlafzimmer.

Nach dieser Nacht sah ich alles nur noch durch eine einzige Brille: Haldorson war suizidal, und mir war es entgangen. Mich als seinen Therapeuten, den er bis vor kurzem aufgesucht hatte, konnte das in große Schwierigkeiten bringen. Nahm er sich das Leben, würde ich meine Vorgehensweise darlegen müssen, würde offenlegen müssen, dass sie nicht durchweg professionell gewesen war. Und der falsche Name würde dabei keine Rolle spielen.

Bei aller Professionalität konnte ich mich nicht gegen andere Fragen wehren, die mich bedrängten: Hing Haldorsons Zustand wirklich mit der Wanduhr zusammen? Laut parapsychologischer Forschung gab es manchmal merkwürdige Eigenschaften von Gegenständen, vor allem von solchen, die mit einer für den aktuellen Besitzer signifikanten Person in Zusammenhang standen.

Ich ließ noch einmal die Fakten Revue passieren: Seit dem Suizid seines Vaters, dem die Wanduhr gehört hatte, litt Haldorson an Panikattacken und Selbstmordgedanken – immer um drei Uhr nachts, dem Todeszeitpunkt. Nach dem Anhalten der Wanduhr waren die Panikattacken verschwunden, die Selbstmordgedanken nicht. Dass er mir den tragischen Vorfall und die eigene suizidale Stimmung verschwiegen hatte, bestätigte meine schon vorher gehegte Vermutung: Aus Ungeduld war es mir nicht gelungen, ihn Vertrauen entwickeln zu lassen. Unter dem Druck seiner Klagen hatte ich mich zu einem Fehler verleiten lassen und war jetzt mit den Folgen konfrontiert.

Vor diesem Szenario trat der Rest der vergangenen Nacht in den Hintergrund. Die Arbeit auch. Ich sagte alle Termine ab und lief den ganzen Montag im Haus auf und ab, nach einer Lösung grübelnd und dabei befürchtend, es könnte keine geben. Nur einmal unterbrach ich mein Brüten, indem ich eine Textnachricht an Irina schickte, in der ich sie fragte, wie es ihr ging. Zwei Stunden später kam die Antwort: *Alles gut, warum?*

Gute Frage eigentlich, dachte ich und kehrte zu meinen Gedankenwirbeln zurück. Das einzig Konstruktive, was ich an diesem Tag noch tat, war, im Ostbergstift anzurufen und die Beendigung meiner freiwilligen Arbeit zu melden. Ich hatte zu viel um die Ohren und war zu erschöpft, um mir die halben Mittwoche länger leisten zu können. Und zu Irina gab es ja nun privaten Kontakt.

In der Nacht, nachdem ich lange vergeblich versucht hatte, einzuschlafen, stand ich auf und holte den Schlüssel aus der Messingvase. Ich befühlte jede seiner Zacken als läge in einer von ihnen die Lösung meines Problems. Dabei kam mir eine Äußerung von Lajosné in den Sinn: *Damit ich bei Bedarf hineinkann, wenn er am dritten Wochenende jedes Monats verreist ist.*

Durch einem Blick zum Kalender vergewisserte ich mich des Datums. Es war der zweite Dienstag im Februar.

Ich tastete mich durch den Korridor in die Praxis und sah zum Westhang hinüber. Nur Nebel und ein paar milchige Lichter tiefer gelegener Häuser.

Mit dem Laptop unter dem Arm ging ich ins Schlafzimmer zurück.

*Hallo Frau Gravenstein,*
*bitte entschuldigen Sie, dass ich mich erst jetzt wieder melde. Vielen Dank für Ihr Angebot einer Vor-Ort-Analyse, aber ich denke, es ist besser, wenn ich Ihnen das Spukobjekt (eine Wanduhr) vorbeibringe. Vielleicht gibt es eine Möglichkeit der Neutralisierung? Die Sache ist dringend; es geht um die Suizidalität des Besitzers. Daher wäre ich Ihnen für einen baldigen Termin dankbar, jedoch nicht vor dem kommenden Wochenende.*
*Freundliche Grüße*
*A. Weyden*

Gründe, den Plan vor mir selbst zu rechtfertigen, fand ich genug. Ich fing an, die Psychologie dunkler Taten nachzuvollziehen. Für den Täter waren sie nur so lange dunkel, wie er sie noch nicht als Strategie für die Lösung seiner Probleme beleuchtet hatte. Sobald er sie aber zu erwägen begann, änderten sich die Lichtverhältnisse, und alles trat heller und deutlicher hervor. Auch wenn es sich um eine illegale Lösung handelte – für den Täter war sie ein Ausweg aus seinen komplizierten Lebensverhältnissen.

Manchmal wünscht sich ein Mensch nichts mehr als das. Die Dinge nehmen für ihn andere Relationen an, die Größenverhältnisse ändern sich, die Bewertungen, die moralischen Urteile. Alles scheint weiter zu werden und endlich wieder Atemluft hereinzulassen, Luft aus einer Welt, von der man bis dahin nichts wusste und die doch in jedem Menschen liegt. Man muss nur lange genug in beengten Verhältnissen geatmet haben, um die entscheidende Trennwand zu durchstoßen.

Ich dachte darüber nach, Irina einzuweihen, ließ aber schweren Herzens davon ab. Welchen Sinn hätte es gehabt, außer ihr zu imponieren? Ich darf sie nicht auch noch in Gefahr bringen, schärfte ich mir ein. Und bereitete mich auf die kommende Nacht vor.

Den Schlüssel legte ich auf meinen Schreibtisch, wo ihn jeder ahnungslose Patient sehen konnte. Auch Lajosné hätte ihn gesehen und wahrscheinlich danach gefragt. Aber sie kam nicht zurück.

Als ich am Samstagmittag einen Brief aus dem Postkasten nahm, wunderte ich mich über die Handschrift auf dem Kuvert. Fein und fahrig, blass und blau. Der Absender fehlte.

*Lieber Herr Weyden,*
*ich schreibe Ihnen mit schlechtem Gewissen, weil ich Sie im Stich gelassen habe. Ich bin jetzt abgeschirmt vom Alltag, vor allem aber*

*von dem Mann, der dafür verantwortlich ist. Seit Weihnachten bin ich im Frauenhaus und habe erst jetzt Gelegenheit, mich bei Ihnen zu melden.*
*Er hat das seit langem getan. Im Herbst ist es immer schlimmer geworden. Ich bin nur noch wegen Milo nach Hause gegangen. Die ganze Zeit dachte ich, es ginge nicht anders. Als sein Vater mich aber am Donnerstag die Treppe herunterstieß, habe ich verstanden, dass ich so nicht weitermachen kann. Mit meinem Ausharren habe ich Milo keinen Gefallen getan.*
*Sie sollen wissen, woran Sie sind. Nicht, damit ich Ihr Mitleid bekomme. Mitleid habe ich nicht verdient. Nein, Sie sollen wissen, dass ich die Stelle, die Sie mir gegeben haben, missbraucht habe.*
*Dass es ihn gibt, wollte ich vor Ihnen verbergen. Ich habe Sie belogen. Ich bin keine Witwe. Ich bin verheiratet mit einem alkoholkranken, gewalttätigen Mann. Es war für mich einfacher, so zu tun, als wäre es nicht so (das ist keine Rechtfertigung). Ständig habe ich so getan, als ob. In endlosen Tagträumen bin ich vor der Wirklichkeit geflohen. Er ist nicht ›mein‹ Mann. Er ist der Mann, bei dem ich wohnte und der mich bedrohte, kontrollierte und verfolgte. Heimlich hat er mich ausspioniert, bis vor Ihre Tür. Sie konnten nicht wissen, was es bedeutete, bei mir anzurufen.*
*Bei Ihnen war alles leichter. In Ihrem Haus. In Ihrer Küche, an Ihrem Schreibtisch. Überall tat ich, als ob: Ich stellte mir vor, Ihre Frau zu sein und in Ihrem Haus zu leben. Ich tat so, als würden die Gegenstände um mich herum, Ihre Gegenstände, auch mir gehören. Die Bücherreihen, das bunte Geschirr, die Bilder an den Wänden und die Sessel mit den Lederpolstern. Die Anrufe von Menschen, die Hilfe suchten.*

Ich setzte mich auf das Praxisparkett.

*Ich habe Nummern von Ihrem Schreibtisch und aus Ihrer Telefonliste gewählt, um die Stimmen der Leute zu hören, die mit Ihnen Stunden hinter verschlossenen Türen verbringen. Ich habe Adressen von Aktendeckeln abgeschrieben und bin dorthin gegangen, wo diese Leute wohnen, um zu sehen, was für ein Leben sie führen. Jede Gelegenheit, die Vorhänge zum Leben anderer aufzuziehen, habe ich genutzt, um mein eigenes nicht spüren zu müssen. Sie werden wissen, dass so etwas manchmal funktioniert. Aber kennen Sie auch die Rückkehr? Die Rückkehr ist grausam. Jedes Mal ist es, als würden Sie von wohliger Entspannung direkt in den furchtbarsten Albtraum sinken. Irgendwann in diesem Albtraum gelingt es Ihnen, aus einer fremden Kaffeetasse zu trinken, die sich wie ein warmer Anker anfühlt. Auf einem Bett zu sitzen, das Sie Geborgenheit spüren lässt, obwohl es nicht Ihr eigenes Bett ist. Jemanden am Telefon zu hören, der freundlich zu Ihnen spricht, weil es Ihnen so leid tut, dass Sie sich verwählt haben. Obwohl Sie diesen Moment seit Stunden ersehnten.*

*Fast keine der Nummern habe ich von Ihrem Anschluss aus angerufen. Und ich bin zu allen freundlich gewesen. Sie brauchen sich keine Sorgen zu machen.*

*Um die Patienten, meine ich.*

*Den Schlüssel habe ich nicht vom Bewohner der Villa Tann bekommen. Ich habe ihn nachmachen lassen. Sie können sich denken, warum. Bitte werfen Sie ihn fort. Sorgen Sie dafür, dass er nicht in falsche Hände gerät. Ich habe Ihr Vertrauen nicht verdient, aber ich vertraue Ihnen.*

*Alles Gute (und eine bessere Nachfolgerin) wünscht Ihnen*

*Lajosné Szalai*

*P. S.: Milo ist bei mir.*

Lange saß ich mit dem Brief auf dem Boden, immer die gleiche Gedankenreihe in meinem Kopf: Darauf hätte ich kommen können. All die Anzeichen. Und der Typ mit dem Honda. Gut, dass sie in Sicherheit ist.

Letzteres dachte ich mindestens zwanzig Mal, bevor ich mich wieder meinem eigenen Problem zuwandte.

Ich hatte mit einem weiteren Nebeltag gerechnet, aber am frühen Nachmittag lag die Villa in vollem Sonnenschein. Für meine Aktion brauchte ich Dunkelheit und schläfrige Nachbarn, weshalb ich bis Mitternacht warten wollte. Bis dahin versuchte ich mich an einem Fachbuch zum Thema Narzissmus, konnte mich aber nicht darauf konzentrieren, weil ich immer wieder den Stand der Sonne über dem Bergrücken überprüfte. Ich hätte auch zur Uhr sehen können. Aber die fortschreitende Dämmerung verschaffte mir ein hoffnungsvolles Gefühl.

Als ich Stunden später an der Stiege stand und nach oben sah, wo die letzten Stufen ins Nichts verliefen, erwog ich kurz, den Umweg über den Straßenbogen zu nehmen. Aber ich entschied mich für die Treppe. Oft genug war ich jede einzelne ihrer Stufen hinaufgegangen, und manches Mal war es nicht heller gewesen als jetzt. Es fühlte sich jetzt nur finsterer an.

Langsam arbeitete ich mich nach oben vor. Der Nachtwind brauste, während unter den Dächern die Menschen im Schlaf atmeten, jeder auf seine Art. An Irinas dunklem Haus vorbeizukommen war ein merkwürdiges Gefühl, dem ich aber nicht weiter nachgehen konnte.

Am Rand der Kreuzung blieb ich stehen, um sicherzugehen, dass niemand mich sah. Dann ging ich über die Kaltenseestraße auf Villa Tann zu.

Ich erreichte die Pforte. Meine rechte Hand, die den Schlüssel umfasste, war kälter, als sie nach dem kurzen Aufenthalt draußen hätte sein sollen. Die Kälte ging mir durch und durch. Auch in Bauch und Brustkorb spürte ich sie, sogar im Kopf, obwohl ich die dicke Wollmütze trug.

Gab es wirklich keine Alarmanlage? Für einige Sekunden hoffte ich, doch noch eine zu entdecken; dann hätte ich umkehren und alles vergessen müssen. Doch ich fand nichts dergleichen.

Rasch glitt der Schlüssel ins Schloss. Eine lautlose Bewegung des Torflügels, ein paar Schritte, und ich stand auf dem Grundstück der Villa, die mir so viele Rätsel aufgab. Ich atmete durch. Meine Furcht, entdeckt zu werden, wich der Spannung auf das, was ich drinnen vorfinden würde.

Während meine Schritte über den Kiesweg knirschten, vermied ich es, zum Teich hinüberzusehen, der sich hinter dem Bambus verbarg. In meinem Fokus lag nur das Haus.

An der Eichenholztür angekommen, schloss ich mit zwei flinken Drehungen auf und schlüpfte in das nachtschwarze Gebäude. Ein paar vom Herbst übrig gebliebene Blätter wehten hinter mir her, und ich nahm mir vor, sie später zu beseitigen.

Drinnen hing ein herber Duftteppich in der Luft, ein Geruch nach Kräutern, der gar nicht zu dem Raucher Haldorson passte.

Ich blieb stehen, bis meine Augen im Dunkeln einen prächtigen Saal mit Holztäfelungen erkannten. So sieht er es immer, dachte ich und versuchte mir vorzustellen, wie sich das Leben in solchen schummrigen Räumen anfühlte. Von meiner Position aus konnte ich nicht viel sehen. Einige Treppenstufen führten an beiden Seiten zu einer Galerie hinauf, und vor dem gewaltigen Fenster am anderen Ende des Saales zeichneten sich die Umrisse von Statuen ab, enorme Gebilde auf wuchtigen Sockeln, die wie dreidimensionale Schatten aussahen.

Ich näherte mich der nächstgelegenen Wand, um den Lichtschalter zu betätigen. Als ich ihn drückte, blieb es dunkel. Auch andere Schalter reagierten nicht.

Ich zog meine Taschenlampe hervor, die ich mit einer schwachen LED versehen hatte, und schaltete sie ein. Lauschend blieb ich an der Schwelle des Saals stehen. In einer Ecke tickte eine Standuhr. Trotz der heruntergelassenen Rollläden war das entfernte Rauschen der Bäume zu hören. Unter meinen Füßen ächzten die Dielen, breites Eichenparkett, das über zweihundert Jahre hinweg Bewohner und Gäste getragen hatte. Ich ließ den Schein der Taschenlampe über den Kronleuchter schweifen, der an der Saaldecke hing. Weder Kerzen noch Leuchtmittel waren darin.

Die Wanduhr vermutete ich in einem der oberen Zimmer. Bevor ich mich aber der Treppe zuwandte, betrachtete ich den Kamin im linken hinteren Winkel des Saals, wo eine Gruppe altertümlicher Sessel um einen niedrigen Tisch gruppiert war. Ich bückte mich und sah in den Kamin. Er war ganz sauber und leer. Wenn hier jemals

Feuer gebrannt hatte, war das wahrscheinlich sehr lange her.

Ich nahm die rechte Treppe zur Galerie. Die Holzstufen knackten nur leise, aber ich zuckte bei jedem Knacken zusammen.

Auf der Galerie hingen unzählige Bilder an den Wänden zwischen den Zimmertüren. Das Licht der Taschenlampe fiel auf düstere Szenen, Kupferstiche und stark verdunkelte Ölgemälde, die aussahen, als hätte sie seit Jahrzehnten kein menschliches Auge betrachtet. Eines der Bilder zog meine Aufmerksamkeit auf sich. Es war das Gemälde einer Wanduhr. Es hing neben einer Tür, die sich von den anderen dadurch unterschied, dass sie statt einer Klinke einen Knauf hatte. Neben dem Türrahmen war eine elektronische Sperre angebracht, in die man einen Zahlencode eingeben musste, um in den Raum dahinter zu gelangen.

Das ist ja wohl nicht die Wanduhr, die er meinte, dachte ich, als ich meine Hand auf den Türknauf legte. Die irrsten Gedanken rasten durch meinen Kopf. Ich wagte nicht, den Knauf zu drehen; ich umfasste ihn nur ganz vorsichtig.

Er drehte sich von selbst. Sehr langsam, kaum merklich, wie in Zeitlupe bewegte er sich unter meiner Handfläche. Mir brach der Schweiß aus. Haldorson – Jander – zu Hause – war alles, was ich denken konnte.

Ich zog die Hand weg. Der Knauf drehte sich weiter, bis es klickte. Ich wollte weglaufen, aber meine Füße waren starr. Ein Türspalt wurde sichtbar und vergrößerte sich. Licht fiel auf das Parkett.

»Therapeutischer Hausbesuch?«

Irina lächelte nicht.

»Mach dir keine Mühe«, sagte sie, »es gibt keine Wanduhr. Es hat nie eine gegeben.«

Ich war außerstande, auch nur ein Wort zu sprechen. Fassungslos starrte ich in ihr Gesicht.

Sie lehnte sich in den Türrahmen. »Dass du uns diesen Gefallen auch noch tust, hätte ich nicht gedacht. Nachdem du doch schon so hübsch deine Schweigepflicht …« Aufmerksam betrachtete sie ihre Fingernägel. »Dafür darfst du auch für dich behalten, wie du reingekommen bist, ja? Alle Achtung, Herr Therapeut. Du gibst die perfekte Romanfigur ab. Danus wird sich freuen.«

Hier verschwimmt meine Erinnerung. Keine Amnesie, kein Filmriss. An vieles von dem, was Irina sagte, erinnere ich mich. Aber wie sie es sagte, weiß ich nicht mehr, und auch nicht, in welcher Reihenfolge. Es war zu viel, in jeder Hinsicht, um unkomprimiert im Gedächtnis zu existieren. Ihr seit langem bestehendes Verhältnis mit Haldorson (von dem sie sich offenbar aushalten ließ). Sein literarischer Plan, als Scheinpatient über die Täuschung eines Therapeuten zu schreiben, um die eigene Schaffenskrise zu überwinden. Seine extreme Nyktophilie, wegen der sie nicht zu ihm in die Villa zog, obwohl er sie (angeblich) darum anflehte. Die Schlafmaske, die er sich umband, sobald Irina auch nur eine Kerze anzündete. Der Song *Light At Your Place*, den er – er! – schrieb, um sie sein Täuschungswerk an mir vollenden zu lassen. Seine anonymen Anrufe, die mich verunsichern sollten.

Milos Besuche, bei denen sich der Schriftsteller jedes Mal vorstellte, sein Sohn wäre noch am Leben. Milos neugieriger Besuch bei mir, wofür Haldorson ihn mit Geschenken belohnte.

Und die von mir verletzte Schweigepflicht. »Wenn der Roman ein Erfolg wird, brauchst du nichts zu befürchten«, rief Irina mir hinterher, als ich mit brausenden Ohren die Treppe herunterrannte.

Ich weiß nicht, was sich hinter der Tür mit dem Knauf befand und warum Haldorson nur dieses Zimmer absicherte. Ich habe auch keine Ahnung, warum er ausgerechnet mich auswählte und was er Irina für ihre manipulativen Dienste gab, als sich herausstellte, dass sie zufällig im Ostbergstift mit mir zu tun hatte. Auch die Frage, ob er die Wegelagerer bezahlte, damit er Leute wie Nick, denen sie Angst machten, für den Roman verwenden konnte, geht mich nichts an, genau wie Haldorsons Entscheidung, trotz seines speziellen Tagesrhythmus Morgentermine mit mir zu vereinbaren. Über die Kisten habe ich ebenfalls nichts erfahren. Ich weiß nur, dass mich das alles nicht mehr interessiert, so wie mich nie wieder ein Rätsel in Bann ziehen wird.

An dem Tag, als ich die Praxis schloss und Tiefenwald für immer verließ, stieg ich noch einmal zur Villa Tann hinauf. Es war ein eisiger Morgen Anfang März, der Raureif glitzerte auf den Dächern, und die Sonne behauptete sich, als hätte sie beschlossen, den Winter zu überstrahlen. So hell war es trotz der Kälte, so leuchtend trotz allem fehlenden Laub. Hätte man unter diesen Himmel eine Sommerlandschaft gesetzt – die Täuschung wäre perfekt gewesen. Leute hätten darunter Blumen gegossen, Kinder hätten in Badehosen getobt. Es war so sehr Tag, dass die Jahreszeit keine Rolle mehr spielte. Die Helligkeit war so wirklich, dass der Winter unwesentlich war. Alles, was zählte, war dieses funkelnde Licht. Die leere, saubere Straße, die darauf wartete, dass sich die Begebenheiten des Tages auf ihr und in ihren Häusern ereigneten, dass ihre Bewohner sich den vor ihnen liegenden Stunden aussetzten, ohne etwas darüber zu wissen, was die scheinbare Gleichförmigkeit ihres Lebens für Abweichungen bringen würde, kleinere oder größere, solche, die Freude und solche, die Leid nach sich zogen.

Die Rollläden der Villa waren heruntergelassen. Träge hatte das Haus seine Lider gesenkt. Ich lief vorbei und weiter die Kaltenseestraße hinauf, und ich spürte, was zu spüren mir bisher unmöglich gewesen war: Das Haus lag geborgen, eingebettet in den hellwachen Tag.

Ich dachte an Lajosné, die zu ihrem Mann zurückgekehrt und von ihm totgeprügelt worden war. An Milo, den eine Pflegefamilie aufgenommen hatte. An die lokalen Medienberichte, in denen es hieß: Diese Tat hätte verhindert werden können.

Die Wirklichkeit des Großstadtbüros, in dem ich jetzt sitze, ist mit den Händen greifbar. Ein Schreibtisch aus Aluminium, drei Stühle und in der Ecke ein junger Gummibaum. Hierher kommt niemand mit Scheinproblemen oder erfundenen Träumen. Frauen, denen die Sorge aus den Gesichtern spricht, mit Augenringen und zusammengezogenen Schultern, warten draußen im Gang.

Ihre Geschichten sind Albträume ohne Ende, ohne Erwachen um drei Uhr nachts.

Und nun bin ich still und höre ihnen zu, denn mein Planet will sich weiterdrehen.

Printed in Poland
by Amazon Fulfillment
Poland Sp. z o.o., Wrocław

84164917R00160